Weiße Weihnacht
IN WYOMING

Die Autorin

Christine Feehan lebt gemeinsam mit ihrem Mann und ihren elf Kindern in Kalifornien. Sie schreibt seit ihrer frühesten Kindheit. Ihre Romane stürmen regelmäßig die amerikanischen Bestsellerlisten, und sie wurde in den USA bereits mit zahlreichen Literaturpreisen ausgezeichnet. Auch in Deutschland erfreut sich die Autorin einer stetig wachsenden Fangemeinde. Mehr über Autorin und Werk erfahren Sie unter **www.christinefeehan.com**

CHRISTINE
FEEHAN

Weiße Weihnacht in Wyoming

ROMAN

Aus dem Amerikanischen von
Angela Schumitz

Weltbild

Die amerikanische Originalausgabe erschien 2004 unter dem Titel
Rocky Mountain Miracle
bei Pocket Books, a divison of Simon & Schuster, Inc.

Besuchen Sie uns im Internet:
www.weltbild.de

Veröffentlicht mit Genehmigung des Originalverlags Pocket Books,
a division of Simon & Schuster, Inc., New York.
Übersetzung: Angela Schumitz
Projektleitung: usb bücherbüro, Friedberg / Bay
Umschlaggestaltung: Atelier Seidel - Verlagsgrafik, Teising
Umschlagmotiv: Thinkstockphoto; Vetta Collection / HultonArchive;
istockphoto / Kathryn8
Satz: Catherine Avak, München
Druck und Bindung: CPI Moravia Books s.r.o., Pohorelice
Printed in the EU
ISBN 978-3-86365-664-5

2016 2015 2014 2013
Die letzte Jahreszahl gibt die aktuelle Ausgabe an.

Dieses Buch widme ich Sheila Clover,
einer Frau, die ich sehr bewundere.

Danksagung

Dr. Lisa Takescue von der Main St. Veterinarian Clinic möchte ich für ihre grenzenlose Geduld bei der Beantwortung meiner tierärztlichen Fragen danken. Ebenso dankbar bin ich Tory Canzonetta, einer staatlich geprüften Tierpflegerin im Destiny Big Cat Sanctuary, einer letzten Zuflucht für Großkatzen. Besuchen Sie die Webseite www.destinybigcats.com und erfreuen Sie sich an den herrlichen Tigern und anderen großen Katzen. Tory rettet solche Tiere und sorgt dafür, dass sie gesund und ungestört leben können. Sie hat mir wertvolle Informationen geliefert und mir ihr Herz und die von ihr gegründete Zuflucht geöffnet, sodass ich mich dort gründlich umschauen konnte.

Es freut mich immer sehr, von meiner Leserschaft zu hören. Bitte besuchen Sie meine Webseite, www.christinefeehan.com, und lassen Sie sich in meine private E-Mail-Liste eintragen. Dann erhalten Sie auf Wunsch kostenlose Bildschirmschoner sowie eine Vorschau auf meine aktuellen Veröffentlichungen.

1

Cole Steele hörte die Schreie aus dem Zimmer am anderen Ende des Korridors. Er kannte solche Albträume nur zu gut. Die Dämonen suchten auch ihn heim, sobald er die Augen schloss. Er war ein erwachsener Mann, er war hart und diszipliniert und konnte notfalls eine Nacht durchtrinken. Aber Jase war erst vierzehn, fast noch ein Kind. Coles Zorn war mit Schuldgefühlen durchtränkt, als er sich durch die Dunkelheit zu dem Zimmer des Jungen tastete. Er hätte etwas tun sollen, um seinem Halbbruder das grässliche Vermächtnis seiner eigenen Vergangenheit zu ersparen. Allerdings hatte er die Verbindung zu seinem Vater schon vor vielen Jahren gekappt. Es war ihm nie in den Sinn gekommen, dass sein Vater eine viel jüngere Frau heiraten und ein weiteres Kind zeugen würde. Aber natürlich hätte er diese Möglichkeit erwägen und nicht einfach von der Bildfläche verschwinden sollen.

Nun stieß er die Schlafzimmertür auf. Jase war wach. In seinen weit aufgerissenen Augen stand das Grauen der Erinnerungen.

Cole verspürte einen schmerzhaften Stich in seiner Brust. »Ich bin hier, Jase«, verkündete er, auch wenn das nicht nötig gewesen wäre. Er verstand sich nicht besonders gut darauf, den Jungen zu trösten. Er war in einer rauen Umgebung zur Welt gekommen und aufgewachsen, und bis zu diesem Tag fiel es ihm schwer, sanft und freundlich zu sein. Und schlimmer noch: Jase kannte ihn kaum. Er verlangte von dem Teenager, ihm zu vertrauen – ungeachtet seines Rufs und der Gerüchte über einen Mordversuch, die sich ungehindert im ganzen Ort verbreiteten. Kein Wunder, dass der Junge ihn misstrauisch musterte.

»Ich hasse Weihnachten. Können wir nicht einfach so tun, als gäbe es Weihnachten nicht?«, fragte Jase. Unwirsch schob er die Decke zur Seite und begann, im Zimmer auf und ab zu laufen. In seinem jugendlichen Körper steckte die gleiche nervöse Spannung, die Cole auch als Erwachsener immer noch plagte. Jase war groß und schlaksig wie ein Hengstfohlen. Sein Körper schien überwiegend aus Armen und Beinen zu bestehen. Er sah aus wie eine Vogelscheuche in einem Flanellschlafanzug. Der Junge hatte die gleichen dunklen Haare wie Cole, aber die Augen hatte er bestimmt von seiner Mutter. Sie waren tiefdunkelbraun. Im Moment waren sie vor Entsetzen weit aufgerissen. Jase wandte sich ab, um nicht zu zeigen, dass er zitterte.

Cole hatte das Gefühl, sich selbst in jungen Jahren gegenüberzustehen. Allerdings gab es einen großen Unterschied: Jase vergrub sich in Bücher, er selbst war zu einem Mann der Tat herangewachsen. Doch er wusste nur zu gut, wie es war, die Blutergüsse und das Grauen vor dem Rest der Welt zu verbergen. Er hatte sich in seiner Jugend stets vor den anderen versteckt, und im Grunde führte er noch immer ein sehr abgeschiedenes, zurückgezogenes Leben. Aber er wollte alles tun, um dem Jungen dieses Schicksal zu ersparen.

»Hat er an Weihnachten deinen Hund erschossen?«, fragte er ohne Umschweife. »Das hat er nämlich bei mir getan, als ich zum letzten Mal den Feiertag so verbringen wollte wie meine Bekannten. Seitdem habe ich nie mehr Weihnachten gefeiert. Er hat mich damals auch nach Strich und Faden verprügelt. Aber das war mir egal in Anbetracht dessen, was er meinem Hund angetan hatte.«

Jase drehte sich langsam zu ihm um. Das Grauen stand noch immer deutlich in seinen Augen. »Ich hatte eine Katze.«

»Ich wette, er hat gemeint, du wärst nicht hart genug, und nur Weicheier bräuchten ein Haustier und Weihnachten. Er wollte, dass du dich verhärtest und ein Mann wirst. Einer, der sein Herz an nichts hängt.«

Jase nickte und schluckte schwer gegen den Kloß in seiner Kehle an. »Er hat viel dafür getan.«

»Hast du Brandnarben? Narben von Messerschnitten? Mich hat er immer gern mit einem Kleiderbügel vermöbelt. Und wenn ich nicht weinte, hat er zu anderen Dingen gegriffen.«

»Ich habe geweint«, gab Jase zu.

»Anfangs habe ich das auch. Er war ein widerlicher Schuft, Jase. Ich bin froh, dass er tot ist. Jetzt bist du vor ihm sicher. Ich werde dich nicht anlügen und behaupten, dass die Albträume verschwinden. Das tun sie nämlich nicht. Sie plagen mich noch heute. Wir haben beide die Hölle durchlebt, und er hatte zu viel Geld. Keiner wollte uns unsere Geschichten abnehmen.« Cole fuhr sich mit den Händen durch das dichte schwarze Haar. »Er war krank, Jase. Ich bin abgehauen und habe meinen Namen geändert in der Hoffnung, dass er mich nicht aufstöbert. Und dann habe ich mich von ihm ferngehalten, so fern wie nur irgend möglich. Das ist allerdings keine Entschuldigung. Ich hätte mich erkundigen sollen, was er so treibt. Vielleicht hätte ich es dann geschafft, dich von ihm wegzuholen.«

Jase schüttelte den Kopf. »Er hätte mich nie gehen lassen.«

»Du weißt, was hier alle sagen, oder? Sie glauben, ich hätte etwas mit seinem Tod zu tun.«

Jase nickte. Plötzlich wurde sein Blick wachsam. »Das ist mir zu Ohren gekommen. Warum bist du zurückgekehrt?«

»Er hat mich zu deinem Vormund bestimmt. Es war das erste Mal, dass ich etwas von dir erfuhr. Bis vor fünf Monaten wusste ich nicht einmal, dass es dich gibt. Dann allerdings war ich sicher, dass er dir und deiner Mutter dasselbe antat wie mir und meiner Mutter. Ich dachte, ich könnte dich beschützen, zumindest so lange, bis du alt genug bist, um auf eigenen Füßen zu stehen. Ich dachte, ich wäre ein besserer Vormund als jeder, den ein Gericht bestellen würde oder den unser Vater noch vorgeschlagen hatte, falls ich die Vormundschaft abgelehnt hätte.«

Das trübe Licht der Morgendämmerung drang durch das große Fenster. Cole starrte hinaus und beobachtete den Sonnenaufgang. Es war eisig kalt, und der Schnee lag mehrere Fuß hoch. Er funkelte auf den Hügeln und Bergen wie ein Teppich aus Kristallen. »Hast du Hunger?«

»Kannst du kochen?«

Cole brachte ein träges Schulterzucken zustande, obwohl er am liebsten etwas zertrümmert hätte. Der Vulkan, der in ihm brodelte, stand ständig kurz vor dem Ausbruch. Die Gedanken an seinen Vater und dann noch diese Jahreszeit – da trat die Wut nur allzu leicht an die Oberfläche. »Ich dachte, wir fahren in die Stadt. Dann können sie sich dort wieder die Mäuler zerreißen.«

Jase sah Cole in die Augen. »Sie sagen, dass du den Alten umgebracht hast, und dass du vorhast, mich als Nächsten umzubringen. Vierundsechzig Millionen Dollar sind ein Haufen Geld, doppelt so viel wie zweiunddreißig.«

»Sagen sie das?«, fragte Cole. »Vergiss nicht die Ranch. Sie ist bestimmt noch mal gut das Doppelte wert, vielleicht sogar mehr, mit all den Öl- und Gasfeldern. Ich habe mich noch nicht nach ihrem derzeitigen Wert erkundigt.« Sein Blick war kalt, die blauen Augen starrten den Jungen an, als wollten sie ihn durchbohren. »Was meinst du, Jase? Letztlich bist du der Einzige, dessen Meinung mir wichtig ist.«

Es dauerte eine Weile, bis Jase erwiderte: »Ich bin froh, dass du zurückgekommen bist. Aber ich verstehe nicht, warum er uns das Geld und die Ranch hinterlassen hat, obwohl er uns so gehasst hat. Das leuchtet mir nicht ein.« Er verzog das Gesicht und sah sich in dem riesigen Zimmer um. »Ich erwarte immer noch, dass er mitten in der Nacht auftaucht. Ich habe Angst, die Augen aufzuschlagen, weil ich denke, dass er an meinem Bett steht und wartet.«

»Mit diesem grauenhaften Lächeln«, fügte Cole grimmig hinzu.

Jase nickte. Ein kleines Zittern verriet, dass er nicht so ruhig war, wie er zu sein vorgab. »Mit diesem grauenhaften Lächeln.« Er sah Cole wieder direkt in die Augen. »Was machst du, wenn du einen Albtraum hast?« Er drosch mit der Faust auf sein Kopfkissen ein. Ein Mal, zwei Mal. »Ich hasse diese Zeit im Jahr.«

Cole verspürte einen scharfen Stich im Brustkorb und ein vertrautes Rumoren im Bauch. Auch er ballte die Faust, aber dem Jungen zuliebe bezwang er die schwelende Wut ein weiteres Mal und beherrschte sich. »Ich trinke. Als dein Vormund muss ich dir sagen, dass du das nicht darfst. Zumindest nicht, solange du nicht ein bisschen älter bist.«

»Hilft das denn?«

»Nein«, erwiderte Cole schroff. »Doch wenigstens überstehe ich damit die Nacht. Manchmal gehe ich in den Fitnessraum, manchmal in die Scheune. Ich habe an beiden Orten Sandsäcke aufgehängt, und auf die schlage ich ein, bis mir die Hände wehtun. Oder ich nehme das wildeste Pferd, das wir haben, und reite in die Berge. Ich renne auf Wildpfaden über die Hügel. Ich tue irgendetwas, was mich so müde macht, dass ich nicht mehr denken kann.«

»Aber all das hilft nicht auf Dauer, oder?« Auch Jase hatte es mit körperlichen Strapazen versucht. Doch jetzt stellte er fest, dass das Reden mit seinem Halbbruder ihm besser half, ja, so gut wie sonst nichts, was er ausprobiert hatte. Wenigstens ein Mensch glaubte ihm. Ein Mensch hatte die gleiche Folter erlebt. Irgendwie fühlte er sich ihm dadurch verbunden, trotz der hässlichen Gerüchte, die sich um seinen knallharten Halbbruder rankten.

Cole schüttelte den Kopf. »Nein, nichts davon hilft wirklich. Aber man übersteht die Nacht damit. Eine Nacht nach der anderen. Er ist tot, Jase. Das ist das Einzige, was zählt.«

Jase holte tief Luft. »Hast du ihn getötet?«

»Nein, habe ich nicht. Aber ich wünschte, ich hätte es getan. Nachts bin ich oft wach im Bett gelegen und habe mir ausgemalt, wie ich es tun würde. Das war, bevor Mom starb. Danach wollte ich nur noch weg.« Cole sah dem Jungen eindringlich ins Gesicht. »Hast du ihn getötet?« Er beobachtete ihn ganz genau, nahm jede Nuance, jeden Ausdruck, seinen Atem wahr. Den unsteten Blick, die zitternden Hände.

Jase schüttelte den Kopf. »Ich hatte zu viel Angst vor ihm.«

Cole atmete langsam aus. Die Fähigkeit, zu erkennen, was in anderen vorging, hatte ihm schon mehrmals das Leben gerettet. Er war sich ziemlich sicher, dass Jase die Wahrheit sagte. Jase war im Haus gewesen, als Brett Steele in seinem Büro erschossen wurde. Cole wollte zu gern glauben, dass der Junge mit dem Tod des Alten nichts zu tun hatte. Er war sich nicht sicher, wie er sich verhalten hätte, wenn Jase die Tat gestanden hätte. Für einen Mann mit Coles Beruf war eine solche Unsicherheit nicht gut.

»Cole, hat er deine Mutter umgebracht?« Zum ersten Mal klang Jase wie ein Kind und nicht wie ein Vierzehnjähriger, der versuchte, ein Mann zu sein. Er sank aufs Bett, und seine mageren Schultern begannen zu beben. »Ich glaube, er hat meine Mutter getötet. Es hieß, sie hätte getrunken und sei deshalb ausgerechnet auf der Brücke von der Straße abgekommen. Aber sie hat niemals auch nur einen Tropfen Alkohol angerührt. Niemals. Sie hatte Angst davor. Sie wollte immer ganz genau wissen, was los ist. Du weißt ja, wie er war – in einem Moment war er ganz nett, im nächsten hat er sich auf dich gestürzt.«

Brett Steele war ein Sadist gewesen. Cole war davon überzeugt, dass er aus reiner Lust an der Macht über Leben und Tod eines anderen Lebewesens, ob Mensch oder Tier, getötet hatte. Er hatte es genossen, anderen Schmerzen zuzufügen. Er hatte seine Ehefrauen und Kinder und alle seine Angestellten gequält. Die Ranch war riesig, mit Hilfe von außen konnte hier keiner rechnen. Sobald der Alte die Kontrolle über die Menschen, die auf seinem Land lebten, an sich gerissen hatte, gab er sie nie mehr aus den Händen. Cole wusste, wie viel Glück er gehabt hatte, dass ihm die Flucht gelungen war.

»Möglicherweise. Ich glaube, der Alte hat jeden geschmiert, vom Leichenbeschauer bis hin zum Polizisten. Er hatte zu viel Geld und zu viel Macht. Niemand wagte es, ihm in die Quere zu kommen. Es ist nicht schwer, einen medizinischen Gutachter dazu zu bringen, die Augen vor der Wahrheit zu verschließen, solange das Schmiergeld nur hoch genug ist. Und wenn das nicht funktionierte, hatte er andere Möglichkeiten, den Menschen zu drohen. Wir wissen beide, dass er keine leeren Drohungen ausstieß. Er setzte sie immer in die Tat um.«

Jase sah seinem Bruder in die Augen. »Er hat deine Mutter umgebracht, oder?«

»Vielleicht. Ziemlich wahrscheinlich sogar.« Cole brauchte einen Drink. »Fahren wir in die Stadt und besorgen uns ein Frühstück.«

»Okay.« Jase zog eine Jeans aus dem Schrank. Sie war dort ordentlich aufgehängt und makellos sauber, wie alles in diesem Zimmer. »Wer, glaubst du, hat ihn getötet? Wenn es keiner von uns war, muss es ein anderer getan haben.«

»Er hat sich viele Feinde gemacht. Er hat Unternehmen zerstört und die Ehefrauen seiner sämtlichen Bekannten verführt. Wenn er tatsächlich jemanden getötet hat, was ich stark vermute, hat das vielleicht einer mitbekommen und sich nun gerächt. Es hat ihm Spaß gemacht, Menschen wehzutun, Jase. Es konnte kaum ausbleiben, dass er eines gewaltsamen Todes starb.«

»Warst du überrascht, dass er dir das Geld und die Vormundschaft über mich überlassen hat?«

»Ja, anfangs schon. Aber später habe ich es mir so erklärt: Er wollte, dass wir so werden wie er. Er hat nach mir geforscht und herausgefunden, dass ich im Gefängnis gelandet war. Ich denke, er glaubte, dass ich genauso war wie er. Außerdem hätte er die Vormundschaft nur noch einem einzigen anderen übertragen können – deinem Onkel. Du weißt, wie sehr sie einander verachtet haben.«

Jase seufzte. »Onkel Mike ist genauso verrückt, wie Dad es

war. Er redet ständig nur von Schuld und Sühne. Er glaubt, mir müsse man den Teufel austreiben.«

Cole fluchte ausgiebig. Er kannte ziemlich viele Flüche. »Das ist gequirlte Kacke, Jase. Mach dir keine Sorgen, mit dir ist alles in Ordnung.« Er brauchte Bewegung. Er wollte etwas hart hernehmen, egal, was – ein Pferd, ein Motorrad, eine Frau, irgendetwas, das die Knoten in seinem Bauch auflöste. »Machen wir uns auf den Weg.«

Er wandte sich von dem Jungen ab. Eine kalte Wut loderte in ihm. Er verabscheute Weihnachten, er verabscheute alles daran. Doch egal, wie sehr er sich dagegen sträubte, die Weihnachtstage rückten unerbittlich näher. Fast jede Nacht wachte er schweißgebadet auf. Boshaftes Lachen schrillte in seinen Ohren. Einen Großteil des Jahres schaffte er es, gegen die Dämonen anzukämpfen, aber nicht, wenn im Radio und in jedem Laden, den er betrat, Weihnachtslieder dudelten. Nicht, wenn alle Straßen und Häuser geschmückt waren und die Leute sich ständig »Frohe Weihnachten« wünschten. Das wollte er nicht für Jase. Er musste einen Weg finden, dem Jungen ein anderes Leben zu ermöglichen.

Eine Therapie hatte ihm nicht geholfen, und sie würde auch dem Jungen nicht helfen. Wenn einem niemand auch nur ein Wort glaubte, was man sagte, oder – schlimmer noch – dafür bezahlt worden war, es nicht zu glauben, dann lernte man, den Menschen nicht mehr zu vertrauen. Selbst wenn es das Einzige war, was Cole in seinem Leben richtig machte – er wollte der Mensch sein, dem Jase immer vertrauen konnte. Und er wollte alles in seiner Macht Stehende tun, dass der Junge nicht so wurde wie er. Oder so wie ihr Vater.

Die Brüder liefen durch das weiträumige Haupthaus der Ranch. Die funkelnden Holzböden waren frisch gebohnert, die Decken waren hoch, die Dachbalken lagen frei. Brett Steele hatte nur das Beste haben wollen, und er hatte es bekommen. Sein Geschmack war das Einzige, was Cole ihm nicht zum Vorwurf machen konnte.

»Cole«, fragte Jase, »warum warst du im Gefängnis?«

Cole geriet auf seinem eiligen Weg durch das geräumige Haus nicht aus dem Tritt. Manchmal hätte er die Bude am liebsten in Brand gesteckt. Es war keine Wärme in diesem Haus, und so sehr er sich bemühte, dieses Museum in ein Heim für Jase zu verwandeln, es blieb kalt und leer.

Draußen war es beißend kalt. Der Frost verzauberte Hügel und Wiesen in eine funkelnde Kristallwelt, die die Augen blendete. Cole war immun gegen den Zauber. Unwirsch setzte er seine Sonnenbrille auf. Er ignorierte die riesige Garage, in der Dutzende Autos herumstanden – Brett Steeles Spielsachen, die er kaum benutzt hatte – und steuerte seinen Pick-up an.

»Ich hätte dich nicht fragen sollen«, murrte Jase und schlug die Tür unnötig laut zu. »Ich hasse Fragen.«

Cole hielt inne. Der Zündschlüssel steckte schon im Schloss. Er warf einen Blick auf das gerötete Gesicht des Jungen. »Das ist es nicht, Jase. Du kannst mich alles fragen. Aber ich habe beschlossen, dich nie zu belügen, und ich bin mir noch nicht sicher, wie ich dir meine Zeit im Knast erklären soll. Lass mich noch ein Weilchen darüber nachdenken.«

Jase nickte. »Es ist mir egal, dass du im Gefängnis warst. Es macht mir nur Sorgen, weil Onkel Mike angekündigt hat, dass er gegen dich prozessieren und die Vormundschaft für mich gerichtlich einklagen will. Wenn ich bei ihm wohnen würde, müsste ich mein Leben lang auf Knien um meine Seele beten. Lieber würde ich abhauen.«

»Er wird es nicht schaffen, dich mir wegzunehmen«, versprach Cole grimmig. Seine Kiefer waren verspannt. Er richtete seinen durchdringenden blauen Blick direkt auf seinen jungen Halbbruder. »Das eine verspreche ich dir: Ich werde um dich kämpfen, Jase. Nur über meine Leiche kommen sie an dich ran.« In seiner Miene stand tödliche, gnadenlose Entschlossenheit. »Keiner wird dich mir wegnehmen. Hast du das verstanden?«

Jase entspannte sich sichtlich. Er nickte kurz, während er

sich bemühte, seine Gefühle in Schach zu halten. Cole wusste nicht, ob das gut oder schlecht war. Vielleicht wäre es besser gewesen, wenn der Junge sich die Augen aus dem Kopf geweint hätte, auch wenn Cole das nie getan hatte. Diese Befriedigung hatte er seinem Vater nicht gegönnt, nicht einmal damals, als der Mistkerl ihn beinahe getötet hatte.

Es war ein langer Weg bis zur nächsten Stadt. Zu Lebzeiten seines Vaters hatte es auf der Ranch zahlreiche Wächter gegeben, angeblich der Sicherheit wegen. Aber Cole kannte den wahren Grund. Brett Steele hatte sein privates Königreich haben wollen, eine Welt, über die er mit eiserner Faust herrschen konnte. Als Erstes hatte Cole all die Hilfskräfte auf der Ranch gefeuert, die Sicherheitsleute, die Haushälterin. Wenn er eine Handhabe gehabt hätte, sie für ihre Mitwirkung an Bretts sadistischem Treiben vor Gericht zu stellen, hätte er es getan. Jase brauchte ein Gefühl der Sicherheit, und das wollte Cole ihm um jeden Preis verschaffen. Sie hatten die neuen Mitarbeiter gemeinsam ausgewählt. Eine Haushälterin fehlte noch.

»Weißt du, was mir aufgefallen ist, Jase? Du hast dir nie ein besonderes Pferd ausgesucht, mit dem du gern reitest«, meinte Cole.

Jase beugte sich vor und spielte am Radio herum. Die Fahrerkabine wurde mit Weihnachtsliedern überschwemmt. Hastig durchsuchte Jase alle Sender. Überall kamen Weihnachtslieder. Schließlich gab er verbittert auf. »Es ist mir egal, auf welchem ich reite«, erwiderte er und drehte den Kopf zum Fenster, um die Landschaft zu mustern. Seine Stimme klang gewollt gleichgültig.

»Du hast bestimmt eines, das du lieber magst als die anderen«, beharrte Cole. »Ich habe mitbekommen, dass du dem großen Braunen, Celtic High, ab und zu eine Karotte zugesteckt hast.« Der Junge hatte das Pferd jeden Tag ein wenig gestriegelt und ihm etwas zugeflüstert, aber er ritt nie auf ihm.

Jase' Miene verschloss sich, sein Blick wurde wachsam. »Die Pferde sind mir alle gleich lieb«, wiederholte er stur.

Stirnrunzelnd steckte Cole eine CD in den Player. »Du weißt doch, worum es dem Alten hauptsächlich ging, Jase, oder? Er wollte nicht, dass wir Zuneigung zu etwas oder jemandem fassten. Weder zu unseren Müttern, noch zu unseren Freunden oder Tieren. Die Tiere hat er vor unseren Augen getötet, um uns eine Lehre zu erteilen. Aus demselben Grund hat er unsere Freundschaften zerstört. Unsere Mütter hat er beseitigt, um uns zu isolieren und völlig von ihm abhängig zu machen. Er wollte nicht, dass wir etwas empfinden, vor allem keine Zuneigung und keine Liebe, weder zu Menschen noch zu Tieren. Wenn er das bei dir geschafft hat, hat er gewonnen. Du darfst ihn nicht gewinnen lassen! Such dir ein Pferd aus und kümmere dich um das Tier. Wenn du einen Hund willst, besorgen wir dir einen Hund oder meinetwegen auch eine Katze. Jedes Tier, das du gern haben möchtest. Aber lass deine Gefühle zu, und wenn unser Vater dich in deinen Albträumen heimsucht, sagst du ihm, er soll zur Hölle fahren.«

»Du hast das nicht getan«, stellte Jase fest. »Du hast dir keinen Hund besorgt. Du hast nie einen gehabt in all der Zeit, in der du weg warst. Und du hast auch nicht geheiratet. Ich wette, du hast nicht einmal mit einer Frau zusammengelebt. Bestimmt vergnügst du dich immer nur eine Nacht mit einer, mehr nicht. Und das nur, weil du die Leute aus deinem Leben aussperren willst.«

Mit dieser Vermutung lag er ziemlich richtig. Cole zählte stumm bis zehn. Er versuchte, den Jungen zu erforschen, aber es war ihm gar nicht recht, dass der Junge das nun auch bei ihm tat. »Das ist ein schreckliches Leben, Jase. Glaub mir, ich tauge nicht als Vorbild. Ich kann dir vieles nahelegen, was du nicht tun solltest, aber leider nicht sehr vieles, was du tun solltest. Es wird dich teuer zu stehen kommen, wenn du dich von allem Lebendigen fernhältst. Lass es nicht zu, dass er dir das antut. Fang klein an, wenn du willst. Such dir einfach ein Pferd aus, und dann reiten wir morgens gemeinsam aus.«

Jase sah weiterhin stumm aus dem Fenster. Aber Cole wusste, dass er über seinen Vorschlag nachdachte. Ihn anzunehmen erforderte natürlich eine Menge Vertrauen; Vertrauen, das Jase vielleicht nicht bereit war, ihm zu schenken. Cole war ein einziges Fragezeichen für alle, vor allem für Jase. Er konnte es dem Jungen nicht verübeln. Er wusste, wie er auf andere wirkte. Knallhart und skrupellos, einer, der anderen nicht viel Sicherheit zu bieten schien. Er stand im Ruf eines gnadenlosen Kämpfers, eines Mannes, der in einer gewalttätigen Umgebung geboren und aufgewachsen war. Die sanfte, freundliche Art, die der Junge gebraucht hätte, lag ihm wahrhaftig fern. Aber er konnte Jase beschützen.

»Denk einfach noch ein bisschen darüber nach«, meinte er, das Thema beendend. Die Zeit arbeitete für ihn. Er wollte Jase sein Leben zurückgeben. Wenn er das schaffte, konnte er es sich vielleicht verzeihen, dass er den Alten nicht eigenhändig umgebracht hatte, wie er es schon vor Jahren hätte tun sollen. Jase hatte eine Mutter gehabt, eine liebevolle, fröhliche Frau. Sehr wahrscheinlich hatte Brett Steele sie umgebracht, weil er Jase nicht dazu bringen konnte, sich von ihr abzuwenden. Jase' Mutter hatte ihrem Sohn bestimmt ein Vermächtnis der Liebe hinterlassen.

Cole hatte niemanden. Seine Mutter war das genaue Gegenteil von Jase' Mutter gewesen. Sie hatte nur ein Kind bekommen, weil Brett es von ihr verlangt hatte. Aber danach hatte sie sofort alles getan, um wieder so schlank zu werden wie ein Mannequin, und sich hemmungslos ihrer Kokainsucht hingegeben.

Ihren Sohn hatte sie ihrem brutalen Ehemann überlassen. Schließlich war sie an einer Überdosis gestorben. Cole hatte immer vermutet, dass sein Vater etwas mit ihrem Tod zu tun gehabt hatte. Es war interessant, dass Jase das auch bei dem Tod seiner Mutter vermutete.

Ein paar Schneeflocken rieselten herab und verstärkten die Stimmung der Jahreszeit, gegen die sie beide sich nach Kräften wehrten. Jase trat heftig auf den Boden des Trucks – ein kleines Zeichen von Wut –, blickte jedoch sofort entschuldigend auf Cole.

»Vielleicht hätten wir doch lieber in den Fitnessraum gehen sollen«, meinte Cole.

»Ich habe ständig Kohldampf«, gab Jase zu. »Wir können später in den Fitnessraum, nachdem wir gegessen haben. Wer hat Weihnachten überhaupt erfunden? Was für eine blöde Idee – allen Leuten Geschenke zu machen, ohne dass sie Geburtstag haben. Und für die Umwelt ist es bestimmt auch nicht gut, wenn all die Bäume gefällt werden.«

Cole ließ den Jungen reden. Offenbar schien sich Jase endlich so wohlzufühlen, dass er mit ihm redete. Darüber war Cole überaus froh.

»Mom hat Weihnachten geliebt. Sie hat mir immer heimlich kleine Geschenke zugesteckt. Sie hat sie in meinem Zimmer versteckt. Aber er hatte überall seine Spione, und die haben es ihm gesagt. Dann hat er Mom bestraft. Aber sie hat trotzdem weitergemacht. Ich wusste, dass sie bestraft worden war, und sie wusste, dass ich es wusste. Aber sie hat mir trotzdem weiter heimlich etwas geschenkt.« Jase kurbelte das Fenster herunter. Frische, kühle Luft wehte herein. »Sie hat mir Weihnachtslieder vorgesungen. Als er einmal um Weihnachten herum auf einer Geschäftsreise war, haben wir gemeinsam Plätzchen gebacken. Sie fand es toll. Wir wussten beide, dass die Haushälterin uns verpetzen würde, aber wir hatten so viel Spaß, dass es uns egal war.«

Cole räusperte sich. Schon allein bei dem Gedanken, zu versuchen, Weihnachten zu feiern, wurde ihm speiübel. Aber der Junge schien sich danach zu sehnen. Vielleicht brauchte er es sogar, ohne zu wissen, dass er deshalb so nervös darüber plauderte. Cole nahm sich vor, eine Weihnachtsfeier zu veranstalten, auch wenn er noch nicht wusste, wie er das schaffen sollte. Er hatte keinerlei glückliche Kindheitserinnerungen, die das Unheil aufgewogen hätten, das sein Vater angerichtet hatte.

»Wir haben versucht, ihm zu entkommen, aber er hat uns immer gefunden«, fuhr Jase fort.

»Er ist tot, Jase«, wiederholte Cole. Er atmete tief durch und wagte den Sprung. Es kam ihm vor, als stürze er sich von einer hohen Klippe in die Tiefe. »Wenn wir einen riesigen Baum in sein Haus schaffen und ihn schmücken wollen, dann können wir das tun. Er kann uns nicht mehr daran hindern.«

»Vielleicht hätte er sie gehen lassen, wenn sie bereit gewesen wäre, mich bei ihm zu lassen.«

Jase' Stimme klang tränenerstickt, aber er vergoss keine Träne. Cole fluchte stumm und rang um eine passende Erwiderung. »Deine Mutter war bestimmt eine ganz außergewöhnliche Frau, Jase. Menschen wie sie gibt es nicht viele auf dieser Welt. Du warst ihr wichtig, nicht das Geld oder das Prestige, Mrs Brett Steele zu sein. Sie hat um dich gekämpft, und sie hat versucht, dir trotz des Alten ein gutes Leben zu ermöglichen. Ich wünschte, ich hätte die Chance gehabt, sie kennenzulernen.«

Jase schloss stumm die Augen und lehnte den Kopf an den Sitz. Er konnte sich noch gut an die Stimme seiner Mutter erinnern. An ihren Geruch, an ihr Lächeln. Er rieb sich die Stirn. Am deutlichsten erinnerte er sich an ihre Schreie, wenn sein Vater sie schlug.

»Ich denke mal über deinen Weihnachtsvorschlag nach, Cole«, meinte er schließlich. Irgendwie gefällt mir die Vorstellung, das Haus zu schmücken. Das hat er nämlich immer strikt verboten.«

Cole beließ es dabei. Die vergangenen Wochen waren sehr lang gewesen. Aber jetzt stand Weihnachten vor der Tür, und bald würde es vorüber sein. Bald hatte er einen weiteren Dezember hinter sich gebracht. Wenn das Weihnachtsgetue dem Jungen das Leben lebenswerter machte, dann würde er schon einen Weg finden, es zu überstehen.

Der Ort war ziemlich groß. Mehrere Restaurants waren von früh bis spät geöffnet. Cole entschied sich für einen Diner, den er kannte, und stellte den Truck auf dem Parkplatz ab. Verärgert stellte er fest, dass der Parkplatz schon ziemlich voll war. Er schälte sich aus dem Wagen, richtete sich zu voller Größe auf und wartete auf Jase.

»Du hast deine Jacke vergessen«, meinte er.

»Nein. Ich hasse das Ding«, sagte Jase.

Cole machte sich nicht die Mühe, ihn nach dem Grund zu fragen. Er kannte die Antwort bereits und nahm sich vor, den Jungen demnächst neu einzukleiden. Er stieß die Eingangstür auf und ließ Jase den Vortritt. Doch schon nach zwei Schritten blieb der Junge abrupt stehen und verkroch sich hinter der hohen Wand aus künstlichem Efeu. »Sie reden über dich, Cole«, wisperte er. »Gehen wir wieder.«

Die lauten Stimmen waren überall in dem kleinen Raum zu hören. Cole legte die Hand auf die Schulter des Jungen, um ihm Halt zu geben. Jase würde lernen müssen, mit Klatsch zu leben, so wie er gelernt hatte, den Albtraum zu überleben, in den er hineingeboren worden war.

»Du irrst dich, Randy. Cole Steele hat seinen Vater ermordet, und nun wird er den Jungen ermorden. Er ist hinter dem Geld her. Er ist hier erst aufgetaucht, um den Jungen zu sehen, als sein Vater tot war.«

»Er war im Knast, Jim. Er konnte seine Verwandten gar nicht besuchen«, stellte eine zweite männliche Stimme fest. Gelächter erhob sich.

Cole kannte Randy Smythe. Er führte einen Laden für Landwirtschaftsbedarf. Doch bevor Cole entscheiden konnte, ob er Jase die Peinlichkeiten ersparen und gehen sollte oder aber dem Jungen zeigte, welche Heuchler die lokalen Ladenbesitzer waren, wurde eine dritte Stimme laut.

»Spiel dich doch nicht so auf, Jim Begley«, unterbrach eine weibliche Stimme den Streit der beiden Männer. »Jeden Morgen kommst du hier rein und lästerst über Cole Steele. Der Verdacht gegen ihn wurde schon vor einiger Zeit fallen gelassen, und er hat die Vormundschaft über seinen Halbbruder übertragen bekommen, was ich völlig richtig finde. Du ärgerst dich doch nur, weil deine Saufkumpane ihre bequemen Jobs verloren haben. Nur deshalb trägst du dazu bei, die hässlichen Gerüchte zu verbreiten, die sie in die Welt gesetzt haben. Ihr klingt wie ein Haufen missgünstiger alter Weiber.«

Die Frau erhob an keiner Stelle die Stimme, im Gegenteil, ihre Stimme klang sanft, leise und sehr angenehm. Cole spürte, wie sie in ihm vibrierte. Ihm wurde warm. Der Zauber dieser Stimme war stärker als die Tatsache, dass die Frau für ihn eintrat. Unwillkürlich verspannte sich seine Hand auf Jase' Schulter. So weit er sich erinnern konnte, war dies das erste Mal, dass jemand für ihn eintrat.

»Er hat im Knast gesessen, Maia«, wiederholte Jim Begley, doch nun klang er fast beschwichtigend.

»So geht es vielen Leuten, selbst wenn sie gar nicht dorthin gehören, Jim. Und viele Leute hätten ins Gefängnis gehört, sind jedoch nie dort gelandet. Das heißt gar nichts. Du beneidest den Mann um sein Geld und um seinen Ruf, dass er jede Frau bekommen kann, die er haben will. Was du von dir kaum behaupten kannst.«

Gelächter ertönte. Cole rechnete damit, dass Begley die Frau anfahren würde, doch überraschenderweise tat er das nicht. »Ach, Maia, reg dich bitte wieder ab«, erwiderte Begley beschwichtigend. »Hast du etwa vor, etwas gegen mich zu unternehmen? Zum Beispiel meinen … mich verhexen?«

Das Lachen wurde lauter, und diesmal stimmte die Frau darin ein. Auch ihr Lachen klang wie Musik in Coles Ohren. Noch nie hatte er so auf eine Frau reagiert. Und dabei hatte er sie noch nicht einmal zu Gesicht bekommen.

»Man kann sich bei mir nie sicher sein, stimmt's, Jim?«, neckte sie ihn. Offenbar war sie ihm nicht böse. »Bald ist Weihnachten. Das ist die schönste Zeit im Jahr. Glaubst du, du könntest aufhören, Gerüchte zu verbreiten? Könntest du nicht einfach warten, bis sich ein paar Tatsachen zeigen? Gib dem Mann eine Chance. Ihr seid alle scharf auf sein Geld. Ihr seid euch alle einig, dass die Stadt ihn braucht. Und trotzdem verurteilt ihr ihn von vornherein. Ist das nicht ein bisschen heuchlerisch?«

Cole war verblüfft über die Macht, die diese Frau zu haben schien. Sie konnte ihren Standpunkt klarmachen, ohne auch nur ein einziges Mal die Stimme zu erheben. Und seltsamerweise hörten ihr alle zu. Wer war sie? Warum hingen diese normalerweise groben Kerle an ihren Lippen und versuchten, es ihr recht zu machen? Cole stellte fest, dass er auf diese wildfremde Frau sehr neugierig war.

»Okay, okay«, lenkte Jim ein. »Ich gebe auf, Maia. Wenn es dich glücklich macht, werde ich Cole Steele nie mehr erwähnen. Also sei mir bitte nicht mehr böse.«

Maia lachte wieder. Das unbekümmerte Geräusch neckte Coles Sinne. Er spürte seinen Körper und dessen Bedürfnisse. »Also dann, bis später. Auf mich wartet Arbeit.«

Cole verspannte sich. Als die Frau um den künstlichen Efeu trat, stockte ihm der Atem. Sie war eher klein, hatte aber eine wunderbare Figur. Ihre Jeans schmiegte sich an ein wohlgeformtes Hinterteil, der Pullover an einladende Brüste. Die dichten, dunklen, sehr glatten Haare, die sorglos zu einem Pferdeschwanz zurückgebunden waren, glänzten wie das Gefieder eines Raben. Ihr Gesicht sah exotisch aus. Die zart gemeißelten Züge erinnerten Cole an eine Fee.

Die Frau warf den Kopf zurück, und ihr breites Lächeln verschwand, als sie Cole und Jase erblickte. Sie blieb stehen und musterte Cole. Er machte sich tatsächlich ein bisschen kleiner. In seinem Kopf begannen Hämmerchen zu schlagen, und sein Körper reagierte mit einem drängenden, elementaren Bedürfnis. Ein Mann konnte in diesen Augen ertrinken, sich verlieren oder auch nur jeden Dämon verlieren, der ihn quälte. Ihre großen, von dichten Wimpern gerahmten Augen hatten eine ganz besondere Farbe. Sie waren nicht blau, vielleicht eher türkis – eine Mischung aus Blau und Grün, so lebendig und schön, dass es Cole wehtat, in sie zu blicken.

Jase versetzte ihm einen kleinen Stoß in die Rippen.

Cole reagierte sofort. »Entschuldigung, Ma'am.« Aber er rührte sich nicht vom Fleck. »Ich bin Cole Steele, und das hier ist mein Bruder Jase.«

Jase zuckte unter seiner Hand zusammen, offenbar deshalb, weil Cole ihn in aller Öffentlichkeit als seinen Bruder anerkannt hatte.

Die Frau nickte Cole zu und schenkte Jase ein Lächeln. Dann trat sie an den beiden vorbei, stieß die Tür auf und verschwand.

»Heiliger Bimbam!«, murmelte Jase. »Hast du gesehen, wie sie gelächelt hat?« Er warf einen Blick auf Cole. »Ja, du hast es gesehen.«

»Habe ich sie angestarrt?«, fragte Cole.

»Du hast ausgesehen, als ob du sie gern zum Frühstück verspeisen würdest«, erwiderte Jase. »Du kannst ganz schön furchterregend ausschauen, Cole. Manchmal bekommt man es bei dir wirklich mit der Angst zu tun.«

Cole wäre der Frau beinahe gefolgt, aber bei dem letzten Satz des Jungen drehte er sich zu ihm um. »Hast du Angst vor mir, Jase?«

Der Junge zuckte mit den Schultern. »Gelegentlich. Aber ich gewöhne mich an dich. Trotzdem habe ich dich noch nie lächeln sehen. Niemals.«

Cole hob die Brauen. »Ich kann mich nicht daran erinnern, dass ich je gelächelt hätte. Vielleicht muss ich das üben. Du kannst es mit mir üben.«

»Lächelst du Frauen nicht an?«

»Das habe ich nicht nötig.«

2

Cole Steele war wieder da. Auf der Tanzfläche herrschte großes Gedränge. Die Körper verschmolzen im Rhythmus der Musik, die Maia Armstrong auf ihrem Schlagzeug erzeugte. Heute Abend war die Band richtig gut. Maia spürte den Beat in ihrem Körper. Er war genau richtig, um die Leute auf der Tanzfläche zu halten. Sie versuchte, nicht auf den Mann zu achten; nicht zu bemerken, wie sein großer Körper auf dem Stuhl fläzte – sinnlich, träge. Gewöhnlich zählte nur die Musik für sie. Wenn sie an ihrem Schlagzeug saß, dachte sie an nichts anderes. Sie verlor sich gern in dem urwüchsigen Rhythmus, dem vertrauten Gefühl der Schlagzeugstöcke in ihren Händen, dem Wirbeln der Sticks zwischen ihren Fingern, dem Suchen und Finden der perfekten Klangnische.

Die Musik trug sie weit weg von den schrecklichen Dingen, die sie jeden Tag zu sehen bekam. Dinge, die sie dazu brachten, ständig weiterzuziehen, von Stadt zu Stadt. Sie wusste, dass sie sich nirgends würde niederlassen können. Musik war ihr Trost.

Doch Cole Steele änderte das alles. Was hatte er hier zu suchen? Hatte er all die Frauen in den teureren Bars der Stadt bereits flachgelegt?

Er war stinkreich und so sinnlich, dass er eine Gefahr für das Allgemeinwohl darstellte. Dieser Mann war nicht nur der stadtbekannte böse Bube. Er war ein harter, gefährlicher Typ, einer, der über andere Macht besaß. Und das wusste er auch. Das zeigte sich schon allein in der Arroganz, die ihm aus sämtlichen Poren drang. Nun saß er da und beobachtete sie mit einem verschleierten Blick, aufmerksam, eindringlich. Mit der Hand streichelte er gedankenverloren den langen Hals seiner

Bierflasche. Sie konnte sich seiner sinnlichen Ausstrahlung kaum entziehen. Das war keine Maske, so war er wirklich, und sein Körper war hart und heiß und ... Maia stöhnte innerlich. Sie hatte nicht vor, auf einen bösen Buben hereinzufallen. Dafür war sie zu vernünftig und besaß zu viel Selbstachtung. Und er hatte viel zu viel Geld und war von viel zu viel Drama umgeben. Nein, sie sollte wahrhaftig nicht weiter über eine derartige Torheit nachdenken.

Sie wollte ihn nicht mehr anschauen, ihn nicht mehr an sich heranlassen. Ein Mann wie Cole Steele hinterließ seine Spuren auf einer Frau. Er raubte ihr die Seele und gab sie ihr nie mehr zurück. Wenn er ihr sein Brandmal aufdrückte – was er mit Sicherheit tun würde –, dann würde es nie mehr verblassen.

Maia zwang sich, nicht mehr in seine Richtung zu schauen, auch wenn sein eindringlicher, glühender Blick sie schier versengte. Sie wählte einen Tisch in der Nähe der Bühne und schenkte dem Mann, der ihr am nächsten war, ein strahlendes Lächeln. Sie wollte sich auf irgendetwas anderes konzentrieren als auf den dunklen Teufel, der sie nicht aus den Augen ließ.

Cole veränderte die Stellung seiner Beine in dem Versuch, das quälende Verlangen in seinem Körper zu lindern. Seine Finger schlossen sich so fest um den Hals der Bierflasche, dass sie ihn beinahe zerdrückten. Maia sollte keinen anderen Mann im Raum anlächeln, sie sollte ihn anlächeln. Sie wollte doch gar keinen anderen, sie interessierte sich nicht für den Mann, den sie gerade angelächelt hatte. Er merkte deutlich, dass sie sich seiner Anwesenheit bewusst war. Sie war nicht besonders gut darin, das zu verbergen.

Offenbar musste er seine Taktik grundlegend ändern. Vielleicht musste er sogar seine Worte zurücknehmen und lernen, eine Frau anzulächeln. Nun hatte er schon neun Nächte vergeudet. Nachdem er erfahren hatte, dass Maia Armstrong, die Tierärztin auf Wanderschaft, oft abends hier trommelte, war er jeden Abend im *El Dorado Saloon* aufgekreuzt. Entweder er hatte seine Anziehungskraft verloren oder aber den Verstand.

Es gab in diesem Ort Dutzende von Frauen, die kein Hehl daraus machten, dass sie gern mit ihm ins Bett gehen würden. Warum also war er so versessen auf die eine, die sich weigerte, seinen Reizen zu erliegen? Im Wetterbericht war vor einer Reihe von heftigen Stürmen gewarnt worden; vielleicht würden sie sich sogar zu Blizzards auswachsen. Wenn es ihm heute Nacht nicht gelang, diese Frau rumzukriegen, würde er eine Weile lang keine Chance mehr dazu haben.

Keine Frage, sie war auf ihn aufmerksam geworden. Er hatte ihr unverhohlen sein Interesse gezeigt. Er hatte es mehrmals geschafft, sie in ein Gespräch zu verwickeln. Sie war stets höflich geblieben, doch sie ließ ihn nicht an sich heran. Er trommelte mit den Fingern auf den kleinen runden Tisch, während er sie beobachtete. Warum war er so fasziniert von ihr? War es ihr Lächeln, das einen ganzen Raum erhellen konnte? Ihr ansteckendes Lachen? Normalerweise wäre ihm so etwas gar nicht aufgefallen, aber bei ihr war es nahezu unmöglich, es nicht zu bemerken. Vor allem, wenn sie mit diesem Lächeln einen anderen Mann bedachte.

Er träumte von ihr. Seit er sie zum ersten Mal gesehen hatte, waren die Albträume, die ihn um Weihnachten herum immer besonders schlimm quälten, verschwunden. An ihre Stelle waren sehr erotische Träume von dieser Frau getreten. Selbst Jase fing an, ihn mit ihr aufzuziehen, weil er wusste, dass Cole die Ranch abends nur verließ, um sie zu sehen. Gedankenverloren streichelte Cole wieder den Hals der Bierflasche und wünschte sich, es wäre ihre Haut, die er unter seinen Fingern spürte.

Er hatte sich vorgenommen, heute Abend forscher aufzutreten. Wenn er nicht aufdringlicher war, kam er nicht weiter. Er hatte genügend Zeit gehabt, Maia Armstrong zu studieren. Es gehörte zu seinem Beruf, das Wesen von Menschen zu deuten. Maia Armstrong war für Männer keine leichte Beute, aber sie hasste Szenen in der Öffentlichkeit. Sie würde sich seinen Annäherungsversuchen nicht widersetzen, wenn er sie nicht über ihre Grenzen hinaus bedrängte.

Eine Frau beugte sich zu ihm herab und versperrte ihm die Aussicht. Offenbar wollte sie ihm einen besseren Blick auf ihren ausladenden Busen gestatten. Er starrte sie abweisend an, sogar ein bisschen finster. »Sie sind mir im Weg.«

Die Frau errötete, setzte sich aber dennoch an seinen Tisch. »Gefällt Ihnen die Band?«

Er warf einen Blick auf sie. Einen Blick, der eine barsche Abfuhr ausdrückte. Er starrte sie so lange an, bis sie aufstand und wegstolzierte. Sein unhöfliches Verhalten würde bestimmt sein sorgfältig gepflegtes Image stärken, ein richtiger Dreckskerl zu sein. Doch das machte ihm nichts aus. Sein Ruf war schon vor langer Zeit geschwärzt worden. Vielleicht war er mittlerweile tatsächlich ein richtiger Dreckskerl. Aber im Grunde gab es nahezu nichts, was er unbedingt haben wollte. Wenn es denn einmal dazu kam, dann konnte er nicht zulassen, dass sich jemand einmischte und ihn davon abhielt, es zu bekommen. Sein Blick kehrte zu der Frau am Schlagzeug zurück.

Maia Armstrong faszinierte ihn. So einfach war es. Natürlich hatte er Erkundigungen über sie eingeholt. Er hatte über jeden Menschen Erkundigungen eingeholt, der sein Leben berührte – seines oder das von Jase. Sie war die neue Tierärztin, und abends spielte sie oft in einer Band. Sie hatte sich bislang nirgendwo dauerhaft niedergelassen. Meist vertrat sie andere Tierärzte. Sie war hier gelandet, weil der alte Tierarzt seine Praxis aus gesundheitlichen Gründen aufgegeben hatte, es jedoch noch nicht geschafft hatte, sie zu verkaufen. Bei allen, mit denen sie bislang zu tun gehabt hatte, war sie beliebt und geachtet.

Natürlich rankten sich auch einige Gerüchte um sie. Einige behaupteten, sie könne zaubern. Die Mehrheit erklärte, in ihrem beruflichen Alltag passierten geheimnisvolle Dinge. Sie schaffte es, selbst hoffnungslose Fälle zu retten, und machte sich bei den Ranchern rasch einen Namen, weil sie selbst die wildesten Tieren bändigte. Hartnäckig hielt sich das Gerücht, sie könne Tiere und Menschen verzaubern. Cole dachte allmählich, dass ein Körnchen Wahrheit darin steckte. Mittlerweile war er richtig besessen von ihr.

Er nahm einen tiefen Schluck aus seiner Flasche, ohne den Blick von der Frau am Schlagzeug zu wenden. Die Band beendete gerade ihren Set. Inzwischen kannte er ihre Musik und Maias Gewohnheiten. Außerdem wusste er, dass sie seinen Ruf nur allzu gut kannte – den des Schwerenöters und den des gefährlichen Burschen. Sie hatte nichts übrig für Klatsch, vielleicht auch deshalb, weil sich so viele über sie das Maul zerrissen. Deshalb war sich Cole ziemlich sicher, dass sie keine Szene machen würde, wenn er sie anmachte. Er hatte das Risiko genau kalkuliert, so wie er alles in seinem Leben genau kalkulierte.

Das Schlagzeug steigerte sich noch einmal zu einem lauten Crescendo, dann legte Maia die Sticks zur Seite und strich sich ein paar Haarsträhnen zurück, die ihrem kompliziert geflochtenen Zopf entkommen waren. Ihre Haut schimmerte feucht, sie strahlte und lächelte zufrieden. Die Musik hatte ihr gefallen. Das offenbarte auch ihr Gesichtsausdruck. Maia zeigte sich der Welt gegenüber nicht so verschlossen wie er. Selbst diesen Zug fand Cole reizvoll an ihr.

Er hatte einen Tisch gewählt, an dem sie vorbeimusste, wenn sie zur Bar wollte. Nun packte er ihr Handgelenk, als sie ihn wie jeden Abend geflissentlich übersah. Er drehte seinen Stuhl so, dass sie zwischen seinen ausgestreckten Beinen gefangen war. »Darf ich dich zu einem Drink einladen?«

Maia hörte das Blut in ihren Ohren rauschen. Diesem Mann so nah zu sein war überwältigend. Er war extrem männlich, und seine blauen Augen waren verdunkelt von unverhohlener Begierde. Die Sinnlichkeit stand ihm ausgesprochen gut, er trug sie mit größter Selbstverständlichkeit zur Schau. Ein Teufel in Bluejeans, der in seinem heißen Blick die reine Sünde versprach. Maia kannte die Gerüchte. Sie wusste, was die Leute im Ort Cole zutrauten – einen Mord. Er war im Gefängnis gesessen. Auf seinem Oberarm trug er offen eine Tätowierung zur Schau, die er sich bestimmt im Gefängnis hatte stechen lassen. Sein Körper war muskulös und gestählt. Aber manchmal, wenn er sich unbeobachtet wähnte, trat ein trauriger, ja tragischer Zug in seine Miene. Das war das wirklich Gefährliche an diesem Mann.

Sie wollte den Gerüchten, die sich um ihn rankten, wahrhaftig keine neue Nahrung geben. Es war bestimmt nicht angenehm, die Zielscheibe für den boshaftesten Klatsch in diesem Ort zu sein. Er konnte unmöglich auch nur ein Drittel der bösen Taten begangen haben, die man ihm nachsagte.

Maia tätschelte bewusst kameradschaftlich seinen dunklen Kopf, den Burschen an der Bar zuliebe, die sie genau beobachteten. Doch gleichzeitig wollte sie diesem Mann klarmachen, dass sie sich nicht auf sein Spiel einlassen würde. Sie beugte sich zu ihm herab und flüsterte ihm ins Ohr: »Die Lady auf dem Barhocker rechts neben dir verschlingt dich mit ihren Blicken. Bei ihr kannst du bestimmt landen. Sie wird sich zweifellos mit Freuden um deine – äh, dringenden Bedürfnisse kümmern.«

Cole spürte ihren warmen Atem an seinem Ohr und das Flüstern ihrer Lippen an seiner Haut. Gierig atmete er ihren Geruch ein. Pfirsiche und Regen – eine berauschende Mischung. Er ließ ihr Handgelenk nicht los. »Ich möchte, dass du etwas mit mir trinkst.« Seine Stimme klang rauchiger, als er vorgehabt hatte, und ihre Nähe hatte Auswirkungen, mit denen er nicht gerechnet hatte. Sein Herz pochte heftig, und ihm wurde heiß.

Maia atmete scharf ein. Cole Steele war es gewohnt, Befehle zu erteilen, und er war es gewohnt, dass man diese Befehle befolgte. Außerdem wusste er um seine Wirkung auf Frauen. Seine Stimme klang fast hypnotisierend. Sie spürte seine harten Oberschenkel, die sich an ihre Beine pressten. Mit dem Daumen streichelte er die nackte Haut an ihrem Handgelenk, das er noch immer nicht losgelassen hatte.

Behutsam versuchte Maia, sich aus seinem Griff zu befreien. Sie wollte den neugierigen Beobachtern keinen Anlass zu neuen Spekulationen geben. »Ich glaube, das ist keine gute Idee«, meinte sie und lächelte, um ihrer Ablehnung den Stachel zu nehmen.

»Du hast mir noch gar nicht gesagt, wie du heißt.«

»Du kennst meinen Namen«, erwiderte sie ein wenig verstimmt. Sie ärgerte sich über sich selbst, dass sie sich auf ein Gespräch mit ihm einließ. Das hätte sie nie tun dürfen. Wie schaffte es dieser Kerl nur, eine derartige Macht auf sie auszuüben? Zugegeben, er war der sinnlichste Mann, der ihr je begegnet war. Ihre Hormone spielten verrückt, wie sie es in den letzten Tagen immer wieder getan hatten. Und natürlich musste es ausgerechnet der böse Bube im Ort sein.

»Warum setzt du dich nicht einfach zu mir und trinkst etwas? Was ist daran so schlimm?«

»Das tue ich deshalb nicht, weil es nicht alles ist, was du von mir willst. Lass mich los!« Sie stand da und sah ihm in die Augen. Diese schönen, jedoch kalten Augen. Augen, die Dinge gesehen hatten, die keiner je hätte sehen sollen. Maia seufzte und bemühte sich verzweifelt, diese Dinge nicht zu sehen; nicht all den Schmerz, der in diesen lebhaften blauen Tiefen herumwirbelte, zu fühlen und darauf zu reagieren. »Bitte!«

Cole zog die Hand sofort zurück. Maia zwang sich, langsam wegzugehen. Am liebsten wäre sie weggerannt. Das Herz schlug ihr bis zum Hals. Er war erschreckend in seiner Intensität, und sie war viel zu empfänglich für diesen Mann, der sich hinter einer Maske versteckte. Sie erkannte ein verletztes Wesen sofort, wenn sie ihm begegnete. Ihr ganzes Sein reagierte auf solche Geschöpfe, egal ob Menschen oder Tiere. Cole Steele war einer von ihnen, und es war einfach viel zu gefährlich für sie, sich auf ihn einzulassen.

»Ihr wart heute Abend wirklich gut«, begrüßte sie Ed Logan, der Barkeeper. Er schob ihr ein geeistes Glas zu und beugte sich zu ihr vor. »Halte dich von ihm fern, Maia. Mit dem ist nicht gut Kirschen essen.«

Sie hob das Glas an die Lippen und genoss das eiskalte Wasser, das ihr durch die Kehle floss. Ihr Blick schweifte zu Cole Steele. Er starrte sie an. Heiß. Durchdringend. Besitzergreifend. Sie kehrte ihm den Rücken zu und lehnte sich an die Bar. Sofort spürte sie überdeutlich, dass Cole nun ihr Hinterteil anstarrte, das in engen Jeans steckte. Sie musste sich zügeln, um sich nicht sofort wieder anders hinzustellen. »Ich habe keine Ahnung, wovon du sprichst, Ed.«

»Seiner Miene nach zu schließen ist er auf der Jagd nach einer Frau. Und es ist augenfällig, dass er es auf dich abgesehen hat. Bei einem Spiel mit so einem Mann verbrennst du dir nur die Finger.«

»Du bist ein lieber Kerl, Ed. Ich würde dich auf der Stelle heiraten, wenn du nicht schon vergeben wärst. Aber du brauchst dir wirklich keine Sorgen zu machen. Cole Steele ist von meiner Liga so weit entfernt, dass ich gar keine Lust habe, mit ihm zu spielen. Er wird sich bald einer anderen zuwenden, bei der er bessere Chancen hat.«

»Ich wollte dich nur warnen. Sei auf der Hut. Die Leute reden schlecht von ihm. Sehr wahrscheinlich trifft nicht alles zu, was man sich über ihn sagt. Aber glaube mir, ich kenne die Männer, und dieser Bursche ist gefährlich.«

»Zumindest für die Frauen«, pflichtete sie ihm bei. »Aber im Ernst, Ed – ich kann wirklich allein auf mich aufpassen.«

»Er hat sich in diesem Ort eine Menge Feinde gemacht, als er vor fünf Monaten hier aufkreuzte und die gesamte Mannschaft feuerte, die draußen auf der Ranch gearbeitet hat. Die Zeiten sind hart, und im Winter sind viele auf Arbeitssuche. Keiner weiß, warum er es getan hat, und er spricht nicht darüber. Aber die Leute sind ziemlich verbittert.«

»Er hat bestimmt seine Gründe gehabt, Ed«, erwiderte Maia beschwichtigend. »Vor allem, wenn man bedenkt, wie groß seine Ranch ist. Er braucht Arbeitskräfte. Vielleicht sind ja ein paar Rinder verschwunden. So etwas kommt ständig vor.«

Ed zuckte mit den Schultern und räumte ein leeres Whiskeyglas ab. Dann wechselte er das Thema. »Loretta lässt dir ausrichten, dass sie sich freuen würde, wenn du uns mal besuchen kommst. Und wenn du noch keine Pläne für Weihnachten hast, bist du ebenfalls herzlich eingeladen.«

»Sag ihr, dass mich das sehr freut. Du hast Glück, dass du sie hast.«

Ed nickte. »Ich kann es noch immer kaum fassen, dass du es geschafft hast, ihren Hund zu retten. Sie liebt diesen Köter abgöttisch, und ich war mir sicher, dass er nicht überleben würde, als er in dieses Auto gerannt ist. Aber du hast ihn gerettet.«

Maia tätschelte seine Hand. Nicht Loretta war völlig aufgelöst gewesen, als der kleine Jack Russell vor ein Auto gerannt war. Es war der große Ed gewesen, der so heftig geschluchzt hatte, dass er kaum noch einen Ton herausgebracht hatte, als er und Loretta mit dem Hund in ihrer Praxis aufgetaucht waren.

Sie drehte sich um und spürte sofort wieder Cole Steeles durchdringenden Blick. Eigentlich hätte er sie frösteln lassen müssen, doch stattdessen strömte eine gefährliche Hitze durch ihren Körper. Sie wappnete sich, ein zweites Mal an ihm vorbeizugehen. Aus der Jukebox erklang ein schwülstiges Liebeslied, zu dem sich einige Paare auf der Tanzfläche drehten. Womöglich wäre es ratsamer gewesen, quer über die Tanzfläche zu flitzen. Aber wenn sie das getan hätte, wäre sie sich wie ein Feigling vorgekommen. Vielleicht war sie aber auch nur ein wenig leichtsinnig.

Er stand auf. In der geschmeidigen Bewegung drückte sich die reine Macht aus. Dann trat er ihr in den Weg und beugte sich über sie. Beim Anblick seiner breiten Schultern und seines muskelbepackten Körpers fühlte sie sich extrem weiblich. Seine Hände legten sich um ihre Handgelenke. Sein Griff war fest, ohne schmerzhaft zu sein, als er ihre Arme um seinen Nacken legte und sie eng an seinen harten Männerkörper zog. Mit seinen Armen hielt er sie fest wie in einem Käfig, und mit seinen Oberschenkeln drängte er sie rückwärts auf die Tanzfläche. Sofort entbrannte ein Feuer in ihr, und eine fast schmerzhafte Begierde breitete sich aus, unter der sie ganz schwach wurde. Seine mächtige Erektion presste sich schamlos an ihren Bauch. Flammen züngelten über ihre Haut.

Sie sagte nichts. Sie wollte keine Szene machen und sich öffentlich gegen ihn wehren. Außerdem war sie ehrlich genug, sich einzugestehen, dass sie ihn begehrte. Schließlich war sie kein Kind mehr, das sich selbst belog. Sie hatte aus freien Stücken beschlossen, an ihm vorbeizulaufen, um ihm eine weitere Gelegenheit zu geben, sie anzubaggern. Sie schloss die Augen und schwebte mit ihm auf einer Welle sexueller Bewusstheit und Erregung; auf einer Welle von Hitze, Flammen und Lust. So etwas hatte sie noch nie erlebt. Sie spürte, wie ihr Körper mit seinem verschmolz.

Cole beugte sich zu ihr herab. Ihr Haar war zu einem Zopf geflochten, sodass ihr Nacken ungeschützt war. Sie spürte seine Lippen auf ihrer nackten Haut. Cole stellte fest, dass sie perfekt in seine Arme passte, wie für ihn geschaffen. Er spürte die wilde Begierde, die in ihm tobte, doch darüber hinaus auch eine ihm völlig fremde Sehnsucht. Sie stieg in ihm auf und setzte sich tief in ihm fest. Er wusste, dass es nicht leicht sein würde, dieses Gefühl wieder zu vertreiben. Maia Armstrong drückte ihm ihren Stempel auf, ohne dass er sich näher auf sie eingelassen hatte. Oder vielleicht doch? Er hatte sich noch nie näher auf eine Frau eingelassen. Vielleicht tat er das jetzt.

Sie raubte ihm den Atem. Sie nahm seine animalische Gier und verwandelte sie in etwas völlig anderes. Coles Arme schlossen sich fester um Maia, er drückte sie noch enger an sich, er wollte, dass sich seine Knochen ihren Körper einprägten. Er hatte sie begehrt, um sich für ein oder zwei Nächte seiner Dämonen zu entledigen. Aber nun, als ihr Körper sich an den seinen schmiegte, schmolz etwas in ihm, und zum ersten Mal seit seiner Kindheit bekam Cole es mit der Angst zu tun. Er wollte sie loslassen und weglaufen, zurück in die Sicherheit seiner abgeschotteten Welt. Aber er konnte sie nicht loslassen. Er konnte nicht auf das Versprechen eines Zaubers verzichten, den dieser Körper zu bergen schien, der sich so eng an ihn schmiegte.

Cole merkte, dass die letzten Töne des Lieds verklangen. Normalerweise war er sich seiner selbst bei Frauen völlig sicher. Er war ein sehr sinnlicher Mann, und er verstand sich hervorragend darauf, eine Frau dazu zu bringen, ihn zu begehren. So etwas war ihm nie schwergefallen. »Ich möchte mit dir nach Hause gehen«, sagte er schamlos.

Maia entwand sich seinen Armen und widerstand der Begierde und der dunklen Intensität, die andere Frauen so zu ihm hinzog. Sie schenkte ihm ihr machtvolles Lächeln; ein Lächeln, das bis in sein versteinertes Herz vordrang.

»Pheromone können böse kleine Teufel sein, nicht wahr?«, meinte sie. »Sie schlagen in den ungünstigsten Momenten zu.«

Er konnte sie nicht gehen lassen. Er sah es ihr an, dass sie kurz davor stand, sich umzudrehen und ihn stehen zu lassen. »Dann komm doch mit zu meiner Ranch.« War das wirklich Cole Steele, der knallharte Bursche, der sich so verzweifelt anhörte? Was zum Teufel war nur mit ihm los? Warum ging er nicht zu der Frau am Ende der Bar, die ihn mit Blicken verschlang, und schleppte sie ab? Das würde Maia ganz recht geschehen. Er wusste, dass sie ihn begehrte. Das konnte sie nicht vor ihm verstecken.

»Du fürchtest dich vor mir«, provozierte er sie.

»Hältst du mich für dumm?« Sie trat einen Schritt zurück, wobei sie sich erst vergewisserte, dass sie sich bewegen konnte, ohne zu zittern. »Jede Frau, die auch nur einen Funken Verstand hat, würde sich vor dir fürchten. Auf deiner Stirn befindet sich ein Stempel mit der Aufschrift: Vorsicht, Ärger! Und zwischen deinen Beinen ist das auch ziemlich deutlich zu erkennen.«

»Nett von dir, das zu bemerken. Schließlich bist du diejenige, die diesen Ärger verursacht«, erwiderte er herausfordernd.

»Nett zu wissen, dass ich das kann«, entgegnete sie. Der Vorwurf ließ sie völlig kalt. »Gehen Sie weg, Mr Steele. Sie spielen in einer völlig anderen Liga als ich.«

Aus der Jukebox erklang ein weiterer schwülstiger Song. Cole zog sie wieder in seine Arme. »Was bringt mich dazu, nicht in deiner Liga zu spielen?«

Sie legte den Kopf zurück und sah ihn an. Das war natürlich ein großer Fehler. Seine Augen waren tiefblau, sie funkelten fast metallisch, und in seinem Blick stand dunkle Begierde, gemischt mit Verlangen, mit Besitzgier, mit Entschlossenheit. Um seinen Mund lag ein skrupelloser Zug. Aber nun entdeckte sie in seinem Blick auch ein Bedürfnis, dem sie sich nicht entziehen konnte. Sie atmete tief durch. »Alles«, erwiderte sie. »Geld, Erfahrung, dein Leben. Ich will nicht versengt zurückgelassen werden. An dir klebt ein viel zu hohes Preisschild.«

Seine Augen fesselten sie. So entschlossen sie auch war, sie konnte sich nicht von ihnen losreißen. Es war der flüchtige Blick auf ein verletztes Lebewesen, die Schatten von Schmerz und Verrat, die er hinter seiner kühlen, eiskalten Fassade verbarg. Nur dieser Blick hinderte sie daran, ihn stehen zu lassen. Sie schlang die Arme um seinen Nacken und ließ sich wieder in seine Hitze fallen.

Sein Kinn rieb sich an ihrem Scheitel. »Ich habe die ganze Zeit gedacht, an dir klebe ein zu hohes Preisschild.«

»Du glaubst wahrscheinlich, dass alle Frauen mit Preisschildern versehen sind«, grummelte sie an seine Brust. Sie legte das Ohr auf sein Herz.

»Sind sie das denn nicht?«, fragte er. »Gewöhnlich ist die Sache nicht so schwierig. Aber Sie, Lady, machen mir Probleme.«

Maia lauschte dem steten Rhythmus seines Herzens. »Ich mache dir keine Probleme. Du hast darauf bestanden, mit mir zu tanzen. Ich habe dir gesagt, dass ich das nicht will.«

»Das habe ich nicht gehört.«

»Ach nein?« Sie lächelte. »Ich hätte schwören können, dass

es alle in diesem Raum gehört haben. Ich dachte, das hätte ich sehr deutlich zum Ausdruck gebracht.«

»Nein. Du hast definitiv nicht Nein gesagt.«

»Aber ich hätte es tun sollen. Ich bin wohl einen Moment lang schwach geworden.« Sie lachte leise – ein Geräusch, das durch seinen ganzen Körper tanzte.

»Du bist gefährlich.«

»Komisch. Eigentlich behaupten das immer alle von dir«, entgegnete Maia.

Cole gab noch einmal der Versuchung nach und beugte den Kopf zu ihrem entblößten Nacken herab. Ihre Haut fühlte sich an wie warmer Satin. Er knabberte an ihrem Ohrläppchen. Bevor sie Einspruch erheben konnte, hob er den Kopf, um sie abzulenken. »Warum hast du mich neulich im Diner verteidigt?«, fragte er. »Alle glauben, ich habe den Alten umgebracht. Warum tust du das nicht?«

Maia erbebte und versuchte, ihre zersprengte Abwehr wieder zusammenzufügen. Sein Mund hatte kleine Flammen über ihre Haut flackern lassen. »Der Verdacht gegen dich ist fallen gelassen worden. Manchmal reden sie hier über nichts anderes, das ist ziemlich nervig. Als dein Vater ermordet wurde, warst du tausend Meilen entfernt. Aber sie wollen an dem Glauben festhalten, dass du es getan hast.« Unbewusst schmiegte sie sich näher an die Wärme seines Herzens. »Du hast das ganze Geld und die Ranch geerbt, obwohl du deinem Vater den Rücken zugekehrt und dein Zuhause verlassen hast. Und dann hast du es auch noch gewagt, die Leute rauszuschmeißen. Wahrscheinlich ist es in Anbetracht all dessen ganz normal – sie wollen, dass du schuldig bist. Und es liefert ihnen Gesprächsstoff.«

»Ich hätte den Mord trotzdem veranlassen können«, entgegnete er. Seine Hände glitten über ihren Rücken, hinunter zu ihrer Taille und über ihre Hüften.

»Sie tun dir und dem Jungen Unrecht. Der Junge tut mir leid. Wie alt ist er? Vierzehn? Fünfzehn? Er hat seinen Vater verloren, und nun verbreiten die Leute auch noch die übelsten Gerüchte über seinen Vormund. So etwas ist boshaft, und es ärgert mich.«

»Er ist vierzehn. Und er hat den Alten gehasst.« Cole merkte, wie verächtlich seine Worte klangen. Normalerweise enthüllte er keinem etwas Privates, am wenigsten einem Wildfremden oder einer Frau, mit der er Sex hatte. Was zum Teufel war nur in ihn gefahren?

Sie tanzten nicht mehr, sondern hielten sich nur fest und wiegten ihre Körper in perfektem Einklang. Seine Umarmung wurde fester, und er zog ihre Hüften näher an sich. Der Rest des Raums schien verschwunden zu sein, sie schienen eingehüllt zu sein in einer Welt, die nur aus ihnen beiden bestand. Maia schaute auf sein Gesicht. In ihrem Bauch kribbelte es. Sein Kopf neigte sich wieder zu ihr herab, Zentimeter um Zentimeter, ganz langsam. Sie bemerkte die Furchen in seinem Gesicht, den Schatten auf seiner Kieferpartie, die langen Wimpern und die Absicht in seinen hungrigen Augen.

»Wage es bloß nicht!«

»Ich kann nicht anders.«

»Ich habe Nein gesagt. Sehr entschieden.« Maia drehte den Kopf weg, sodass seine Lippen sich nicht auf ihre legen konnten. Sie wäre verloren gewesen, wenn er sie geküsst hätte. Sie wollte kein Risiko mehr eingehen.

»Du bist feige. Du rennst weg.«

»Jawohl, ich habe Angst«, gab sie unumwunden zu.

»Du hast mich gar nicht gefragt, warum ich im Gefängnis war. Willst du mich deshalb nicht mit zu dir nach Hause nehmen?«

Seine Hände beschrieben kleine Kreise entlang ihrer Wirbelsäule. Seine Erektion presste sich an ihren Bauch. Sie verspürte brennende Begierde an Stellen ihres Körpers, von denen sie bislang gar nicht gewusst hatte, dass sich Begierde auch dort bemerkbar machen konnte. »Ich habe dich nicht nach dem Grund gefragt, weil es mich nichts angeht«, erwiderte sie und atmete erleichtert aus, als das Lied zu Ende war. »Ich muss jetzt wieder auf die Bühne.«

Cole ließ sie los. Hätte er sie noch länger festgehalten, dann hätte er sie sich einfach über die Schulter geworfen und an einen Ort entführt, an dem er sie ganz für sich allein gehabt hätte, und zwar sehr, sehr lange. Er schaffte es zu seinem Tisch, ohne etwas zu zerbrechen, und nahm einen tiefen Schluck. Das Bier war warm. Es richtete nicht das Geringste gegen das Feuer aus, das durch seine Adern tobte.

Cole beobachtete sie mit halb geschlossenen Augen. Er wollte seinen Anspruch auf sie anmelden und den anderen Männern in der Bar klarmachen, dass diese Frau ihm gehörte. Noch keine Frau war ihm so nahegegangen. Sie schien wieder völlig in ihrer Musik aufzugehen und ihn gar nicht zu bemerken, wie er da saß und sich nach ihr verzehrte.

Plötzlich klingelte sein Handy. Er blickte kurz aufs Display, dann gleich wieder auf Maia. »Was ist los, Jase?«, fragte er. Wenn sie noch ein einziges Mal den Blödmann in der ersten Reihe anlächelte, würde er dem Kerl seine Bierflasche über den Schädel ziehen müssen.

Einen Moment lang war es still, doch dann ertönte ein heftiges, tränenerfülltes Schluchzen. »Ich habe dir vertraut. Du hast gewusst, dass er mir wichtig ist. Du hast gewusst, dass ich Celtic High mag.«

Cole erstarrte. »Wovon redest du, Jase? Beruhige dich und sag mir, was los ist.«

»Der Braune. Er ist von oben bis unten mit Wunden übersät. Was hast du ihm angetan?«

»Ich habe ihm nichts angetan«, brauste Cole auf, bevor er seinen Zorn beherrschen konnte. »In einer Stunde bin ich da, zusammen mit der Tierärztin.« Die Fahrt zur Ranch dauerte normalerweise eine gute Stunde, aber er konnte bestimmt ein paar Minuten einsparen. Dass Jase ihn verdächtigte, konnte er ihm nicht verübeln. Dem Jungen war beigebracht worden, keinem zu vertrauen. Dennoch schmerzte es. Und schlimmer noch – Cole konnte nichts gegen den Verdacht tun, der in ihm aufkeimte. Er hatte Nachforschungen über den Jungen eingeholt, nach Warnhinweisen gesucht, nach Grausamkeit gegenüber Tieren, nach irgendeinem Hinweis, dass der Alte seine kranken Gene weitergegeben hatte. Bislang hatte er nichts dergleichen gefunden. Trotzdem beschlichen ihn jetzt Zweifel.

»Er hat schreckliche Schmerzen«, schluchzte Jase. »Er muss eingeschläfert werden. Ich kann es nicht tun. Ich habe es versucht, aber ich schaffe es nicht.« Nun weinte er hemmungslos. »Er ist in Panik durch einen Zaun gestürmt und hat sich dabei schwere Verletzungen zugezogen. In seiner Brust und im Bauch stecken Splitter, und auch in seinen Beinen. Manche Wunden gehen bis zum Knochen. Ich kann ihn nicht erlösen, Cole.«

»Hör mir zu, Jase. In einer Stunde sind wir bei dir, ich und die Tierärztin. Hol dir Al und weitere Arbeiter zur Hilfe. Bringt Celtic High in die große Scheune, in der alles ist, was man braucht. Die Frau Doktor wird wahrscheinlich ein gutes Licht brauchen, wenn sie ihn verarztet, und außerdem ist es dort so steril wie sonst nirgends. Sag Al, dass er das Pferd am Leben halten soll.«

»Aber Cole …« Jetzt klang Jase wie ein kleines Kind, das Trost braucht. »Er leidet.«

»Ich war es nicht, Jase. Ich war ja nicht einmal dort.«

»Ich habe einen Arbeitshandschuh von dir gefunden, neben dem Zaun, im Schnee«, erklärte Jase entschuldigend. »Ich weiß nicht, was ich mir dabei gedacht habe. Ich wusste ja, dass du in die Stadt gefahren bist.«

»Ich bin in einer Stunde da«, wiederholte Cole. »Ruf Al und bleib in seiner Nähe, bis ich da bin und herausgefunden habe, was passiert ist.«

Maia beobachtete Coles Gesicht, während er telefonierte. Seine Miene verriet nicht viel, aber irgendetwas stimmte nicht. Das erkannte sie daran, wie sein Griff um die Bierflasche immer fester wurde. Hatte er den Flaschenhals zuvor noch gedankenverloren, ja fast verführerisch gestreichelt, so umklammerte er ihn jetzt, als wolle er jemanden erwürgen. Er beendete das Gespräch abrupt und steckte das Handy wieder in die Tasche. Dann stand er auf und sah sie an.

Er kam mit langen Schritten auf sie zu. Sofort begann ihr Herz zu rasen. Es hämmerte in ihrer Brust. Sein Blick war kalt und hart, und in seinen Zügen spiegelte sich wilde Entschlossenheit. Zum ersten Mal in ihrem Leben geriet sie aus dem Takt, und die Band hörte zu spielen auf. Die plötzliche Stille in der Bar wirkte erdrückend.

»Komm mit. Ich brauche dich auf der Ranch. Gehen wir.« Cole klang, als würde er keinen Widerspruch dulden.

Maia betrachtete seine angespannten Züge. Er packte sie am Arm, zerrte sie fast von ihrem Hocker. »Auf der Stelle, habe ich gesagt.«

In der Bar regte sich Protest, doch das beeindruckte Cole nicht im Geringsten. Er kam ihr immer näher.

Maia sah sich um und schätzte rasch die Lage ein. Dann kehrte ihr Blick zu seinem Gesicht zurück, auf dem sich noch immer unerbittliche Entschlossenheit zeigte. Es war ihm egal, wenn andere sich einmischten, um sie zu retten. Er war darauf eingestellt, zu kämpfen. Und schlimmer noch – vielleicht würde er sogar gewinnen.

Der Griff um ihren Arm festigte sich. »Du willst doch nicht, dass ich dich raustrage«, zischte er warnend.

»Genauso wenig, wie du willst, dass ich dir eine Ohrfeige gebe«, entgegnete Maia und musterte ihn kühl. »Gehen wir.«

3

Mach das nie wieder!«, warnte Maia. Sie blieb vor der Bar stehen und atmete tief die kühle Nachtluft ein, um sich zu beruhigen. »Ich weiß, dass dich etwas aufgeregt hat. Glaub mir, nur deshalb stehe ich jetzt hier draußen neben dir. Ich bin keine Frau, die sich von dir herumkommandieren lässt.«

Cole sah den lodernden Zorn in ihrem Blick. Mittlerweile schneite es heftig. Dicke Flocken rieselten herab, sachte, stumm. Er langte nach ihr, seine Finger legten sich um ihren Nacken, und er zog sie zu sich heran. Dann eroberte er ihren Mund mit dem seinen, bevor sie sich dagegen wehren konnte.

Sie rechnete damit, dass sein Kuss so wild und dominant sein würde wie er selbst. Aber er war das genaue Gegenteil. Sein Mund fühlte sich unglaublich sanft an, weich, aber fest, wie ganz leise flackernde Flammen. Seine Lippen streiften die ihren mit einer entwaffnenden Zartheit. Dann hob er den Kopf, und seine blauen Augen blendeten sie fast.

Coles Herz schlug heftig, zu heftig. In seiner Bauchgegend nahm er ein seltsames Gefühl wahr, ihm war, als ob dort etwas schmolz. Der Rest seines Körpers reagierte wie immer auf ihre Nähe. Er wusste, dass er einen großen Fehler gemacht hatte. Maia Armstrong war keine gewöhnliche Frau. Er würde sich die Finger verbrennen, wenn er nicht schleunigst ein wenig Kontrolle zurückerlangte. Er massierte ihren Nacken, streichelte ihre weichen Haare. Er war bekannt für seine Beherrschung, doch diese Frau schien ihn völlig umzukrempeln. Bei ihr funktionierten seine sorgfältig konstruierten Abwehrmechanismen nicht.

Maia schaffte es, sich ihm zu entziehen. »Wenn dieser Notfall nur ein Trick ist, um mich auf deine Ranch zu entführen, wo du dir dann mehr davon erhoffst …« Sie starrte ihn wütend an und wischte sich mit dem Handrücken über den Mund in dem verzweifelten Versuch, seinen Geschmack loszuwerden. Sein Kuss hatte sich wie Feuer angefühlt, Feuer sprang von seinen Lippen und seiner Zunge auf sie über, raste bis in ihren Bauch, tiefer noch. Ihr Körper verflüssigte sich vor Begierde nach ihm. Und dabei hatte er sie kaum berührt.

»Dieser Kuss war eine Entschuldigung. Hör auf, ihn wegzuwischen.« Er zog ihre Hand weg. In seinem Blick vermengte sich Zufriedenheit mit etwas anderem; etwas, was fast aussah wie Angst. Er führte sie quer über den Parkplatz zu seinem Truck. »Ich bin es gewohnt, Befehle zu erteilen und dafür zu sorgen, dass Dinge erledigt werden. Wir müssen sofort zur Ranch. Dir zu sagen, dass du mitkommen sollst, kam mir wie die schnellste Möglichkeit vor, das zu schaffen.«

Maia biss sich auf die Unterlippe. Sie hätte ihn aufhalten sollen, sie hätte ihn ohrfeigen sollen, sie hätte sich ihm nicht widerstandslos fügen dürfen. Sie fasste sich an den Mund. Er brannte immer noch. Sie hatte definitiv mitgespielt. Wo blieb ihr Stolz? Ihre Empörung? Der Mann war gefährlicher, als sie gedacht hatte. Es kostete sie einige Mühe, zu sprechen. »Vielleicht erklärst du mir noch ein paar Dinge.« Ihre Stimme klang ein bisschen rau. »Um was für ein Tier handelt es sich? Und was fehlt ihm?«

»Es geht um ein Pferd, Celtic High. Es ist Jase' Lieblingspferd, auch wenn er es nicht zugeben will. Leider steht uns ein Blizzard bevor, eine Schlechtwetterfront hat sich angekündigt. Sie könnte dafür sorgen, dass du mehrere Tage nicht mehr von der Ranch wegkommst. Ich kann das Pferd nicht mitten in einem Sturm mit dem Anhänger in deine Klinik schaffen. Deshalb musst du jetzt mit. Ich kann dir nur versprechen, dass ich alles mir Mögliche tun werde, um die Straßen räumen zu lassen, damit du in die Stadt zurückkehren kannst.«

Maia blickte auf den stetig fallenden Schnee. »Ich dachte, der Sturm würde erst in ein paar Stunden losbrechen.«

»Wir haben noch etwas Zeit. Aber wir müssen uns beeilen, damit er uns nicht einholt.«

»Ich brauche meine Ausrüstung. Ich kann dir nachfahren«, meinte Maia und wechselte die Richtung. Nun übernahm die Tierärztin in ihr die Oberhand. »Ich habe Medikamente und alles andere, was ich brauche, in sterilen Verpackungen. Ich muss in der Praxis Bescheid sagen und Dr. Stacy bitten, in meiner Abwesenheit für mich einzuspringen. Wenn Not am Mann ist, wird er das bestimmt tun. Vielleicht haben wir Glück und sind schneller als der Sturm.«

»Ich fahre. Wir lassen die Straße zur Ranch zwar räumen, aber an manchen Stellen kann es trotzdem schwierig werden«, erklärte Cole. »Bei einem Blizzard kommt kein Schneepflug durch. Jase meinte, der Braune ist durch eine Koppel gestürmt. Er hat zahlreiche Verletzungen, Schnitte, die bis zum Knochen reichen und in denen Holzsplitter stecken. Er hat gesagt, dass das Tier schrecklich leidet und eingeschläfert werden müsse. Aber er konnte es nicht tun.«

»Und du willst, dass ich es rette, selbst wenn es nie mehr geritten werden kann?« Viele Rancher ließen ein Pferd einschläfern, wenn es nicht mehr als Arbeitstier zu gebrauchen war.

»Auf jeden Fall. Egal, was du dafür tun musst, solange das Pferd nicht leidet«, antwortete Cole. »Unsere Ranch ist groß. Er kann dort bis an sein Lebensende grasen.«

Maia nickte. »Na gut. Vielleicht haben wir Glück und es ist nicht so schlimm, wie es aussieht. Solange sich die Wunden nicht entzünden, können viele Pferde selbst schlimme Verletzungen ganz gut auskurieren.« Sie warf einen Blick zurück auf seinen Truck, der mittlerweile mit einer dicken Schneeschicht bedeckt war. »Ich bin es gewohnt, im Schnee zu fahren. Du willst doch dein Fahrzeug nicht einfach hier stehen lassen.«

»Ich habe auf der Ranch genügend Transportmöglichkeiten einschließlich eines Hubschraubers. An meinen Truck wagt sich keiner ran«, versicherte er ihr.

Unwillkürlich lief Maia ein Schauder über den Rücken.

Cole hatte recht. Sie wusste, dass die meisten Bewohner der Stadt Angst vor ihm hatten. Von ihm ging stets etwas Gefährliches aus. Das konnte er nicht verbergen, und er versuchte es auch gar nicht. Offenbar war es zwecklos, sich wegen der Autos mit ihm zu streiten. Sie holte ihr Handy aus der Tasche und rief in der Praxis an. Schnee rieselte auf sie herab, während sie die notwendigen Anweisungen erteilte.

Schließlich steckte sie ihr Handy wieder ein und griff im selben Moment wie Cole nach der Fahrertür. Sie zog die Hand zurück, um eine Berührung zu vermeiden. »Das ist mein Auto«, meinte sie.

»Aber ich fahre. Ich kenne die Straße, und der Sturm rückt schneller näher, als ich dachte. Es ist sicherer, wenn ich fahre. Ich kenne hier jedes Schlagloch und jede Kurve.« Er wischte ihr den Schnee aus den Haaren und schützte sie mit seinem Körper vor dem Gestöber. »Wir haben nicht viel Zeit. Gib mir die Schlüssel.«

Maia rührte sich nicht von der Stelle und hielt die Schlüssel fest. »Warum warst du im Gefängnis?«, fragte sie. Eigentlich fand sie, dass das keine Rolle spielte, aber sie wollte es trotzdem wissen. Sie wollte nicht zum Opfer werden, nur weil sie zu töricht gewesen war, diese Frage zu stellen.

Cole riss ungeduldig die Fahrertür auf. »Nicht, weil ich eine Frau vergewaltigt habe, falls du das denkst. Frauen zu missbrauchen ist nicht meine Art.« Er setzte sich ans Lenkrad und schlug die Tür unnötig heftig zu.

»Ach nein?« Sie eilte um den Wagen herum, schlüpfte auf den Beifahrersitz und gab ihm die Schlüssel. »All die armen Frauen, mit denen du ins Bett steigst, kommen sich bestimmt missbraucht vor, wenn du dich nie mehr bei ihnen meldest.« Sobald sie die Tür zugemacht hatte, fühlte sie sich gefangen. Mit seinen breiten Schultern und seinem muskulösen Brustkorb kam er ihr überaus mächtig vor und überaus männlich. Der Geruch seines Aftershaves drang ihr in die Nase. Und sie spürte noch immer seinen Kuss auf den Lippen.

Er steckte den Zündschlüssel ins Schloss und sah sie an. Sofort dröhnte »White Christmas« aus den Lautsprechern. Cole zuckte zusammen und stellte das Radio aus.

»Eines sollten wir gleich klarstellen, Maia«, sagte er. »Eine Frau, mit der ich ins Bett gehe, fühlt sich niemals missbraucht. Und außerdem hasse ich Weihnachtsmusik.«

»Das sind zwei Dinge«, bemerkte sie und ärgerte sich über sich selbst, weil sie schon allein der Gedanke, mit ihm ins Bett zu gehen, erregte. Er war viel zu arrogant und selbstbewusst für ihren Geschmack. Und außerdem war er ein böser Junge; ein Mann, von dem kluge Frauen die Finger ließen. »Und ich liebe Weihnachtsmusik.«

»Das hätte ich mir denken können.«

»Was soll das heißen?« Er hatte sie so unvermittelt aus der Bar verschleppt, dass sie keine Zeit mehr gehabt hatte, ihre Jacke zu holen. Nun saß sie da und zitterte, denn die Temperatur war deutlich gefallen. Sie drehte die Heizung voll auf und rieb sich die Arme.

»Das heißt, dass du zu diesen sentimentalen Frauen gehörst, die bei kleinen Kindern und Tieren schwach werden und Feiertage lieben. Wahrscheinlich beschenkst du sogar den Müllmann.«

Beinahe ungeduldig warf Cole ihr seine Jacke in den Schoß. »Zieh die an, bis es hier warm wird. Und mit meiner Einschätzung habe ich recht, oder?«

»Warum sollte ich dem Müllmann nichts schenken? Er schuftet schwer für sein Geld.« Sie zog die Jacke an, weil sie jämmerlich fror. »Und warum hasst du Weihnachtsmusik?«

Er starrte auf die Straße und trat aufs Gaspedal. Weder die Geschwindigkeitsbegrenzung noch ihre Sicherheit schien ihn besonders zu bekümmern.

»Warum?«, beharrte Maia und beobachtete ihn genau. Sein Gesichtsausdruck veränderte sich nicht, aber die Spannung im Land Cruiser wuchs.

»Tut das nicht jeder?«, knurrte er.

»Nein. Die meisten Leute lieben sie. Um diese Zeit sind doch alle glücklich.«

»Ach ja?« Er klang grimmig. »Du vielleicht. Für mich ist diese Zeit ein einziger Albtraum.«

»Dann wirst du deinen Freundinnen wohl auch keine Geschenke machen«, zog sie ihn auf.

Er sah sie kurz an. Sein eiskalter Blick schweifte über ihren ganzen Körper. »Vielleicht komme ich ja mit ein oder zwei Geschenken bei dir vorbei, wenn ich dich damit umstimmen kann.«

Maia verschränkte die Hände, um sich davon abzuhalten, ihn zu ohrfeigen. Sie wandte sich ab und starrte aus dem Fenster auf die weiße Welt um sie herum. Wenn das verletzte Pferd und der Junge nicht gewesen wären, hätte sie Cole Steele gesagt, er solle zur Hölle fahren, und ihn aus ihrem Wagen gestoßen. Und dann wäre sie zurück in die Stadt gefahren.

Cole spürte die Stille zwischen ihnen wie einen Messerschnitt. Normalerweise war es ihm ganz recht, wenn Stille herrschte. Er fühlte sich dabei nie unwohl. Aber bei Maia war es anders. Er hätte gerne eingelenkt und die Kluft überbrückt, die er zwischen ihnen hergestellt hatte. Doch er kämpfte um das Leben, das ihm vertraut war, das Leben, in dem er überleben konnte. Dingen wie Heiterkeit und Wärme traute er nicht. Er hatte nie daran gedacht, so etwas haben zu wollen, bis er diese Frau in die Arme genommen hatte. Sein Körper hatte nach ihr verlangt, und das hätte reichen sollen. Sex ohne Verpflichtungen, mehr hatte er nie gewollt. Doch bei Maia hatte er das Gefühl, dass er sich damit nicht zufrieden geben würde. Sie berührte ihn auf eine Weise, mit der er nicht gerechnet hatte. Es war faszinierend und beängstigend zugleich.

Schließlich verließ er den Highway und bog in die Privatstraße ein, die zur Ranch führte. Der Schneefall war heftiger als erwartet, aber er kannte tatsächlich jede Kurve und jedes Schlagloch. Die Straße war geräumt worden, bevor er in die Stadt gefahren war, doch schon jetzt lag wieder eine dicke weiße Schneedecke darauf. Er starrte auf die Flocken, die gegen die Windschutzscheibe wirbelten.

Plötzlich erstarrte Maia. Sie drückte sich gegen die Rückenlehne, kauerte sich zusammen und schützte ihr Gesicht mit der Hand. Eine riesige Eule wäre beinahe an die Windschutzscheibe geprallt. Ihre Flügel waren ausgebreitet, der Kopf war zurückgelegt und die Krallen ausgestreckt, als wolle sie sie in ihrer Beute vergraben. Sie sah aus wie ein Gespenst, das sich aus dem blendenden Schneegestöber auf sie stürzte.

Die gefährlichen Klauen schienen es direkt auf Coles Augen abgesehen zu haben. Nur die Scheibe trennte ihn davon. Maia keuchte erschrocken auf. Er riss das Lenkrad herum und geriet ins Schleudern. Ein Schwall Flüche entkam ihm, bis er spürte, dass die Reifen wieder Haftung hatten. Die Eule flog knapp über dem Fahrzeug davon. Cole atmete erleichtert auf. Der Vogel war so nahe gewesen, dass man die einzelnen Federn auf seinem Körper hatte sehen können.

Maia wickelte sich fester in Coles Jacke ein, schloss die Augen und versuchte, ihr wild hämmerndes Herz zu beruhigen. Die Eule hatte sie warnen wollen. Das Tier hatte sein Leben riskiert, um sie zur Umkehr zu bewegen. Sie warf einen Blick auf Coles Gesicht, in das sich tiefe Falten gegraben hatten. Die Eule hatte ihr Denken mit Bildern von Gewalt überschwemmt. Es war so schnell passiert, dass Maia die Dinge, die das Tier ihr vermitteln wollte, nicht klar erfasst hatte. Nur eine Warnung vor drohendem Unheil war ihr klar geworden. Maia atmete tief durch und dachte noch einmal über die Bilder nach, die die Eule ihr vermittelt hatte – Dunkelheit, Pferde, Männer, aufblitzende Lichter, Gewehrfeuer vielleicht. Maia konnte sich keinen Reim darauf machen.

»So etwas ist mir noch nie passiert«, sagte Cole. »Vielleicht hat der Sturm das Tier verwirrt. Eulen können ausgezeichnet sehen und hören. Ich glaube, zu Unfällen mit Eulen kommt es höchst selten.«

»Sie war auf der Jagd.«

Maias Stimme war so leise, dass Cole sie kaum verstand. Er sah kurz auf sie. Sie war blass, und in ihren Augen stand Angst.

»Ich bin ein guter Fahrer, Maia. Ich bringe uns wohlbehalten an unser Ziel.«

Sie antwortete nicht. Cole seufzte. Sie tat ihm einen Gefallen und begleitete ihn inmitten eines Sturm auf die Ranch – eines Sturms, der sich rasch zu einem üblen Blizzard auswuchs. Er hätte höflicher sein sollen. Wahrscheinlich lag ein langer Arbeitstag hinter ihr, und nun stand ihr eine lange, kalte Nacht bevor, in der sie versuchen würde, das Pferd für Jase zu retten.

»Ich hätte nicht sagen sollen, dass ich dich für käuflich halte.« Cole warf wieder einen Blick auf sie. Normalerweise war es bei Frauen überaus einfach: Er sah sie an, sie sanken in seine Arme, sie schliefen mit ihm, und dann dachte er nicht mehr an sie. So sollte es sein. Aber Maia hatte seine sorgfältig errichteten Barrikaden zerstört.

Einen Moment lang dachte er, sie würde stumm bleiben. Sie drehte den Kopf nicht zu ihm, sondern starrte weiter auf das heftige Schneegestöber. »Warum hast du es dann getan?«, fragte sie schließlich.

»Du gehst mir unter die Haut, und das behagt mir nicht«, erwiderte er aufrichtig. »Ich habe noch nie eine Frau wie dich getroffen.«

»Du hast eine Million Frauen wie mich getroffen. Aber wahrscheinlich hat dir bislang noch keine von ihnen die Stirn geboten«, sagte sie leise. Ihre Stimme klang gedämpft durch seine Jacke. Dennoch fand sie ihren Weg in seinen Körper. Vorbei an Haut und Muskeln drang sie ihm direkt bis in die Knochen.

Endlich drehte sie den Kopf und sah ihn an. Sein Atem verließ die Lungen in einem Schwall. Er war es nicht gewöhnt, dass jemand eine derartige Wirkung auf ihn hatte. Diese Frau erschütterte seine übliche Ruhe. Bemüht um eine nichtssagende Fassade, auch wenn seine Alarmanlage ihm schrill verkündete, dass er ein Problem hatte, erwiderte er: »Du bist eine interessante Frau. Jede andere hätte sich auf mein Geständnis gestürzt, dass sie mir unter die Haut geht. Du nicht. Du bist definitiv anders.«

»Es bringt nicht viel, wenn wir uns weiter darüber unterhalten. Ich werde nicht mit dir schlafen. Ich halte nichts von One-Night-Stands. Ich halte überhaupt nichts von Gelegenheitssex.« Sie brachte ein kleines Lächeln zustande. »Auch wenn ich zugeben muss, dass du eine ziemliche Versuchung darstellst.«

Er sah sie kurz an. Bei einer besonders hohen Schneeverwehung kamen die Reifen ins Rutschen. Als sie wieder Halt fanden, wurde der Wagen ruckartig nach vorn katapultiert. Maia streckte die Hand aus und stützte sich am Armaturenbrett ab. Aber sie sagte ihm nicht, dass er langsamer fahren sollte.

»Ich bekomme stets, was ich will, Maia«, stellte er zuversichtlich fest. Er wusste nicht, ob es an ihrer kühlen Ablehnung, der Wärme ihres kleinen Lächelns oder seinem intensiven Verlangen lag, doch er war entschlossen, sie zu erobern. Selbst wenn er wusste, dass er mehr riskierte, als er sollte.

»Nun, dann würde ich dir raten, etwas anderes zu wollen. Ich habe nicht die Kraft, mit dir zu kämpfen. Du gehörst zu den Männern, bei denen sich mir normalerweise die Haare aufstellen.«

»Warum das denn?«

»Weil du arrogant, herrisch und viel reicher bist, als dir guttut. Weil du zwar wahnsinnig sexy bist, das aber auch ganz genau weißt und dir deshalb nicht einmal die Mühe gibst, höflich zu sein. Es gibt eine Menge Frauen, die gern mit dir ins Bett gehen würden, Steele. Mach dich an eine von ihnen ran. Ich habe dir klipp und klar gesagt, dass One-Night-Stands nicht mein Ding sind. Das sollte genügen.«

»Eigentlich schon.« Wieder warf er einen kurzen Blick auf sie. Sie hatte die Hände verschränkt, um sie vom Zittern abzuhalten. Das Fahrzeug geriet wieder ins Schleudern, doch er schaffte es, es auf der Straße zu halten. »Ich bin ein guter Fahrer, Maia«, wiederholte er. »Entspann dich. Ich sorge dafür, dass dir nichts zustößt.«

Erneut verspannte sie sich, drückte sich an die Lehne und stützte sich mit der Hand am Armaturenbrett ab. Er trat mehrmals vorsichtig auf die Bremse und verlangsamte den Land Cruiser gerade noch rechtzeitig, als mehrere Hirsche vor ihnen auftauchten. Der Schnee auf ihrem Fell ließ sie wie Geister aussehen. Ihre Augen glänzten, die Schwänze zuckten alarmiert. Cole riss das Lenkrad herum und schaffte es nur mit Mühe, nicht an der hohen Böschung zu landen. Die Hirsche verschwanden so leise, wie sie aufgetaucht waren. Maias Atem war kaum hörbar.

»Was zum Teufel ist heute Nacht los? Normalerweise sucht das Wild bei einem Sturm irgendwo Schutz.«

Maia zog die Jacke wieder fester um sich. Diesmal waren die Bilder klarer gewesen, aber noch immer sehr wirr. Fäuste, die auf Fleisch trafen, Blut im Gras, auf Steinen. Ihr Mund war so trocken, dass sie nicht sprechen konnte. Schweiß tröpfelte zwischen ihren Brüsten herab. Dennoch zitterte sie vor Kälte – und vor Angst.

Cole nahm den Fuß vom Gas. Furcht beschlich auch ihn. »Maia, alles in Ordnung?« Er musste die Straße im Auge behalten und konnte nur ab und zu einen kurzen Blick auf sie werfen. Aber was er sah, gab ihm deutlich zu verstehen, dass sie Angst hatte. »Ich weiß, dass es da draußen übel aussieht, aber ich kenne die Straße, und dein Auto ist ganz gut. Der Schnee liegt so hoch auf der Böschung, dass wir uns nicht verfahren können, selbst wenn die Straße verschneit ist. Du kurvst doch viel in der Gegend herum und bist bestimmt daran gewöhnt, dass dir immer wieder einmal ein paar Tiere über den Weg laufen.« Am liebsten hätte er angehalten und sie in die Arme genommen.

Maia hatte das Gefühl, in der weißen Welt aus Schnee, die sie umgab, zu ersticken. »Vielleicht sollten wir umdrehen.« Sie zuckte zusammen, weil ihre Stimme so panisch klang.

»Die Ranch ist mittlerweile näher als die Stadt. Ich kann Jase nicht alleine lassen; nicht mit einem verletzten Pferd. Ich hoffe, er hat auf mich gehört und sich von Al helfen lassen. Inzwischen sind die Arbeiter sicher nach Hause gegangen, weil sie nicht in den Blizzard geraten wollten.« Er streckte die Hand nach ihr aus, um sie zu beruhigen. Doch sie wich ihm aus. Er packte wieder das Lenkrad und ärgerte sich über seine Geste. »Willst du das wirklich? Umdrehen?«

Maia rang um Fassung. Was sollte sie zu ihrer Verteidigung vorbringen? Dass die Tiere versuchten, sie vor der Ranch zu warnen? Cole würde sie in eine Gummizelle stecken lassen. »Nein, natürlich nicht. Offenbar ist das Pferd für Jase sehr wichtig.«

»Das stimmt, auch wenn er es nicht zugeben will«, erwiderte Cole. »Bitte rette das Tier für ihn, wenn irgend möglich. Die Kosten spielen keine Rolle. Und es wäre toll, wenn du Jase miteinbeziehen könntest. Vielleicht kann er dir bei der Behandlung helfen und sich anschließend um den Braunen kümmern.«

In seiner Stimme lag etwas, was Maia nicht genau definieren konnte. »Warst du Jase schon immer so nah?«

»Wir haben uns erst getroffen, als ich die Vormundschaft für ihn bekam. Wir hatten unterschiedliche Mütter. Ich wusste gar nicht, dass ich einen Bruder habe, bis mich die Privatdetektive aufstöberten, die die Anwälte meines Vaters beauftragt hatten, mich zu finden.«

»Warum hast du nichts von deinem Bruder gewusst?«

Cole zuckte mit den Schultern. »Ich habe mich vor langer Zeit von dem Leben hier verabschiedet. Als die Anwälte mir von Jase erzählten, war ich völlig von den Socken.« Er verzog das Gesicht. »Jetzt schneit es aber wirklich heftig. Ich habe Al, dem Vorarbeiter, gesagt, dass er bei Jase bleiben soll.«

»Hast du nicht befürchtet, in der Stadt stecken zu bleiben?«

»Ich wusste, dass ein Sturm aufkommt, aber ich dachte, ich hätte noch ein paar Stunden, bis er losbricht. Ich hätte Jase niemals eine Nacht allein auf der Ranch verbringen lassen. Egal, wie – ich wäre auf jeden Fall zurückgekehrt.«

Er klang so aufrichtig und entschlossen, dass Maia ihm glaubte. Im Grunde war ihr dieser Mann ein Rätsel. Er war auf der Suche nach Sex in die Bar gekommen. Er hatte sich nicht dafür entschuldigt, und es war ihm ziemlich egal, was andere von ihm dachten. Er strahlte ein immenses Selbstbewusstsein aus, doch in seinen Augen lagen schreckliche Schatten. Auch seine Beziehung zu Jase konnte sie sich nicht recht erklären. Er kannte den Jungen kaum. Trotzdem zeigte er ihm gegenüber eine leidenschaftliche Fürsorge, die sie diesem Mann nicht zugetraut hätte. Schlimmstenfalls hätte er den Weg zur Ranch wahrscheinlich sogar zu Fuß zurückgelegt, um den Jungen nicht mit dem Vorarbeiter allein zu lassen. Sie konnte sich einfach keinen Reim darauf machen.

»Hast du Kinder?«, fragte sie.

»Was denkst du?«

»Ich denke, dass du noch nie jemanden so nah an dich herangelassen hast. Du bist bestimmt in Panik geraten, als du von der Vormundschaft erfahren hast. Warum hast du überhaupt eingewilligt?«

»Was behaupten alle gleich noch mal? Damit ich ihn ermorden kann, statt die Kohle mit ihm zu teilen.«

»Deine Miene verändert sich nicht einmal, wenn du blanken Unsinn redest. Keine Angst, Steele. Ich will deine tiefen dunklen Geheimnisse gar nicht wissen.«

»Du glaubst, ich habe Geheimnisse? Ich dachte immer, mein Leben wäre wie ein aufgeschlagenes Buch. Hast du denn durch all die Gerüchte nicht alles über mich erfahren, was es zu erfahren gibt?« Mittlerweile schneite es so heftig, dass man kaum noch etwas sehen konnte. Er war sich nicht mehr sicher, ob er es zur Ranch schaffen würde, bevor die Straße unpassierbar wurde. Natürlich hätte er Al anrufen und ihn beauftragen können, ihnen mit dem Schneepflug entgegenzukommen. Aber er wusste nicht, ob das sinnvoll war. Denn inzwischen hatte der Sturm sie definitiv eingeholt. Sie befanden sich inmitten seiner heftigsten Phase.

»Hast du keine Geheimnisse? Jeder hat Geheimnisse.« Maia wollte gern weiterreden. Wenn es an ihr gelegen hätte, wäre sie lieber am Straßenrand stehen geblieben und hätte den Sturm ausgesessen. Man konnte kaum weiter als einen halben Meter sehen.

»Selbst du, Doc? Auch du hast Geheimnisse? Du lachst doch ständig und scheinst so unbekümmert. Trotzdem ziehst du von Ort zu Ort, hast kein Zuhause und keine Beständigkeit in deinem Leben. Keinen festen Freund, der sich aufregt, wenn du weiterziehst.«

»Wer sagt, dass ich keinen festen Freund habe? Gewöhnlich vertrete ich dieselben Tierärzte, sodass ich auf meiner Wanderschaft schon viele Freunde gefunden habe.«

»Du hast keinen festen Freund. Sonst hättest du es nicht zugelassen, dass ich dich beim Tanzen betatsche. So eine Frau bist du nicht.«

Überrascht drehte sie sich zu ihm um. Er starrte angestrengt nach vorn, hinein in den stetig fallenden Schnee. »Ein Kompliment. Wer hätte das gedacht?« Maia vergrub sich wieder tiefer in seiner Jacke. Im Auto war es zwar warm, doch die Jacke verlieh ihr eine gewisse Sicherheit. Sie roch nach ihm. Der würzige Duft seines Aftershaves, aber auch frische Gerüche aus der freien Natur hafteten an ihr. Er fuhr ebenso selbstbewusst, wie er alles andere tat.

Das beruhigte sie ein wenig. Aber die weiße, stumme Welt um sie herum war ihr unheimlich. Wenn sie wenigstens das Radio hätte anstellen können! Ein bisschen Musik hätte ihren Nerven bestimmt gutgetan. Doch bei seiner Abneigung gegen Weihnachtslieder blieb ihr nichts anderes übrig, als weiter mit ihm zu plaudern. Allerdings spürte sie, dass er sich bei Small Talk nicht wohlfühlte.

»Warum hast du keine eigene Praxis?«, fragte Cole.

Maia verspannte sich. Wie Cole bei einem raschen Blick auf

sie feststellte, trat in ihre Augen eine Wachsamkeit, die vorher nicht dort gewesen war.

»Maia, das war nur eine müßige Frage, um das Gespräch am Laufen zu halten. Du musst mir nicht antworten. Auch ich kann es nicht leiden, wenn Leute die Nase in meine Angelegenheiten stecken.«

Er hörte, wie sie die Luft anhielt, und sah aus den Augenwinkeln, dass sie aus dem Beifahrerfenster starrte. Sofort rechnete er mit neuem Ärger. Angestrengt spähte er durch den dichten Schneevorhang vor der Windschutzscheibe. Kam denn noch einmal etwas Unvorhergesehenes auf sie zu? Tatsächlich – aus den Augenwinkeln nahm er dunkle Schatten wahr, die neben ihnen her rannten und immer wieder in sein Blickfeld gerieten. »Was zum Teufel ist das?«

»Wölfe.«

Er wagte es nicht, den Blick von der Straße zu wenden, um Maia anzuschauen. Er konzentrierte sich voll aufs Fahren und hielt das Lenkrad fest umklammert. Würden die Wölfe direkt vor den Land Cruiser rennen? Er zweifelte nicht daran, dass es Wölfe waren. Die Ranch umfasste über tausend Hektar. Das Land grenzte an einen Nationalpark, in dem wieder Wölfe angesiedelt worden waren.

»Die Wölfe haben sich immer von der Ranch ferngehalten. Meist halten sie sich tief in den Wäldern auf. Warum treiben sie sich jetzt hier herum?« Er warf einen kurzen Blick auf Maia. Sie schien den Grund zu kennen. »Du hast gewusst, dass dort draußen Tiere sind, schon bevor wir sie gesehen haben und bevor sie uns vor den Wagen gelaufen sind.«

»Woher hätte ich das wissen sollen?«

Er hörte weniger auf ihre Worte als auf den Klang ihrer Stimme. Sie klang angestrengt und unsicher. Sie log. Sie hatte von den Tieren gewusst. »Keine Ahnung. Aber du hast dich immer dagegen gewappnet.«

»Da habe ich sie bestimmt schon gesehen.«

Ein trauriges Heulen erklang. Maia überlief es eiskalt. Ein

zweiter Wolf heulte auf, dann ein dritter. Es wuchs sich zu einem ganzen Chor aus, der ihr durch lang gedehnte Heullaute eine Warnung zukommen lassen wollte. Sie biss sich auf die Knöchel, um nicht mit den Zähnen zu klappern.

»Was treiben sie da?«, fragte Cole. »Warum hetzen sie neben dem Land Cruiser her, als wollten sie ihn verfolgen? Auch die Eule hat mit dem zurückgelegten Kopf und den ausgestreckten Krallen ausgesehen, als würde sie jagen. Sie schien es direkt auf mich abgesehen zu haben.« Selbst in seinen Ohren klang das ausgesprochen lächerlich. Wäre er nicht in einem Schneesturm gefangen gewesen, hätte er nie solch absurde Sachen geäußert. Dennoch kam ihm seine Vermutung nicht völlig abwegig vor.

»Ich habe eine besondere Beziehung zu Tieren«, gab Maia zu. Sie schickte ein Stoßgebet zum Himmel, dass er nicht fragte, was das bedeutete. Sie wusste es ja selbst nicht so genau. »Stopp! Überfahr ihn nicht!« Sie stützte sich wieder mit der Hand am Armaturenbrett ab, während er versuchte, das Fahrzeug abzubremsen, ohne zu sehen, was auf der Straße vor ihnen war.

Bevor er sie aufhalten konnte, war Maia schon ausgestiegen. Sie zerrte ihre Tasche aus dem Wagen und verschwand im Flockenwirbel. Cole hämmerte mit der Faust aufs Lenkrad. Er zog einen Revolver aus dem Halfter an seiner Wade und überprüfte, ob er geladen war, bevor er die Fahrertür aufstieß.

Sofort war er umgeben von dichtem Schneefall. Nur gelegentliche Böen, die die Flocken durcheinanderwirbelten, gestatteten ihm ab und zu einen Blick auf die Tiere und Maia. Die Wölfe umkreisten das Fahrzeug. Er hörte sie schnauben. Maia konnte er nicht sehen, doch er hörte, wie sie beruhigend auf ein Tier einzusprechen schien. Er ging in ihre Richtung, ohne die Wölfe aus den Augen zu lassen. Sofort verwandelte sich ihr Schnauben in warnendes Knurren. Er erstarrte und versuchte, durch den dichten Vorhang aus Schnee etwas zu erkennen. Bei einer neuerlichen Böe entdeckte er Maia, die über einem Tier am Boden kauerte.

»Maia? Habe ich ihn überfahren?«

»Nein. Er ist schon vor einiger Zeit verletzt worden. Ich bin gleich fertig. Steig wieder in den Wagen, die Wölfe fangen an, sich aufzuregen.«

»Ich bleibe hier und gebe dir Rückendeckung.«

Sie zischte missbilligend, das war nicht zu überhören. »Ich kann dich nicht beschützen, wenn ich arbeite. Warte im Auto auf mich!« Das war definitiv ein Befehl.

Der Wind blies wieder einen dichten Schneevorhang zwischen sie. Als er sich kurz lichtete, konnte Cole die dunklen Schatten erkennen, die um sie herumschlichen. Er rührte sich nicht vom Fleck, weil er Angst hatte, das empfindliche Gleichgewicht zu zerstören, das Maia errichtet zu haben schien. Bei der nächsten Windböe sah er, dass sie sich aufrichtete und vor dem Schatten auf dem Boden zurückwich. Sie kehrte rasch in den Wagen zurück, während der Wolf aufsprang, sich schüttelte und davonschlich.

Sobald er sich neben sie gesetzt hatte, fiel ihr Blick auf den Revolver in seiner Hand. »Du meine Güte! Ich dachte, man dürfe keine Waffen tragen, wenn man eine Haftstrafe hinter sich hat.«

»Rancher brauchen Waffen.« Er steckte den Revolver wieder in den Halfter an seinem Bein. Unwirsch meinte er: »Wenn du wieder einen kleinen Ausflug mit einer Horde Wölfen in einem Blizzard vorhast, sag mir bitte vorher Bescheid!« Am liebsten hätte er sie geschüttelt, obwohl sie bereits heftig zitterte und von oben bis unten mit Schnee bedeckt war. Sofort wich sein Zorn dem Drang, sie zu beschützen.

»Das werde ich.« Sie klang nicht so, wie sie es gern getan hätte, denn ihre Zähne klapperten. »Funktioniert die Heizung?«

»Ja. Dir wird bestimmt gleich wieder warm.« Vorsichtig fuhr er weiter, immer auf der Hut vor weiteren Tieren. »Willst du mir erklären, was da gerade passiert ist?«

Maia versuchte, die Warnsignale in ihrem Inneren zu überhören, und schüttelte den Kopf. »Ich glaube nicht, dass es dafür eine Erklärung gibt. Willst du mir erklären, wie du es schaffst, mit einer Waffe herumzulaufen?«

»Ich verstecke sie.«

»Das nehme ich dir nicht ab. Du würdest nicht riskieren, Jase deswegen zu verlieren. Du bist nicht einmal auf Bewährung, oder? Stimmen all diese Gerüchte überhaupt? Warst du je im Gefängnis?«

Er seufzte. »Maia, ich habe einen Job. Ich bin ziemlich gut darin, und das bin ich deshalb, weil ich keine Fragen beantworte. Den meisten Leuten sage ich einfach, sie sollen sich zum Teufel scheren, oder ich sehe sie an, und dann halten sie den Mund. Warum glaubst du nicht einfach, was alle anderen glauben, und erleichterst es mir dadurch?«

Sie lehnte sich zurück. Zum ersten Mal auf dieser Fahrt entspannte sie sich. »Weil das alles nur Märchen sind, und es mir lieber wäre, die wahre Geschichte zu erfahren. Worin besteht dein Job?«

Zornig fauchte er: »Das wirst du nicht erfahren.«

Sie hielt es für einen Fortschritt, dass er ihr nicht gesagt hatte, sie solle sich zum Teufel scheren.«

4

Ich werde mit dem Wagen in die Scheune fahren. Du brauchst deine Ausrüstung, oder?«, fragte Cole.

Maia nickte und kletterte auf die Rückbank. »Schau nach vorn, während ich mir meine Arbeitskleidung anziehe. Ich habe nichts zum Wechseln dabei und möchte nicht, dass meine Sachen schmutzig werden.«

»Hier gibt es eine Waschmaschine.«

»Da ich neben meiner Arbeitskleidung nur das habe, was ich trage, möchte ich lieber auf Nummer sicher gehen.«

Er starrte in den Rückspiegel, um sie zu beobachten. Sie war überrascht über den Anflug von Humor in seinem Blick. Er verflüchtigte sich zwar rasch, aber er war definitiv vorhanden gewesen. »Ich habe es geschafft, bei einem Blizzard nicht von der Straße abzukommen und all die Tiere nicht zu überfahren, die uns über den Weg gelaufen sind. Aber jetzt verlangst du wirklich zu viel von mir. Ich bin kein Heiliger.«

Maia wand sich aus ihren Jeans und zog den weichen Baumwolltanga über die Hüften. »Du wirst noch einen Unfall bauen, wenn du nicht auf den Weg achtest.« Sie streifte ihr Shirt ab und zog das Top aus, wobei sie nur ein Minimum an nackter Haut zeigte. »Und ich wette, noch keiner hat dir vorgeworfen, ein Heiliger zu sein.« Sie pfiff anerkennend, als Cole vor einem großen Gebäude hupte. »Nicht schlecht.«

Die Tore gingen auf, und er lenkte den Wagen in die Scheune. Sie war riesig und sehr sauber. Offenbar wurde sie im Notfall als Krankenstation für die Tiere auf der Ranch genutzt.

Jase Steele wartete schon ungeduldig auf sie. Sein Gesicht war verquollen und rot vom vielen Weinen. Der Junge konnte seine Erleichterung nicht verbergen, als Cole aus dem Land

Cruiser ausstieg. »Es schaut schlecht aus, Cole«, begrüßte er ihn.

»Lass doch erst einmal die Frau Doktor einen Blick auf das Pferd werfen, Jase«, riet Cole. Einen Moment lang überlegte er, ob er den Jungen umarmen sollte, aber es wollte ihm nicht recht gelingen. Stattdessen überreichte er ihm einen Teil von Maias Ausrüstung. »Wir werden deine Hilfe brauchen.«

»Ich hätte das Pferd eingeschläfert, Mr Steele«, erklärte Al Benton. »Aber der Junge wollte es nicht.«

»Können Sie sich erklären, was passiert ist?«, fragte Cole, seine Worte sorgfältig wählend.

Als Miene verfinsterte sich. »Jemand hat ihm so zugesetzt, dass er durch den Zaun gestürmt ist, Mr Steele. Auf seinem Rumpf sind Striemen zu sehen.«

»Wer war denn noch auf der Ranch?«

»Die Arbeiter waren schon alle weg, als Jase mich benachrichtigte.«

Cole atmete bedächtig aus. Al war also nicht bei Jase gewesen. Das bereitete ihm Kopfzerbrechen. Wieder schlichen sich Zweifel ein, obgleich er sich gegen den Gedanken wehrte, dass der Junge so etwas getan haben könnte. Er kam sich wie ein Ungeheuer vor, einen solchen Verdacht überhaupt zuzulassen. Einen nach dem anderen ging er die Verdächtigen durch: Al, die Arbeiter, Jase. Die Arbeiter hielten sich normalerweise nicht in der Nähe des Haupthauses auf, sie hatten hier nichts zu schaffen. Er schüttelte den Kopf, um den anhaltenden Zweifel an seinem kleinen Bruder loszuwerden. Vielleicht war es ja einfach nur ein Unfall gewesen. Maia war bereits unterwegs zu dem Pferd. Er ging ihr nach und war froh um die Ablenkung.

»Die Wunden sind teilweise so tief, dass man den Knochen sieht, Mr Steele. Das Pferd wird nicht mehr zum Reiten taugen«, meinte Al.

Maia bedachte den Vorarbeiter mit einem knappen Lächeln. »Wir sollten keine voreiligen Schlüsse ziehen. Ich hatte ja noch gar keine Gelegenheit, den Schaden einzuschätzen.« Sie warf einen Blick auf Jase. »Gut, dass du ihn aus dem Schnee herausgeholt und in einem Verschlag untergebracht hast, damit er sich nicht so viel bewegt.«

»Al hat mir geholfen«, erwiderte Jase. »Er ist ganz ruhig gewesen.« Er tätschelte den Nacken des Pferdes mit zitternder Hand. »Er hat uns überhaupt keine Schwierigkeiten gemacht.«

»Wie heißt er denn?«

»Offiziell heißt er Celtic High, aber ich nenne ihn immer Wally.« Er schaute kurz auf Cole, doch dann wandte er den Blick rasch wieder von ihm ab.

»Dann sehen wir mal, was ich für ihn tun kann.« Maia legte die Hand auf den Nacken des Pferdes und schaute ihm in die Augen. Sofort schnürte sich ihr der Magen zusammen. Bilder stürmten auf sie ein, hässliche Bilder. Brutale Erinnerungen, als ein Tier hilflos dabei zusehen musste, wie ein Junge geschlagen und verhöhnt und grausam bestraft wurde für Vergehen, die er nie begangen hatte. Die Bilder waren grell, eine zeitliche Abfolge war nicht zu erkennen. Das Tier offenbarte ihr sein körperliches, aber auch sein emotionales Leid.

Durch die Augen des Pferdes sah sie Erinnerungen an einen jungen Jase, der sich häufig im Stall versteckte, nur um wieder herausgezerrt zu werden, und das Pferd stand daneben und konnte ihm nicht helfen. Vertraute Übelkeit stieg in ihr auf, sie brach in Schweiß aus und ihr wurde schwindelig. Das war stets so, wenn Tiere ihr etwas enthüllten. Es war eine ganz besondere Gabe, aber auch ein schrecklicher Fluch. Sie konnte nichts tun, um den Kindern und den Tieren zu helfen, die häufig in ihrer Praxis auftauchten. Sie konnte nur schweigen, wie es auch das Tier tun musste, und weiterziehen.

»Maia?« Sie spürte Coles stützende Hand an ihrem Rücken. »Alles in Ordnung?«

Sie ließ die Hände weiter fest auf dem Pferd liegen und zwang sich, zu sehen, was das Tier ihr mitteilen wollte. Sein Rumpf brannte. Der Schatten eines großen Mannes im

Schnee, der wie wild mit den Armen herumfuchtelte. Wiederholte Peitschenschläge auf die Hinterbeine und den Rumpf, bis das Pferd blindlings in den Zaun gestürmt war in einem verzweifelten Versuch, den grausamen Schlägen zu entkommen. Der Mann war groß. Jase oder Al konnten es nicht gewesen sein. Seine Schultern waren so breit, dass es Cole hätte sein können. Aber seine Anwesenheit beunruhigte das Pferd nicht.

»Maia!« Cole hielt sie mit beiden Händen fest. »Du bist kreidebleich.« Außerdem schwitzte sie, und in ihrem Blick lag das kalte Grauen. Es hatte nichts mit den klaffenden Wunden oder dem Blut zu tun, das spürte er instinktiv. Er wusste, dass es etwas anderes war, etwas völlig anderes.

Maia schüttelte den Kopf, ließ die Hände sinken und trat einen Schritt zurück. Sie konnte ihn nicht ansehen, und Jase auch nicht. Wer hatte dem Jungen solch grässliche Dinge angetan? Wer hatte ihn getreten? Ihm die Knochen gebrochen? Vor seinen Augen Haustiere umgebracht? *Er ist vierzehn, und er hat den Alten gehasst.* Sie erinnerte sich an die Eiseskälte in Coles Stimme bei dieser Mitteilung. Aber Brett Steele war tot. Wer hatte das Pferd so grausam gequält, bis es den Zaun durchbrochen und sich dabei fast umgebracht hatte?

Maia zwang sich, möglichst normal zu erscheinen. »Die Autofahrt ist mir wohl nicht so gut bekommen.« Sie überprüfte mit dem Stethoskop das Herz, die Lungen und die Darmgeräusche des Pferdes. Das verschaffte ihr ein bisschen Zeit, um sich wieder zu fassen.

»Wenn Sie mich jetzt nicht mehr brauchen, Mr Steele, dann gehe ich nach Hause, bevor der Blizzard so schlimm wird, dass ich es nicht mehr schaffe«, meinte Al. »Meine Frau hat mich bestimmt schon hundert Mal besorgt angerufen.

»Ja, tun Sie das, Al.« Coles Blick lag auf Maias bleichem Gesicht, seine Hand stützte sie noch immer von hinten. Er spürte, wie ihr Körper immer wieder erbebte. »Passen Sie gut auf sich auf. Dieser Sturm ist wirklich ziemlich übel. Kann ich davon ausgehen, dass alle Tiere in geschützten Bereichen untergebracht sind?« Dem Tonfall seiner Stimme war deutlich zu entnehmen, dass das hoffentlich der Fall war.

»Jawohl, Sir. Das ist alles noch erledigt worden, bevor ich die Arbeiter entlassen habe.« Al drehte sich noch einmal zu ihm um. »Ich weiß, dass es jetzt gerade nicht so gut passt. Aber Fred, der Bruder meiner Frau, kam heute vorbei. Er wollte wissen, ob er seinen Job nicht wiederhaben könnte. Er ist ein tüchtiger Arbeiter, Mr Steele. Und er hat einen Haufen Kinder zu Hause. Um diese Jahreszeit ist die Arbeit ziemlich knapp.«

Jase wirbelte herum. Sein Gesicht war bleich und angespannt. Plötzlich bewegte sich auch das Pferd, offenbar in einer Reaktion auf die Anspannung des Jungen. Bei der Bewegung durchfuhren heftige Schmerzen das Tier. Dennoch rieb es den Kopf an Jase in dem Versuch, ihn zu trösten. Sofort richtete sich die Aufmerksamkeit des Jungens wieder auf den Braunen.

Coles Finger gruben sich tiefer in Maias Rücken. Sie konnte seinen Zorn spüren. »Ich habe Nein gesagt, Al. Keiner, der für Brett Steele gearbeitet hat, wird je wieder für mich oder für Jase arbeiten. Ich weiß, dass er Sie besucht. Aber ich mag es nicht einmal, dass der Mann einen Fuß auf dieses Grundstück setzt. Ich habe es ihm durchgehen lassen, weil ich weiß, dass Ihnen Ihre Familie wichtig ist. Aber ich will ihn nicht mehr sehen, schon gar nicht in der Nähe der Ranch. Er soll sich gefälligst ausschließlich bei Ihnen aufhalten. Haben Sie mich verstanden?« Seine eiskalte Stimme klang wie ein Peitschenhieb.

»Jawohl, Sir.«

»Und ich will nicht, dass Sie dieses Thema je wieder zur Sprache bringen.« Das war eine deutliche Warnung. Selbst Maia erkannte sie als solche. Sie blickte auf Jase, der dem Braunen den Nacken streichelte. Dann berührte sie Coles Handgelenk und erinnerte ihn daran, dass er nicht alleine war. Mit seiner finsteren Miene sah er aus, als wäre er zu allem fähig, selbst zu einem Mord. Wenn schon sie bemerkte, wie die in ihm vergrabene Wut brodelte, dann bestimmt auch Jase.

Cole atmete tief durch und versuchte, den Zorn, der in ihm hochkochte, zurückzudrängen. Al kam ständig damit an, dass er seinem Schwager einen Job geben sollte. Aber ein einziger Blick auf Jase' bleiches Gesicht hatte ihm gezeigt, dass der Kerl bei mehr als einer Prügelszene anwesend gewesen war. Am liebsten hätte er etwas zerschmettert, vorzugsweise Als Nase, weil er wieder damit anfing und den Jungen verängstigte.

»Jawohl, Mr Steele«, sagte Al und ging.

Cole sah auf Maia.

»Bist du bereit?« Er wollte ihr danken, aber die Worte blieben ihm im Hals stecken.

»Al wollte ihn einschläfern«, sagte Jase. »Er hat mir ständig gesagt, dass es das Beste sei. Mir war klar, dass das Pferd leidet, Cole. Aber ich konnte ihn nicht gehen lassen.«

»Ich habe dir doch auch gesagt, dass du warten sollst«, meinte Cole. »Sehen wir mal, was die Frau Doktor zu sagen hat.«

Maia umfasste noch einmal den Kopf des Pferdes und sah ihm in die Augen. Sie gab ihm zu verstehen, dass sie wusste, wie sehr es unter seinen Schmerzen und den Erinnerungen litt, und versuchte, es zu trösten. Es war ihr egal, wenn die Steele-Brüder sie für verrückt hielten. Dieses Pferd brauchte Trost, bevor sie sich an die Arbeit machte. Dann begann sie, es zu untersuchen. Mit möglichst nüchterner Stimme listete sie die Verletzungen auf. »Am linken Sprunggelenk eine sechs Zentimeter lange Risswunde, die bis zum Knochen geht. Am rechten Sprunggelenk überwiegend oberflächliche Schürfwunden. Am rechten Unterarm eine Risswunde quer durch den Muskel bis zum Knochen, circa zwölf Zentimeter lang. Um die Wunde herum Splitter von dem Zaun, einer davon ziemlich groß.« Er kam ihr schon fast wie ein Pfahl vor, aber sie bemühte sich weiter um Nüchternheit, denn ihr war klar, dass Jase sie genau beobachtete. Sie legte dem Jungen die Hand auf die Schulter. »Wenn du mir helfen willst, schaffen wir das schon. Als Erstes muss ich ihm Schmerzmittel geben und auch ein Antibiotikum. Dann machen wir uns an die Arbeit.«

Jase sah ihr mit großen Augen zu, wie sie die Spritzen vorbereitete. »Was geben Sie ihm?«

»Vier verschiedene Schmerzmittel. Jedes wirkt ein bisschen anders. Wir wollen nicht, dass er etwas spürt, wenn wir an ihm arbeiten. Er muss stehen bleiben. Also können wir ihm keine Vollnarkose geben. Doch die Mittel werden ihn ruhig stellen.« Maia verabreichte dem Pferd rasch die Spritzen. Zuerst klopfte sie mit der Faust auf den Muskel, um ihn etwas taub zu machen, dann stach sie zu. »Die letzten zwei Spritzen sind gegen Tetanus, und eine kräftige Dosis Penicillin ist auch mit dabei.«

Jase sprach beruhigend auf das Pferd ein, während sie ihm die restlichen Spritzen verabreichte. »Er ist so tapfer. Er hat sich kaum bewegt, obwohl er bestimmt grässliche Schmerzen hat.«

»Durch die Spritzen wird er nichts mehr spüren«, versicherte ihm Maia. »Als Nächstes müssen wir die Wunden so sauber wie möglich bekommen. Das ist das Allerwichtigste. Wir müssen die Stellen spülen und den Schmutz und die Splitter entfernen, auch den großen. Pferde können viel Blut verlieren, Jase, ohne dass es sie weiter beeinträchtigt.« Während sie Jase alles erklärte, mischte sie einen Liter Salzlösung mit Betadine. Ohne Jase Zeit zu geben, darüber nachzudenken, packte sie das große Holzstück mit beiden Händen und zog es aus der Brust des Pferdes.

»Das Licht in der Scheune ist sehr gut«, sagte sie, um den Jungen dazu zu bringen, weiter auf sie zu achten und nicht auf das Blut, das aus der Wunde sprudelte. Sie zog die mit Betadine vermengte Salzlösung auf eine große Spritze auf. »Fang jetzt an, die Wunden zu spülen, Jase. Du musst die Lösung auf all die Stellen spritzen, die es nötig haben. Es sind insgesamt drei. Ich werde sie säubern, und dann werde ich sie nähen. Die hier« – sie deutete auf das Loch, in dem der riesige Splitter gesteckt hatte – »müssen wir vielleicht offen lassen, damit das Wundsekret abfließen kann.«

Jase nahm die Spritze und zielte damit auf die klaffende

Wunde, die sich vom Unterarm bis zur Brust des Pferds zog. Durch die Flüssigkeit wurden Erde, Schmutz und sogar kleinere Splitter weggespült. »Ist das so richtig?«

Maia bemerkte, dass seine Hand nicht mehr so zitterte. »Genau so soll es sein. Wir wollen, dass der ganze Bereich sehr sauber ist.« Sie tränkte eine Kompresse in Betadine und wusch die Wunde gründlich, wobei sie darauf achtete, sämtliche Fremdobjekte zu entfernen. »Wir brauchen saubere Wundränder. Deshalb werde ich die Haut ein bisschen abschneiden. Ich habe die Wunde jetzt noch einmal mit Betadine gereinigt und die ganze Gegend betäubt. Er spürt nichts von dem, was wir hier machen.«

Cole beobachtete ihre Hände. Mit sicheren Fingern setzte sie ein paar Stents ein, um die Haut zu lockern, während sie die Wunde nähte. Ihre Fertigkeiten waren bewundernswert. Es dauerte ziemlich lange, bis die zwölf Zentimeter lange Risswunde zu ihrer Zufriedenheit geschlossen war.

»Das da ist eine Drainage. Das Loch in seiner Brust muss noch eine Weile offen bleiben. Wir müssen dafür sorgen, dass das Wundsekret abfließen kann. Diesen Bereich müssen wir sehr sorgfältig im Auge behalten, damit er sich nicht entzündet«, erklärte Maia dem Jungen geduldig. Ihre Stimme war genauso ruhig wie ihre Hände. »Auch in die restlichen Wunden stecken wir noch Drainagen. Durch die Stents wird die Haut locker bleiben. Ich glaube, es wird gut verheilen. Aber ich hätte gern, dass du diesen Bereich mehrmals am Tag nach Entzündungen absuchst.«

Jase nickte ernst. »Das werde ich tun, Frau Doktor.«

»Ich heiße Maia Armstrong, Jase.«

Er nickte abermals, zog jedoch den Kopf ein, um ihrem Blick auszuweichen. »Ich kann hier draußen bei ihm schlafen, um ihn zu überwachen.«

»Es ist zu kalt«, warf Cole schroff ein.

Maia blickte unter ihren langen Wimpern hinüber zu Cole. Er spürte ihren Tadel bis in die Zehen. Diese Frau verstand es, mit Blicken zu töten. Doch gleich darauf bedachte sie Jase mit ihrem blendenden Lächeln.

»Das wird nicht nötig sein, Jase, auch wenn es nett von dir gemeint ist. Hier wird es ihm schon gut gehen, und er sollte möglichst viel Ruhe haben.«

Immer wieder sprach sie leise mit dem Pferd und mit Jase. Sie bat den Jungen, die Wunde am Sprunggelenk noch einmal zu spülen, bevor sie sich darüber hermachte. Als Jase fertig war, säuberte sie die Wunde wieder mit einer in Betadine getränkten Kompresse und entfernte damit den Rest von Schmutz und Splittern.

»Wird er wieder gesund?«, fragte Jase.

»Wir werden sehen. Es wird auf alle Fälle eine Weile dauern.« Sie kauerte sich neben das Pferd und nähte den zweiten Riss mit sicherer Hand. Sie schien gar nicht zu merken, wie spät es schon war und dass es in der Scheune allmählich ziemlich kalt wurde.

»Ich werde noch eine antibiotische Salbe auftragen, Jase. Das Zeug sollte nicht an deine Haut gelangen. Deshalb benutzen wir einen Spatel. Einfach, aber nützlich.« Sie richtete sich auf und streckte sich, offenbar verspannt von dem langen Kauern neben dem Pferd. »Wir werden jeden Tag Fieber messen müssen, und zwei Mal täglich müssen wir ihm eine Antibiotikumspritze verpassen. Hast du schon mal Spritzen verabreicht?«

Jase nickte. »Ein paar Mal. Cole hat es mir gezeigt. Davor habe ich mich von den Tieren eher ferngehalten.«

Sie trug die Salbe großzügig auf. »Keine Sorge, bald wirst du Pferde spritzen können wie ein Fachmann. Du bist ein Naturtalent.«

»Glaubst du wirklich? Ich habe schon länger daran gedacht, später mit Tieren zu arbeiten. Im Grunde habe ich Tiere gern um mich.« Jase warf einen nervösen Blick auf Cole. Offenbar fiel ihm dieses Geständnis nicht leicht.

Ohne darauf zu achten, dass die Spannung deutlich gestiegen war, trug Maia weiter Salbe auf. »Ich glaube, du kannst gut mit Tieren umgehen. Man muss ihre Körpersprache verstehen und den Blick in ihren Augen. Ich kann mir vorstellen, dass du ein Talent dafür hast.«

»Und ich? Wo liegen meine Talente?«, fragte Cole.

Maia lachte – ein unerwartetes Geräusch in der großen Scheune. Mittlerweile waren sie alle in einen leichten weißen Nebel gehüllt, den ihr Atem produzierte. Maia lächelte Jase schelmisch an. »Im Verursachen von Ärger, Mr Steele. Ich glaube, Sie ziehen Ärger förmlich an.«

Jase gab ein Geräusch von sich, das wie ein unterdrücktes Lachen klang. Cole wandte sich von den beiden ab. Es war das erste Mal, dass er so etwas wie Lachen aus dem Mund des Jungen vernahm. Bei dem Geräusch wurde ihm warm. Maia besaß die Gabe, Jase aus seinem Schneckenhaus zu locken. Dafür war Cole ihr sehr dankbar, auch wenn er sich wünschte, es wäre ihm selbst gelungen, den Jungen zum Lachen zu bringen.

»Damit hast du ganz recht, Doc«, pflichtete Jase ihr bei.

Maia kauerte sich wieder neben das Pferd. »Ich werde jetzt einen Druckverband um drei seiner Beine wickeln, um eine Schwellung zu verhindern. Ich habe überlegt, ob ich sein linkes Vorderbein schienen soll, aber wir warten erst einmal ab, wie er sich macht. Ich denke, er würde versuchen, die Schiene abzuscheuern. Ich möchte seinen Zustand sorgfältig aufzeichnen, Jase. Dafür lege ich jetzt eine Art Patientenakte an. Wenn du seine Temperatur misst oder ihm in meiner Abwesenheit Penicillin verabreichst, werden wir alles aufgezeichnet haben.«

»Das mache ich«, versprach Jase.

»Ich glaube, dann sind wir vorerst fertig. Jetzt braucht er vor allem Ruhe.«

Maia streckte sich ausgiebig und gähnte. »Ich hoffe, du kannst mir ein paar Klamotten leihen, Jase. Ich habe nicht viel dabei, und ich habe das Gefühl, dass ich noch eine Weile bei euch festsitzen werde. Ich muss meine Arbeitskleidung waschen, und ich hätte sehr gern einen Schlafanzug.«

»Na klar, Doc«, sagte Jase, froh über die Gelegenheit, etwas für sie tun zu können. »Ich treibe bestimmt etwas für dich auf. Und keine Sorge – du wirst nicht im Schnee zwischen dem Haus und der Scheune stecken bleiben. Es gibt einen überdachten Gang.«

Sie lächelte ihn an. »Das ist aber praktisch. Ich glaube wirklich, dass er wieder gesund wird. Wenn wir uns nicht inmitten eines ausgewachsenen Blizzards befinden würden, würde ich ihn im Anhänger zu meiner Klinik schaffen. Aber ich habe alles dabei, was ich brauche. Ich denke, wir sind darauf vorbereitet, mit allen Eventualitäten umzugehen.«

»Werde ich ihn irgendwann einmal reiten können?«

»Warten wir's ab. Erst müssen wir das Entzündungsstadium hinter uns bringen und sehen, wie die Wunden verheilen«, meinte Maia ausweichend. »Er hat sich ziemlich übel verletzt.« Sie tätschelte den Rumpf des Pferdes. »Aber er möchte wieder gesund werden, und damit haben wir schon die halbe Schlacht gewonnen.«

»Hat er dir das gesagt, Doc?«, fragte Cole und zog die Brauen hoch.

»Natürlich. Und außerdem mag er Jase sehr. Es wundert mich, dass ein so sensibler Mann wie du das nicht gemerkt hat.« Sie grinste und pustete sich in die Hände, um ihre schmerzenden Finger aufzuwärmen.

Sein Herz machte einen kleinen Satz. Unwillkürlich strich er ihr eine lose Haarsträhne hinters Ohr. Sie sah sehr müde aus. »Jase, du musst jetzt duschen und dann schleunigst ins Bett. Ich möchte nicht, dass du die ganze Nacht aufbleibst.« Cole nahm ihre Hände und begann, sie zu reiben.

Jase sah auf die Uhr. »Ich habe noch nicht zu Abend gegessen, Cole. Ich brauche etwas Nahrhaftes, Pizza zum Beispiel.«

Sobald ihm das Wort »Pizza« über die Lippen gekommen war, schlich sich Wachsamkeit in seinen und Coles Blick, und ihre Mienen verschlossen sich. Sie hatten schon einmal darüber gesprochen, wie ihr Vater reagiert hatte, wenn Cole als

Junge nach der Schule noch mit ein paar Freunden in eine Pizzeria gegangen war. Jase hatte dieselbe Erfahrung gemacht. Brett Steele hatte seine Söhne bei solchen »Vergehen« schwer bestraft, da er stets die absolute Kontrolle über sie haben wollte.

»Ich kann Pizza backen«, erklärte Maia in die Stille hinein. »Wenn die Zutaten da sind, mache ich gerne eine.« Sie entzog Cole ihre Hände und klopfte Jase auf die Schulter. »Du hast doch bestimmt einen schönen warmen Flanellpyjama für mich, oder?«

»Du bestichst ihn«, zog Cole sie in dem lockeren Tonfall auf, den sie vorher angeschlagen hatte. Maia schien instinktiv zu wissen, wie sie mit dem Jungen umgehen sollte. Er hingegen geriet immer wieder ins Stolpern und tastete sich stets nur vorsichtig an ihn heran aus Angst, etwas Falsches zu sagen. Doch nun folgte er Maias Beispiel und meinte scherzhaft: »Jase, gib deine Flanellpyjamas nicht her. Ich glaube, sie ist so hungrig, dass sie uns so oder so eine Pizza machen wird.«

»Nun, das stimmt. Aber eigentlich hatte ich vor, dich dazu zu bringen, zu kochen«, erwiderte Maia.

Jase schnaubte. »Lieber nicht, Doc. Cole ist ein grauenhafter Koch.«

»Hey, du Verräter!« Cole zerzauste dem Jungen die Haare. Seine kameradschaftliche Geste überraschte sie beide. Rasch ließ er die Hand sinken, und Jase unterdrückte ein kleines Grinsen. »Kaum verirrt sich eine hübsche Frau zu uns, schon stellst du dich auf ihre Seite.«

»Du wolltest wohl sagen, dass ich so vernünftig bin, das zu tun«, konterte Jase scherzhaft. »Immerhin kann sie kochen.«

Maias Lächeln wurde breiter. »Ich bin eine richtig gute Köchin. Und ich liebe Flanellpyjamas. Ich bin also bestechlich.«

»Ich habe ein Flanellhemd«, sagte Cole. »Wenn wir für unser Abendessen um vier Uhr früh bezahlen müssen, dann leiste ich gerne auch einen Beitrag.« Er nahm Maias Arm. »Du kippst vor Müdigkeit gleich um. Und wenn du weiter so zitterst in dieser Kälte, dann werden deine Zähne noch locker. Gehen wir ins Haus.«

Jase streichelte das Pferd ein letztes Mal und wünschte ihm eine gute Nacht, dann eilte er ihnen nach. »Danke, Doc. Ich weiß, dass es ziemlich anstrengend war, das arme Tier zu verarzten.«

»Ich liebe meinen Job. Ich finde wirklich, dass du einmal darüber nachdenken solltest, Jase. Die Ausbildung in Veterinärmedizin ist schwer, und du musst einen ziemlich guten College-Abschluss haben, um dafür zugelassen zu werden. Aber ich wette, damit hast du keine Probleme.«

»Jase ist ein sehr guter Schüler«, lobte Cole sofort.

»Ich bin bislang meist von Privatlehrern unterrichtet worden«, gab Jase zu. »Mein Vater wollte nicht, dass ich in der Stadt in die Schule gehe.«

Das konnte sie sich gut vorstellen. Dort hätten vielleicht die falschen Leute die Blutergüsse bemerkt. Und außerdem hätte ein Mann wie Brett Steele bestimmt nicht gern die Kontrolle über seinen wichtigsten Besitz aufgegeben – seine Söhne. Sie warf einen verstohlenen Blick auf Cole. Er hatte es geschafft, der Welt seines Vaters zu entkommen, doch nun steckte er erneut darin fest. Er schottete sich von seinen Mitmenschen ab und hielt alle auf Abstand. Dennoch schien ihm sehr daran gelegen, dass Jase nicht genauso wurde.

Sie spürte, dass Cole Jase einen Zugang zu sich gewähren musste – zu seinem Herzen, in seinen Kopf. Er musste sich erlauben, Jase zu lieben. Dass er eine gewisse Zuneigung zu ihm gefasst hatte und das Bedürfnis verspürte, ihn zu beschützen, war offenkundig. Doch das machte ihn verwundbar. Brett Steele hatte Cole sehr wirksam an sich und an diesen Ort gekettet, in dem sein grausamer Geist immer noch herumspukte. Der alte Steele hatte dafür gesorgt, dass sein Geld und sein Einfluss seine Söhne noch über seinen Tod hinaus beeinträchtigten. Cole versuchte, sich dagegen zu wehren und Jase ein normales Leben zu ermöglichen. Aber offenbar begriff er nicht, dass er und sein Bruder sich gemeinsam retten mussten. Sie waren ein Team, das es nur gemeinsam schaffen konnte.

»Gehst du denn jetzt auf eine normale Schule?« Maia überlief ein Schauder, als Cole das Licht in der Scheune ausschaltete. Er stand an der offenen Tür, die zu der überdachten Passage führte, und winkte ihnen zu. Der Boden war gewölbt, sodass das Wasser abfließen konnte, während eine Fußbodenheizung dafür sorgte, dass der Schnee schmolz. Auf den Seiten lagen hohe Schneehaufen, die den Wind abhielten.

»Cole möchte gern, dass ich eine Privatschule besuche. Aber ich habe Probleme mit Jungs in meinem Alter.« Wieder warf Jase einen nervösen Blick auf seinen Bruder, als fürchtete er, zu viel zu offenbaren und dafür getadelt zu werden.

»Vielleicht würde es dir ganz gut gefallen, wenn du es versuchst«, entgegnete Cole gleichmütig. »Mit dem Unterrichtsstoff hättest du jedenfalls bestimmt keine Probleme. Du bist ziemlich klug, Jase, und das weißt du auch.«

»Das macht mich noch lange nicht sozial verträglich«, murrte Jase.

»Wer ist denn schon wirklich sozial verträglich?«, fragte Maia.

Cole schnaubte abfällig. »Ich wette, du warst das beliebteste Mädchen auf der Schule. Cheerleader, Ballkönigin und so weiter.«

Maia zwinkerte Jase zu. »Was denkst du?«

»Ich denke, du hättest es sein sollen, wenn du's nicht warst«, erwiderte Jase freimütig.

»Du bist wirklich sehr nett zu mir. Auch wenn du keinen Flanellpyjama für mich hast, werde ich dir eine Pizza machen«, erklärte Maia.

»Ich habe es als Erster gesagt!« Cole drückte sich enger an sie und versuchte, sie mit seinem Körper vor Wind und Wetter zu schützen. Sie trug nur ihren dünnen Arbeitsoverall und zitterte immer noch erbärmlich. »Du machst mich noch ganz verrückt, Doc.« Er legte den Arm um sie, um ihr ein bisschen Wärme abzugeben.

»Ich bin völlig verdreckt«, meinte sie und entzog sich ihm. »Ich brauche dringend eine Waschmaschine.«

Er zog sie wieder zu sich heran und legte den Arm um ihre Taille. »Ich glaube, du weißt gar nicht, wie kalt dir ist. Du wirst schon ganz blau. Die Farbe steht dir zwar gut, aber sie passt nicht zu deiner draufgängerischen Art.«

»Ich bin keine Draufgängerin.« Diesmal blieb sie in der Nähe der Hitze, die sein Körper verströmte. Es fühlte sich gut an, und sie war tatsächlich völlig durchgefroren. Er roch sehr männlich. Sie atmete seinen Duft tief ein. Am liebsten hätte sie den Kopf an seiner Brust gerieben wie eine Katze. Es war nicht nur sein Geruch, sondern auch die Art und Weise, wie sie sich in seiner Anwesenheit fühlte. »Kein Mensch sagt heute noch ›draufgängerisch‹.«

Noch nie hatte sie sich einem Mann so nah gefühlt. Bei ihren häufigen Umzügen hatte sie nie eine richtig enge Beziehung zu einem Mann aufbauen können. Und eine derart starke körperliche Anziehungskraft hatte sie ebenfalls noch nie erlebt. In Cole Steeles Anwesenheit fühlte sie sich unbeschreiblich weiblich. Sie war sich sehr bewusst, dass sie eine Frau war – und er ein Mann. »Der Begriff ›draufgängerisch‹ ist wirklich völlig out«, bestätigte sie noch einmal.

Beim Gehen neben ihm bewegte sich ihr Körper mit dem seinen in einem perfekten Rhythmus, fast wie bei einem Tanz. Sie spürte, wie ihr wieder Farbe ins Gesicht stieg. Auf alle Fälle stieg ihr Blutdruck, während sie daran dachte, was sie empfunden hatte, als ihre Körper sich beim Tanzen eng aneinander schmiegten. Sie wollte wahrhaftig keine Minute länger als nötig mit diesem Mann auf seiner Ranch festsitzen. Sie hatte keine Ahnung, wie weit ihre Selbstbeherrschung reichen würde.

Cole zog fragend die Brauen hoch und blickte auf seinen Bruder. Jase grinste ihn an. Auf seinem Gesicht lag echte Belustigung. »Diesmal muss ich Cole zustimmen, Doc. Du bist wirklich draufgängerisch.«

Maia beunruhigte die Anziehungskraft, die von dem Mann

neben ihr ausging. Sie war froh, als Cole eine Seitentür ins Haupthaus öffnete und sie in einen Vorraum gelangten, in dem viele Jacken an den Wänden hingen. Darunter standen Stiefel in Reih und Glied. Maia folgte dem Beispiel ihrer Begleiter und zog die Schuhe aus. Es war zwar kühl in dem Raum, aber immerhin weit wärmer als draußen.

Im Haus selbst war es mollig warm. Die Diele war gefliest, doch sogar die Kacheln fühlten sich warm an. Maia musterte die Bögen und die hohe Decke. »Du meine Güte! Hier wohnt ihr? Das ist ja ein richtiger Palast!«

Cole und Jase tauschten einen langen Blick. Jase räusperte sich und erklärte: »Ich suche dir ein paar warme Klamotten.« Er eilte davon, während Cole eine Decke von einer riesigen Couch nahm und sie ihr um die Schultern legte. »Wie wär's, wenn ich dir was Heißes zum Trinken mache und heute Nacht koche?« Er blickte aus der verglasten Front ins Freie. Es schneite noch immer unentwegt. »Wie es aussieht, wirst du noch ein paar Tage bei uns sein. Die Gelegenheit, Jase mit deiner berühmten Pizza zu beglücken, ergibt sich bestimmt noch ein andermal. Jetzt solltest du dich erst mal richtig aufwärmen.«

Maia musste ihm recht geben. Sie zitterte unablässig. »Eine heiße Dusche wäre toll.« Schon bei der Vorstellung wurde ihr wärmer.

Beim Gedanken an Maia unter der Dusche wurde auch Cole wärmer. »Na klar.« Seine Stimme klang rauchig. Sie schaute ihn scharf an. Er legte die Hand auf sein Herz. »Du machst mich wirklich fertig.«

»Gut. Es wird Zeit, dass das mal jemand tut. All die Frauen haben es dir viel zu leicht gemacht. Das ist nicht gut für dich.«

»Wie bitte? All die Frauen? Du stellst mich ja wie einen Schürzenjäger hin. So viele waren es nun auch wieder nicht.« Warum verteidigte er sich? Bestimmt war ihr Lächeln daran schuld, die Art, wie ihre Augen aufleuchteten und ihre weichen Lippen sich kräuselten. Seine Kiefer verhärteten sich.

Warum war er bloß so fasziniert von allem, was sie sagte und tat?

Maia nagelte ihn mit ihrem Blick fest und schmunzelte ein wenig über seine Reaktion. »Es gab bestimmt eine ganze Menge Frauen in deinem Leben. Zeig mir das Bad. Ich hoffe, es lässt sich absperren. Habe ich schon erwähnt, dass ich mehrere Kampfsportarten beherrsche?«

»Ich wusste, dass wir gut zusammenpassen. Ich beherrsche nämlich auch einige.«

Sie stöhnte übertrieben laut auf. »Natürlich. Das hätte ich mir gleich denken können.«

5

Maia warf die Daunensteppdecke zur Seite und richtete sich auf. Sie konnte einfach nicht einschlafen, auch wenn sie hundemüde war. Es war so frustrierend, dass sie am liebsten laut geschrien hätte. Das Haus schien ihr etwas zuzuflüstern. Es waren böse, gespenstische Flüsterlaute, die sie nicht überhören konnte. Der Schmerz, der in diesem Haus steckte, reichte tief. Er durchdrang die Wände, die Böden und die Decken. Sie presste die Hände auf die Ohren in dem vergeblichen Versuch, das Geräusch auszusperren. Schließlich ergab sie sich und stand auf. Nicht nur dank ihrer übersinnlichen Veranlagung spürte sie, wie der Schmerz aus sämtlichen Wänden drang. Nein, dieser Schmerz war so intensiv, dass ihn jeder gespürt hätte.

Hoffentlich hörte der Blizzard bald auf, sonst würde sie in diesem Haus noch den Verstand verlieren. Sie wanderte durch den breiten Flur und auf der ausladenden Wendeltreppe ins Erdgeschoss. Die Front bestand fast ausschließlich aus Glas. Der Schnee reflektierte das Licht aus sämtlichen Quellen, sodass das Innere des Hauses in ein weiches, silbriges Licht getaucht war. Dieses Haus war wirklich wunderschön. Doch es war eine kalte, fast grausame Schönheit. Es wirkte unheimlich. Zitternd lief sie in die Küche. Sie brauchte etwas Warmes. Vielleicht würde ihr das beim Einschlafen helfen. Wenn es nicht so kalt gewesen wäre, hätte sie versucht, in ihrem Land Cruiser zu schlafen.

»Warum bist du noch wach?«

Maia wirbelte herum. Das Herz schlug ihr bis zum Hals. Cole Steele hatte sich auf der Couch niedergelassen. Die langen Beine hatte er ausgestreckt, und vor ihm stand eine Flasche Jack Daniel's. Maias Blick schweifte von der Flasche auf sein Gesicht. In diesem einen unbewachten Moment erhaschte sie einen kurzen Blick auf einen Mann, den das Leid zerfraß; einen Mann, der erfüllt war von unsagbarem Grauen. Ihr wurde klar, dass Jase nicht der Einzige war, der in diesem Haus misshandelt worden war. Cole hatte dieselben Qualen erlitten wie sein jüngerer Bruder. Das erklärte auch, warum er zu dem Mann geworden war, der er war – ständig auf der Hut, gefährlich, einsam. Es war ein Wunder, dass er zurückgekehrt war, um sich um seinen Bruder zu kümmern.

Cole umfasste den Flaschenhals. Sein viel zu interessierter Blick wanderte über ihren Körper. »Ich habe dich gefragt, warum du noch wach bist.« In seiner Stimme lag eine dunkle Sinnlichkeit, die all ihre weiblichen Seiten ansprach.

»In diesem Haus spukt es. Aber das weißt du ja schon, oder?«

Sein Griff um den Flaschenhals wurde fester. Ohne den Blick von ihr zu wenden, hob er die Flasche an die Lippen und nahm einen tiefen Schluck. Sein Hemd war aufgeknöpft, sodass die Muskeln auf seiner nackten Brust zu sehen waren. In seinen Augen loderte Wut. Viele Erinnerungen standen darin, und keine einzige davon war gut. »Ja«, erwiderte er schroff und musterte sie über den Rand der Flasche hinweg. »Wenn die Gespenster mir zu viel werden, ertränke ich sie. Willst du auch einen Drink?«

Maia schüttelte den Kopf. Sie widerstand seiner Bedürftigkeit, auch wenn von Cole in all seiner düsteren Intensität ein starker Sog ausging. Sie heilte verletzte Tiere, und in dem Moment kam er ihr fast wie ein verletztes Tier vor. Doch seine Art zu vergessen bestand darin, zu trinken und Sex zu haben – mit irgendeiner x-beliebigen Frau. »Ich bevorzuge heiße Schokolade. Ihr habt doch bestimmt Kakao in der Küche, schließlich wird Jase auch ab und zu mal so etwas trinken.«

Er nickte und wandte sich von ihr ab. Vorsichtig stellte er die Flasche wieder auf den Tisch und starrte aus der Glasfront auf den weißen Vorhang aus Schnee. Dabei sah er so einsam aus, dass Maias Herz ins Schlingern geriet. Sie musterte den riesigen Raum mit seiner hohen Decke und der geschwungenen Treppe, die links und rechts nach oben führte. Dieses Haus hätte mit Frohsinn und Musik erfüllt sein müssen. Dieser Raum hätte weihnachtlich geschmückt gehört. Im Kamin hätten große Scheite lodern müssen, und die Luft hätte erfüllt sein müssen von Düften nach Zimt und Tannen. Stattdessen gab es hier nur einen Jungen, der in seinem Zimmer darum kämpfte, einen Überlebensweg zu finden, und einen Mann, der seine Dämonen in Alkohol ertränkte.

Sie schüttelte den Kopf. Die Qualen und das Leid in diesem Haus waren schier unerträglich für jemanden, der so mitfühlend war wie sie. Zorn regte sich in ihr. Cole und Jase Steele waren zwar lebendig, doch im Grunde fristeten sie ein jämmerliches Dasein. Dem Gespenst hingegen schien es hier sehr gut zu gehen. Es herrschte noch immer mit eiserner Faust über dieses Haus.

Maia dachte darüber nach, während sie die Schokolade zubereitete. Noch nie hatte sie so ein schönes Haus gesehen, und dennoch war es trostlos und leer wie das Leben, das Cole Steele führte. Vorhin hatte Jase in der Küche mit ihr gelacht und sie wegen seines Schlafanzugs aufgezogen. Sie hatte die Ärmel hochgekrempelt, weil er ihr zu groß war. Er hatte sich wie ein ganz normaler, fröhlicher Junge benommen. Trotzdem hatte er ihr unendlich leid getan, weil er sich so sehr bemühte, normal zu sein, während die Wände des Hauses zu weinen schienen über all das, was diesem Jungen angetan worden war.

Cole war sehr wortkarg gewesen und hatte kein einziges Mal gelächelt. Seine blauen Augen hatten sie beobachtet, als sie Jase beobachtete. Eigentlich hätte er entspannt sein müssen, doch stattdessen schien er ständig auf der Hut. Angespannt hatte er alles um sich herum im Auge behalten. Jetzt war ihr klar, warum er sich so verhielt. Am liebsten hätte sie sich hingesetzt in dieser Küche, die der Traum eines jeden Chefkochs war, und um die beiden geweint. Zwei Menschen, die darum kämpften, sich zu einer Familie zusammenzufinden. Beide ständig wachsam, verschlossen, bereit, alles und jeden wegzustoßen, auch den jeweils anderen. Vieles in Maia – die Heilerin, die Frau und der mitfühlende Mensch – reagierte auf den intensiven Schmerz, der in Cole und Jase wütete. Doch ihr Selbsterhaltungstrieb forderte sie unmissverständlich dazu auf, davonzurennen und sich zu verstecken. Sie hatte nicht die geringste Ahnung, was sie tun sollte, um das Leid der beiden zu lindern.

Mit einem resignierten Seufzer gestand sie sich ein, dass es ihr nicht gelingen würde, all dies einfach zu ignorieren. Sie warf ein paar Marshmallows in die heiße Schokolade und ging mit dem Becher ins Wohnzimmer. Cole hatte den Kopf in die Hände gelegt. Sein Körper wirkte verspannt, seine Haare waren feucht, als wäre er gerade aus einem Albtraum erwacht – oder als stecke er noch in ihm fest. Maia hielt sich am Türrahmen fest, um sich daran zu hindern, zu ihm zu gehen. Er würde sich nicht von ihr trösten lassen, es sei denn, sie bot ihm Sex an. Doch die Rolle des Opferlamms lag ihr wahrhaftig fern.

»Geh ins Bett, Maia«, knurrte er, ohne den Kopf zu heben. »Wenn ich in einer solchen Verfassung bin, kann ich für nichts garantieren.«

Sie blieb stumm auf der Schwelle stehen und nippte vorsichtig an der heißen Schokolade. Als Cole den Kopf drehte und sie ansah, stockte ihr Herz vor Mitleid. »Warum tust du dir das an?«

Er hatte wieder seine ausdruckslose Maske aufgesetzt. Trotzdem konnte er den Schmerz in seinen Augen nicht verbergen. Er schien dort immer zu sein, so tief verwurzelt, dass Maia sich nicht mehr beherrschen konnte. Sie wollte ihn trösten. Sie musste ihn trösten.

»Glaubst du etwa, ich bin es, der mir das antut?« In seiner Stimme schwang kontrollierte Gewalt mit.

Maia überlief es eiskalt. Trotzdem bohrte sie weiter. »Du machst aus diesem Haus ein Monument für den Schmerz und das Leid, das er verursacht hat. Du lebst in seiner Welt. Und doch erwartest du, dass ihr zwei es irgendwie schaffen werdet, das Leid zu überwinden, das er euch zugefügt hat. Aber er ist ständig da, er lebt noch hier in diesem Haus, und du tust nichts, um ihn zu vertreiben.«

»Wen meinst du mit ›er‹?«, fragte er argwöhnisch. Er richtete sich zu seiner vollen Größe auf, ein Mann, der hart daran arbeitete, in Form zu bleiben; der seinen Körper so gestählt hatte, dass er zu einer richtigen Waffe geworden war. Ein Mann, der Mitleid verachtete und Mitgefühl ablehnte; der lieber allein blieb, als es zu wagen, jemandem zu vertrauen. Nur wenige Menschen wussten Bescheid über seine Vergangenheit. Seinen Vorgesetzten hatte er vielleicht eine abgeschwächte Version aufgetischt, aber einer Frau hatte er sich bestimmt noch nie geöffnet. Er brauchte keine vor Mitleid vergehende Frau, die am Ende noch versuchen würde, Ansprüche anzumelden.

Maias Herz begann wild zu schlagen. Ihr war klar, dass sie hier festsaß, womöglich für mehrere Tage, ohne Aussicht auf Hilfe. Cole sah aus, als ob er zu allem fähig wäre. Gespielt lässig zuckte sie mit den Schultern. »Das Gespenst natürlich. Du hast doch gesagt, dass es hier eines gibt.«

Er schüttelte den Kopf und machte einen Schritt auf sie zu. Seine nackten Füße verursachten keinerlei Geräusch auf dem dicken Teppich. »Weich mir nicht aus. Jemand hat mit dir geredet. Was hast du erfahren?«

Sie nahm noch einen Schluck Schokolade. Ihre Hände zitterten, sodass sie den Becher mit beiden Händen festhalten musste. »Ich weiß, dass Jase etwas zugestoßen ist. Es ist nicht schwer, darauf zu kommen. Und« – sie deutete mit dem Kinn auf die Flasche – »die dort sagt mir, dass dir dasselbe zugestoßen ist.«

Er stieß einige hässliche Flüche aus und ging einen weiteren Schritt in ihre Richtung. »Du weißt rein gar nichts von uns,

Doc. Ich genehmige mir einen Drink. Na und? Spar dir dein Mitleid. Ich brauche es nicht!«

Trotz ihrer Angst – oder vielleicht auch gerade deswegen – fing Maia schallend an zu lachen. »Du tust mir nicht leid, ich selber tue mir leid. Jeder muss mit seinen Dämonen leben, Steele. Manche sind übler als andere, aber wir alle haben Dämonen. Es liegt an dir, wie du mit ihnen umgehst. Meinetwegen kannst du dich um den Verstand trinken, wenn dich das am Leben hält. Ich persönlich würde das Gespenst aus meinem Zuhause vertreiben. Hol dir das Haus von ihm zurück. Meinetwegen mit Hilfe eines Exorzisten.« Sie sah sich um. »Es ist ein wunderbares Haus, und du hast es zugelassen, dass es sich in ein Mausoleum verwandelt hat, in einen kalten, hässlichen Ort, in dem etwas Grausames herumspukt. Ich kann es fühlen, und du kannst das auch. Und Jase geht es genauso. Ich weiß nicht, warum du willst, dass dieses Gespenst am Leben bleibt, aber hey« – sie zuckte mit den Schultern –, »mit mir hat das nichts zu tun.«

Mitleid mit ihm und auch mit Jase schnürte ihr das Herz zusammen. Aber Cole Steele würde so ein Gefühl von ihr niemals akzeptieren. Wenn sie mit ihm Sex hatte – was er ganz offenkundig wollte –, würde ihm das vielleicht helfen, die Nacht zu überstehen. Dennoch würde er sich bald wieder seinen Albträumen stellen müssen.

»Du hast verdammt recht. Es hat nichts mit dir zu tun.« Cole baute sich direkt vor ihr auf. Die oberen zwei Knöpfe seiner Jeans standen offen, als wäre er hastig in die Hose geschlüpft und fluchtartig aus seinem Schlafzimmer gestürmt.

Maia ließ sich nicht von ihm einschüchtern. Sie wusste, dass er absichtlich kein Hehl aus seinen sexuellen Absichten machte in der Hoffnung, sie damit entweder zu verscheuchen oder in sein Bett zu ziehen. Dieses Wissen verlieh ihr den Mut, sich von ihm abzuwenden und den Becher auf den Couchtisch zu stellen. So gelassen wie möglich, gerade so, als würden sie über irgendeine Nebensächlichkeit und nicht über etwas so Einschneidendes reden, sagte sie: »Es spielt keine Rolle, Cole. Wir gehen einfach unterschiedlich mit solchen Sachen um. Das heißt nicht, dass ich recht habe und du nicht. Es heißt einzig und allein, dass wir unterschiedliche Vorgehensweisen haben.«

Sein kühler Blick streifte sie. »Was würdest du denn tun, wenn du hier mit Gespenstern leben würdest?«

Es klang wie eine Herausforderung.

Sie hob eine Braue und ließ den Blick über den riesigen Raum schweifen. »Ich würde ihm nicht gestatten, mich zu vertreiben oder mein Leben zu ruinieren. Wenn ich ein Zuhause hätte, dann würde ich mir das von keinem wegnehmen lassen.«

Maia sehnte sich nach einem Zuhause. Dennoch hielt sie es nirgendwo länger aus. Cole speicherte diese Information, vielleicht konnte er sie später noch einmal gebrauchen. »Wie würdest du zum Beispiel mit folgendem Problem umgehen: Jase hasst Weihnachten. Diese Jahreszeit war nie sehr schön für ihn. Sogar Weihnachtslieder regen ihn auf, bei solchen Liedern bekommt er Albträume. Wenn ich jetzt ›Jingle Bells‹ auflegen würde, würde ich es nur noch schlimmer machen für ihn.« Und für mich auch, fügte er still hinzu. Er hatte dem Tod bestimmt schon tausend Mal ins Auge geblickt. Er hatte ihn tollkühn herausgefordert und verhöhnt. Doch allein bei dem Gedanken an Weihnachtsmusik und Weihnachtsschmuck wurden all die Albträume wachgerufen, die ihn regelmäßig in Angst und Schrecken versetzten.

Maia nickte nachdenklich. Vielleicht stimmte das, was Cole über Jase sagte, aber in diesem Szenario waren sein Name und der seines Bruders austauschbar. Sie atmete tief durch. Sie war keine Psychotherapeutin und konnte sich nur auf ihre Instinkte verlassen. Aber ihr war klar, dass jemand Cole Steele die Hand reichen musste, bevor es zu spät war. Er sperrte die Welt aus und lebte am liebsten völlig zurückgezogen. Durch Jase hatte er die Gelegenheit, sein Leben zurückzuerobern. Was Cole nicht für sich selbst tun wollte, würde er vielleicht für

Jase tun. Und vielleicht würde das die Heilung für ihn und seinen Bruder bedeuten.

»Jeder geht mit solchen Sachen anders um. Aber sieh es doch mal so: Weihnachten kommt alle Jahre wieder. Jase muss diese Zeit Jahr für Jahr überstehen. Und jedes Jahr scheint die Weihnachtszeit früher anzufangen. Was passiert, wenn er heiraten und Kinder haben möchte? Das heißt natürlich nicht, dass er sein Familienleben ruinieren wird, wenn er Weihnachten nicht feiern will. Aber wenn er sich in eine Frau wie mich verliebt, eine, die Weihnachten liebt, dann könnte es ziemlich schwierig werden.«

Eine wie mich. Coles Herz machte einen komischen Satz. Maia liebte Weihnachten. Mit ihrem sonnigen, offenen, großzügigen Gemüt konnte sie gar nicht anders. Sie war heiter und froh, und sie wollte ein Zuhause. Familien feierten Feste wie Weihnachten. Er nickte und fühlte sich so einsam wie noch nie. »Das ist mir auch schon durch den Kopf gegangen. Ich weiß nur nicht, was ich tun soll, damit er diese Zeit schön findet. Schon allein, wenn wir in die Stadt fahren und er all die Lichterketten sieht, bekommt er Albträume.«

»Es hat hier angefangen, stimmt's? Mit seinem Vater?« Sie stellte diese Frage behutsam und sah ihn nicht an, weil sie verhindern wollte, dass er in ihren Augen das Wissen entdeckte. Sie wagte sich hier auf gefährlichen Boden. Unter bestimmten Umständen konnte Cole sehr gefährlich sein. Sie wollte nicht, dass er das Gefühl hatte, sich verteidigen zu müssen.

»Ja«, knurrte er mit zusammengebissenen Zähnen. Über so etwas sprachen sie hier nicht. Jase würde es nicht gefallen, wenn Maia wusste, dass er misshandelt worden war, und genauso wenig gefiel es Cole. Ein Opfer zu sein war beschämend, selbst wenn man noch ein Kind war und nichts dagegen tun konnte.

»Jase spürt die Anwesenheit seines Vaters in diesem Haus bestimmt die ganze Zeit, vor allem, wenn ihr alles so lasst, wie es zu dessen Lebzeiten war. Sogar ich spüre seine Anwesenheit.

Du doch bestimmt auch. Wenn ich hier das Sagen hätte und die Ranch behalten wollte, würde ich sämtliche Räume verändern. Ich würde die Möbel umstellen und die Zimmer vielleicht sogar anders nutzen. Weihnachten ist hier wohl nie gefeiert worden, oder?«

»Worauf du dich verlassen kannst«, erwiderte Cole. »Der Alte hasste Weihnachten.«

»Weißt du, warum?«

Cole zuckte mit den Schultern. »Ich gehe davon aus, dass auch sein Vater es hasste. Aber aus welchem Grund auch immer – er hat Weihnachten stets zum Anlass genommen, allen wehzutun. Zu der Zeit war er am gefährlichsten. Wenn jemand – die Haushälterin oder einer der Arbeiter – den Fehler machte, das Radio anzuschalten, und gerade ein Weihnachtslied kam, dann ließ er dieses Lied permanent laufen und prügelte Jase oder seine Frau grün und blau.«

Oder Cole und seine Mutter. Maia setzte sich auf einen breiten Sessel. Der Platz war ihr lieber als die Couch, weil sie einen Sicherheitsabstand zu Cole brauchte. Sie fühlte sich verletzlich in seiner Anwesenheit. Sie war eine Heilerin. Wenn sie spürte, dass jemand litt, reagierte sie darauf. Nun zwang sie sich, langsam zu atmen und die Ruhe zu wahren. Doch am liebsten hätte sie laut geschrien vor Wut über diesen Unhold, der in seinen Kindern so viel zerstört hatte. »Im Grunde schreibt dieser Mann also immer noch vor, was in diesem Haus abläuft.«

Cole fuhr sich mit der Hand übers Gesicht, als wolle er Erinnerungen wegwischen, die zur Oberfläche strebten. »Ich habe alle Angestellten gefeuert. Die Arbeiter, die Haushälterin, alle, die hier waren und gewusst haben mussten, was mit Jase passierte. Aber es hat nicht viel geholfen. Wenn ich mit Leuten ein Bewerbungsgespräch führe, ist Jase immer dabei, und ich höre auf ihn. Er kann mitbestimmen, wen wir einstellen und wen wir weiterschicken. Ich möchte, dass er sich hier sicher fühlt.«

»Wie kann er das, wenn dieser Mann noch immer hier herumspukt? Brett Steele ist uberall, in jedem Raum. Und er ist noch immer der Boss. Er hat euch verboten, etwas so Schlichtes wie die Weihnachtszeit zu genießen, und ihr tut es nicht. Also hat er gewonnen. Selbst aus seinem Grab heraus gewinnt er.«

Cole fluchte so heftig, dass Maia zusammenzuckte. Sie starrte aus dem Fenster auf die dicken Schneeflocken und wartete darauf, dass er seine Wut wieder in den Griff bekam.

»Tut mir leid, Steele. Du hast mich gefragt, und ich habe dir meine Meinung gesagt. Ich bin keine Therapeutin, und du hast bestimmt schon nach professioneller Hilfe für Jase gesucht. Ich hätte nichts sagen sollen, weil es mir einfach an Erfahrung fehlt.«

Er winkte ab. »Ich wollte deine Meinung hören, sonst hätte ich dich nicht gefragt. Das, was du gesagt hast, habe ich auch schon selbst in Erwägung gezogen. Wahrscheinlich hätte ich gern von dir gehört, dass es einen einfacheren Weg gibt. Ich bin mit Jase zu einigen Therapeuten gegangen. Er vertraut keinem. Er weigert sich, mit Fremden zu reden.«

»Es gibt bestimmt irgendwo einen richtig guten Therapeuten, der ihm helfen kann.«

»Vielleicht, aber ich habe ihn noch nicht gefunden. Ich kann Jase keinen Vorwurf machen. Er hat versucht, Hilfe zu bekommen, als unser Vater noch lebte. Niemand hat ihm zugehört. Um fair zu sein, hat es wohl keiner gewagt. Geld regiert die Welt, und der Alte hatte viel Macht. Er konnte mit Leichtigkeit ein Geschäft ruinieren, und das tat er auch, wenn sich sein Sohn mit jemandem anfreundete oder mal eine unpassende Bemerkung machte. Jase' Vertrauen ist momentan sehr leicht zu erschüttern. Ich werde ihn nicht zwingen, mit einem Therapeuten zu reden, solange er sich nicht sicher ist, dass er sich auf mich verlassen kann.«

»Kann er das denn?«, fragte Maia leise.

»Und wenn es das Einzige ist, was ich in meinem Leben richtig mache – dafür trage ich Sorge. Jawohl, er kann sich auf mich verlassen. Er steht in meinem Leben an allererster Stelle. Ich habe meinen Job auf Eis gelegt, bis ich das Gefühl habe, dass es ihm einigermaßen gut geht.«

Ihre Blicke trafen sich. »Welchen Job?«, fragte Maia.

Cole ließ sich auf dem Stuhl ihr gegenüber nieder. »Spielt das eine Rolle?«

»Natürlich. Gefällt dir deine Arbeit? Vermisst du sie?«

»Es gefällt mir, dass ich überwiegend alleine arbeite. Es ist beruhigend. Ich kenne die Welt und ihre Regeln, mich kann nichts überraschen.« Cole wunderte sich, dass ihm diese Worte entschlüpften. Vielleicht hatte er mehr getrunken, als ihm klar war. Er schob die Flasche aus seiner Reichweite.

»Mir geht es bei meiner Arbeit ganz ähnlich«, sagte Maia.

Cole musterte sie mit zusammengekniffenen Augen. Sie überraschte ihn immer wieder. Irgendwie fühlte sich ihre Anwesenheit in seinem Haus beruhigend und richtig an. Er konnte sich nicht vorstellen, eine andere Person in dieses Haus zu bringen. Aber Maia passte hierher. »Warum reist du so viel durch die Gegend? Du solltest ein Zuhause haben.«

Sie schenkte ihm ihr strahlendes Lächeln. Das Lächeln, das einen Mann selbst aus der Ferne umhauen konnte. Er hatte sich nach diesem Lächeln gesehnt, doch nun fühlte es sich zu gefährlich an, hier in diesem Haus, mit all seinen Dämonen und mit dem Alkohol, der ihm durch die Venen strömte. Sie sah wunderschön aus, wie sie, die nackten Füße untergeschlagen, auf dem Sessel saß. Unwillkürlich fragte er sich, was sich wohl unter dem dünnen Flanellschlafanzug verbarg. Bislang hatte er Flanell noch nie sexy gefunden, aber jetzt sah er diesen Stoff plötzlich mit anderen Augen.

»Was ist los? Hör auf, mich anzuschauen wie der große böse Wolf.« Sie schüttelte den Kopf. »Aber wahrscheinlich kannst du nicht anders. Du bist ständig auf der Jagd.«

Sofort verschloss er sich wieder. Sein Blick wurde wachsam, fast argwöhnisch. »Ich mag keine Spiele, Maia. Wovon zum Teufel redest du?«

In seinem Kopf formte sich eine Verschwörungstheorie. Sie saß ihm gegenüber, das Gesicht von Müdigkeit gezeichnet, ohne Make-up, ohne die geringste Arglist, und er überlegte sich tatsächlich, ob sie womöglich dafür gesorgt hatte, dass sich das Pferd verletzte, weil sie auf ihn und sein Geld aus war. Doch gleich darauf fragte er sich besorgt, ob denn der Wahnsinn in ihm überhandnahm. Wie konnte die Tierärztin ihm Angst einflößen? Sie war die ganze Zeit unterwegs. Sie war eine Fremde in der Stadt, und doch gelang es ihr rasch, das Vertrauen der Leute zu gewinnen, mit denen sie es zu tun hatte. Dennoch gab die kleine Stimme in ihm, die ständig Fragen stellte und Daten sammelte, keine Ruhe.

Maia bemerkte, wie die Wachsamkeit in seinen Blick zurückkehrte. Die plötzliche Wachheit. Offenbar spürte er eine Gefahr. Aber sie konnte sich nicht vorstellen, welchen Knopf sie gedrückt hatte. Ein Gespräch mit Cole Steele war wie ein Marsch durch ein Minenfeld. Kein Wunder, dass er Gelegenheitssex bevorzugte. Dabei musste man nicht viel reden, man kam rasch zur Sache, und er war in Sicherheit. »Es tut mir leid, ich wollte dich nicht beunruhigen. Das war nur eine kleine Anspielung auf deine Neigung, in Bars nach Frauen zu jagen. Ich wollte gerade sagen, wenn du Frauen nicht wie ein Sexspielzeug behandelst, bist du ein ganz netter Mensch. Aber ich habe meine Meinung geändert. Du bist ein sehr schwieriger Mensch.«

Sein Blick wurde kalt und hart. »Was zum Teufel soll das heißen? Ich behandele Frauen nicht wie ein Sexspielzeug.«

»Natürlich tust du das. Genau das tust du. Du streifst durch die Bars, um Frauen aufzugabeln, die sich bereit erklären, dir zu helfen, die Nacht zu überstehen, ohne weitere Ansprüche an dich zu stellen. Hoffentlich bist du wenigstens auf Sicherheit bedacht.«

»Auf Sicherheit bedacht?«, wiederholte er. Er konnte seinen Ohren kaum trauen.

»Sorgst du wenigstens dafür, dass diese Frauen sicher sind?

Wenn du das nicht tust, bist du ein hoffnungsloser Fall.« Sie wandte sich schulterzuckend von ihm ab und tat so, als sei sie völlig unbekümmert, auch wenn sie das nicht war. Sie spürte, wie sie immer mehr in das Drama der Steeles hineingezogen wurde, und das machte ihr große Angst. Sie wollte sich nicht um die Brüder kümmern und sich wegen ihnen den Kopf zerbrechen. Sie konnte es sich nicht leisten, sich auf einen Mann wie Cole Steele einzulassen.

»Ich habe nicht vor, mir eine Geschlechtskrankheit einzufangen oder eine Frau zu schwängern, falls du das meinst. Und es ist mir völlig egal, was du von mir denkst.«

Seine Stimme klang eisig, aber er kochte vor Wut. Das war nicht zu überhören.

Maia starrte wieder aus dem Fenster auf den unbarmherzig fallenden Schnee. Es war weit sicherer, auf den Schnee zu blicken als auf diesen Mann oder auf die eiskalte Schönheit in diesem Haus. »Das war eine reine Feststellung, ganz ohne Wertung. Aber du hast offenkundig völlig andere Wertvorstellungen. Deshalb siehst du die Sache natürlich auch ganz anders.«

Coles Zorn wuchs. Keiner schaffte es, ihm so an die Nieren zu gehen wie diese Frau, obwohl er ihre Vorwürfe nicht abstreiten konnte. Er war mehrmals in die Bar gegangen mit dem Vorsatz, mit ihr zu schlafen in der Hoffnung, dass er dadurch die Weihnachtszeit besser überstehen würde. Durch ihre Augen betrachtet bot er keinen schönen Anblick. Das war eine schwierige Erkenntnis.

»Woher willst du wissen, wie ich die Dinge sehe?«

Maia richtete ihre Aufmerksamkeit wieder auf ihn. Ihr viel zu kühler Blick wanderte über sein Gesicht. »Das weiß ich nicht, Cole. Und ich will es auch gar nicht wissen. Egal, was du mir unterstellst, ich bin nicht auf der Suche nach einem Ehemann, einem Liebhaber, Geld oder sonst etwas in dieser Richtung. Ich tue meine Arbeit, und dann ziehe ich weiter.«

Coles Magen schnürte sich zusammen. Sie hatte ihm eine

eindeutige Abfuhr erteilt. Er sollte endlich ins Bett, er sollte aus diesem Raum verschwinden und sie in Ruhe lassen. Doch etwas hielt ihn auf seinem Sessel fest, fesselte ihn an ihren Blick. Er wünschte, es wäre Sex. Er wünschte, es wäre die heftige körperliche Anziehungskraft, die er ihr gegenüber verspürte. Er wollte nicht, dass es etwas anderes war. Etwas anderes brauchte er nicht. Wieder rieb er sich mit der Hand übers Gesicht und versuchte, die Dämonen loszuwerden, die ihn einfach nicht loslassen wollten.

»Die erste Lektion, an die ich mich erinnere, lautete: Traue niemandem – weder meiner Mutter noch der Haushälterin oder irgendeinem Arbeiter auf der Ranch, und am allerwenigsten meinem Vater. Es spielte keine Rolle, wie nett oder freundlich sie wirkten. Sie alle berichteten ihm ständig alles. Und sie standen daneben und sahen zu, wenn er etwas tötete, bei dem ich den Fehler gemacht hatte, es zu mögen. Sie standen schweigend daneben, wenn er mit seinen Fäusten, einer Peitsche, einem Kleiderbügel oder was ihm sonst gerade in die Hände fiel auf mich eindrosch.« Er fuhr mit der Hand quer durch den Raum. »Diese Ranch war ein Gefängnis. Vor ihm gab es kein Entkommen. Er hatte Sicherheitsleute beauftragt, die uns nicht aus den Augen ließen.«

Sobald er ihr eines seiner düstersten Geheimnisse offenbart hatte, stieg in Cole die Wut auf sich selbst auf. Er hatte es als eine Art stumme Abbitte für seine paranoiden Verschwörungstheorien getan, oder vielleicht auch deshalb, um sich zu beweisen, dass er noch immer weit menschlicher war, als er es von sich glaubte. Doch egal, warum er es getan hatte, er konnte es nicht mehr zurücknehmen, so sehr er es sich wünschte.

Maia blieb stumm. Sie bemühte sich, ihm nicht zu zeigen, wie entsetzt sie war und wie leid er ihr tat. Sie wollte diesen Augenblick nicht dadurch zerstören, dass sie etwas Falsches sagte oder tat. Cole Steele hatte ihr gerade etwas verraten, was er wahrscheinlich noch niemandem verraten hatte. Vielleicht hatte er anderen gegenüber flüchtig eine schwierige Kindheit erwähnt, aber auf Details war er bestimmt noch nie eingegangen. Sie legte die Hände um den Becher mit Schokolade, der mittlerweile kalt war.

»Glaub ja nicht, dass ich dir das sage, weil ich dein Mitleid haben will«, knurrte Cole. »Das habe ich dir nur gesagt, damit du weißt, mit welcher Vergangenheit sich Jase herumschlagen muss. Ich möchte nicht, dass er so wird wie ich. Ich möchte, dass er normal wird. Es geht hier um Jase. Hast du das verstanden? Ausschließlich um Jase.«

Maia schaffte es zu nicken. Sie blinzelte heftig, um die Tränen zurückzudrängen. Cole Steele hatte sich aufgegeben und kämpfte nun verzweifelt um seinen jungen Halbbruder. Sie schluckte. In ihrer Kehle bildete sich ein Kloß, an dem sie zu ersticken drohte. Wer würde Cole retten?

»Er hat auf dich reagiert«, fuhr Cole fort. »Du bist die Erste, bei der er das getan hat. Normalerweise wahrt er einen strikten Abstand zu allen Leuten. Aber mit dir hat er gelacht. Er hat tatsächlich gelacht. Jase braucht etwas, was ich ihm offenbar nicht geben kann.«

»Du gibst ihm genau das, was er jetzt braucht, Cole – Stabilität und eine Art familiären Zusammenhalt. Und das nach so vielen Jahren. Wie alt ist er gleich noch mal? Vierzehn?« Als Cole nickte, fuhr sie fort: »Jase hat Angst, jemandem zu vertrauen. Er möchte es, aber es ist ihm eingebläut worden, es nicht zu tun. Das wird sich mit der Zeit bestimmt ändern. Solange du ihn nicht enttäuschst, wird er dir vertrauen und lernen, dass er sich auf eure Beziehung verlassen kann.«

»Männer wie Als Schwager haben immer gern so getan, als wäre das, was hier auf der Ranch passierte, ganz normal; als wäre es etwas, gegen das sie nicht aufbegehren konnten, weil sie ja ihre Familien unterstützen mussten. Aber sie waren ein Teil des Ganzen. Sie haben dafür gesorgt, dass Jase nicht entkam; sie haben gesehen, was der Alte ihm antat. Solche Leute will ich von Jase fernhalten – Leute, die abfällig grinsen und herablassende Bemerkungen machen.«

Maia hörte die unterdrückte Wut in Coles Stimme. Die Männer, die er gefeuert hatte, konnten von Glück sagen, dass er das getan hatte. Cole war zu extremer Gewalt fähig. »Jase wird das alles niemals völlig vergessen können, Cole. So funktioniert das nicht. Die Dinge, die wir erlebt haben, werden zu einem Teil von uns. Vielleicht wird er irgendwann einmal ein stärkerer, besserer Mensch, aber er wird es nie vergessen können. Das Erlebte hat seine Persönlichkeit geprägt, und er wird es nie schaffen, dieser Persönlichkeit zu entkommen.«

Cole lehnte sich zurück und atmete langsam aus. »Wer bist du, Doc? Woher kommst du?«

»Über mich gibt es nicht viel zu sagen, Steele. Ich bin in einer Kleinstadt aufgewachsen. Meine Eltern sind bei einem Autounfall ums Leben gekommen. Ich war damals knapp sechzehn und bin dann zu meiner Großmutter gezogen, der einzigen Verwandten, die ich noch hatte. Sie war eine fantastische Frau, und ich hoffe, dass ich viel von ihr gelernt habe. Ich habe Tiere geliebt und war ganz gut in der Schule, und schließlich beschloss ich, Tierärztin zu werden. Ich hatte etwa die Hälfte meiner Ausbildung hinter mir, als meine Großmutter starb. Sie hatte etwas Geld für mich zur Seite gelegt. Damit konnte ich mir eine Ausrüstung kaufen, und den Rest kennst du ja.«

»Dein ganzes Leben in ein paar kurzen Sätzen. Herzlichen Glückwunsch«, meinte er lakonisch.

Maia lächelte. »Ich habe dir doch gesagt, dass es da nicht viel zu erzählen gibt. Ganz im Gegensatz zu dir. Du bist umgeben von Mysterien und Rätseln.«

»Das finden die Frauen anziehend.«

»Ach ja? Ich dachte, es wäre eher dein Image des düsteren Einzelgängers. Aber das passt wohl ganz gut zusammen. Wirst du Jase ein paar Tipps geben, wie er mit Frauen umgehen soll?«

Cole schüttelte den Kopf. »Jase wird eines Tages eine nette Frau finden und eine Familie gründen. Er wird zwei Kinder haben und jeden Abend zu einem Menschen heimkehren, der ihn liebt.« Er seufzte. »Er sträubt sich dagegen, auf eine normale Schule zu gehen. Ich habe gehofft, dass er in eine Privatschule oder meinetwegen sogar eine staatliche Schule gehen würde. Aber er ist immer von Privatlehrern unterrichtet worden, und alles andere ist ihm nicht recht.«

»Es ist ihm nicht recht, weil er dann nicht mehr bei dir ist. Er kennt doch nichts anderes als diese Ranch. Hast du nicht gesagt, sein Vater hat ihn hier mehr oder weniger wie einen Gefangenen gehalten? Er möchte seine Sicherheitszone nicht verlassen. Das geht uns allen so. Wir alle bleiben immer gern bei dem, was wir kennen.«

Cole versuchte, möglichst ungerührt zu erscheinen. Sie teilte Hiebe gegen ihn aus, ohne es zu merken. Wenn jemand in seiner Sicherheitszone blieb, dann er. Cole verschloss davor nicht seine Augen. Er war ein Adrenalin-Junkie, und er hielt sich fern vom Rest der Welt. Und diese Frau saß da in all ihrer Schönheit und listete seine Mängel auf. Und dabei quälte ihn auch noch der unglaubliche Drang, sie zu küssen, bis weder sie noch er einen klaren Gedanken fassen konnten. »Wird es nicht langsam Zeit, dass du ein bisschen schläfst?«

Maia schaute auf die Uhr. Das Verlangen, das in seinem Blick aufgeflackert war, übersah sie beflissen. »Du hast recht. Es ist schon fast wieder Zeit zum Aufstehen. Und es sieht nicht so aus, als würde uns dieser Sturm eine kleine Verschnaufpause gönnen.«

Cole stand auf und wartete, bis sie den Becher ausgespült hatte. Dann begab er sich nach oben. »Gute Nacht, Doc. Und noch mal vielen Dank für alles, was du für uns getan hast.«

Maia blickte über die Schulter und lächelte. »Gern geschehen, Steele.«

6

Jase«, meinte Cole so beiläufig wie möglich, »bevor du nach deinem Pferd siehst, würde ich gerne noch etwas mit dir besprechen. Ich brauche deinen Rat. Die Frau Doktor kümmert sich gerade um Celtic High, du musst dich also nicht beeilen.«

Jase setzte sich zu seinem großen Bruder an den Küchentisch. »Worum geht es denn?« Sie hatten lange geschlafen, und nun konnte er es kaum erwarten nachzuschauen, wie sein Pferd die Nacht überstanden hatte.

»Um die Frau Doktor.« Cole raufte sich die Haare, bis sie ihm wirr vom Kopf abstanden. »Laut Wetterbericht sieht es so aus, als würden wir mindestens eine Woche lang auf der Ranch festsitzen.«

»Dann muss sie hierbleiben?« Jase kam nicht gegen das Grinsen an, das sich auf sein Gesicht stahl. »Ich habe nichts dagegen. Sie ist ganz in Ordnung.«

»Sie liebt Weihnachten, Jase. Und wahrscheinlich wird sie es bis zum fünfundzwanzigsten mit uns aushalten müssen. Sie wird Weihnachten vermissen.« Cole sah den Jungen nicht an. Er stand auf und durchmaß den Raum mit großen Schritten. »Sie ist mit mir hierher gefahren, um uns einen Gefallen zu tun. Und nun sitzt sie hier fest und muss auch noch arbeiten. Sie ist schon draußen bei Celtic High« – rasch überprüfte er, was für ein Gesicht Jase machte – »ich meine bei Wally. Ich weiß nicht … Was, meinst du, sollen wir tun?«

Jase rieb sich das Gesicht. Unbewusst imitierte er die Gesten seines großen Bruders. »Gibt es hier irgendwas zu essen?« Er sah sich um, vermied es, seinen Bruder anzuschauen. »Ich habe Kohldampf, und es riecht ziemlich gut hier drinnen.«

»Du hast ständig Kohldampf. Sie hat Frühstücksburritos für

uns gemacht. Man wickelt die Eier in eine Tortilla ein. Die Tortillas sind noch warm.«

Jase machte sich einen Burrito, nahm einen herzhaften Bissen und setzte sich nachdenklich kauend wieder auf seinen Platz. »Ich weiß nicht, Cole. Was meinst du? Sie ist wirklich sehr nett. Vielleicht könnten wir einen Baum aufstellen oder so.«

Cole stand mit dem Rücken zu dem Jungen. Er schloss die Augen. In seinem Magen rumorte es. Sein Gehör war bestens geschult, ihm entging nicht die kleinste Nuance. Nun vernahm er in der Stimme seines Bruders eine Mischung aus Zögern und Hoffnung. »Das haben wir noch nie getan, weder du noch ich. Vielleicht ist es ganz interessant. Und der Alte würde sich im Grab umdrehen.«

»Das kann er ruhig machen, solange er dort bleibt«, erwiderte Jase.

Cole drehte sich um. »Ich habe den Leichnam gesehen, Jase. Er ist tot.« Cole gab nicht zu, dass er darauf bestanden hatte, ihn zu sehen. Er hatte nicht geglaubt, dass irgendetwas oder irgendjemand Brett Steele töten könnte. Der Mann war ihm immer unbesiegbar vorgekommen; ein Ungeheuer mit so viel Macht, dass es das ewige Leben hatte. Jase war in dem Haus gewesen, als der Alte ins Gras gebissen hatte. Cole versuchte, den Gedanken beiseitezuschieben. Der Junge war nicht zu einem Mord fähig. Er hätte selbst ein Monster wie ihren Vater niemals umbringen können. Oder etwa doch? Der nagende Zweifel blieb bestehen, egal, wie sehr sich Cole bemühte, ihn zu ignorieren.

»Wer, glaubst du, hat ihn umgebracht, Cole?«

»Es hätte jeder sein können. Er hatte viele Feinde«, antwortete Cole, erleichtert, dass es noch andere Verdächtige gab. »Ich denke, zuallererst sollten wir uns fragen, weshalb er umgebracht wurde. Hatte es etwas mit uns zu tun? Mit der Ranch? Mit dem Geld? Mit irgendetwas, was sich auf uns auswirkt?«

»Daran habe ich noch gar nicht gedacht. Warum sollte sein Tod etwas mit uns zu tun haben?«

Cole zuckte mit den Schultern. »Ich weiß nicht. Aber es wurmt mich, dass sich all diese Gerüchte so hartnäckig halten. Du weißt schon – dass ich versuchen könnte, dich um die Ecke zu bringen und so weiter. Al hat erzählt, dass du ihm geholfen hast, die Pferde zu füttern, und dass du dich an den Zaun gelehnt hast und der Zaun nach hinten kippte. Wenn er dich nicht gepackt hätte, wärst du einen Abhang hinuntergestürzt. Du lehnst dich dort oft an den Zaun, wenn du die Pferde beobachtest. Ich habe dich schon einmal dabei gesehen.«

Cole hatte den Zaun persönlich überprüft. Jemand hatte die Pfosten absichtlich gelockert. Der Sturz hätte Jase wahrscheinlich nicht umgebracht, aber er hätte sich einige Knochen brechen können. Warum hatte jemand die Pfosten gelockert? Jeder der neuen Arbeiter hätte es tun können. Cole hatte darauf geachtet, dass sie nicht aus Jackson Hole stammten. Aber das hieß nicht, dass sie nicht Freunde in der früheren Mannschaft hatten. Al hatte erwähnt, dass sich auch sein Schwager Fred an dem Tag in der Gegend aufgehalten hatte.

»Al hat gemeint, der Zaun war alt und reparaturbedürftig.«

»Mag sein. Aber wie sollen wir uns den Vorfall mit Wally erklären? Findest du es nicht seltsam, dass mein Handschuh neben dem Zaun lag? Ich bin seit einer Woche nicht mehr dort draußen gewesen, und meine Arbeitshandschuhe liegen immer in meinem Truck. Ich glaube nicht an Zufälle. Der Alte wurde ermordet. Selbst wenn es so aussieht, als hätten all diese Vorfälle nichts miteinander zu tun, bin ich mir nicht sicher, dass es wirklich so ist.«

Jase sackte auf seinem Stuhl zusammen. »Daran habe ich auch schon gedacht.« In seinen Blick trat Angst. »Aber ich habe mir gedacht, dass es vielleicht der Alte war. Ich weiß schon, das klingt verrückt. Aber vielleicht hat er ja doch einen Weg zurück gefunden? Ich habe ein paar Bücher über solche Dinge gelesen. Manche Leute behaupten, dass der Geist eines

Verstorbenen noch eine ganze Weile herumlungern kann, vor allem, wenn jemand gewaltsam zu Tode gekommen ist.«

»Das ist doch alles Quatsch, Jase. Er ist mausetot.«

»Aber warum fühlt es sich dann so an, als wäre er noch da? Ich schwöre dir, schon allein, wenn ich durch dieses Haus laufe, habe ich Angst. Ich schaue ständig hoch und suche die Überwachungskameras.« Jase stiegen Tränen in die Augen.

»Ich habe die Kameras zerstört, Jase, und die Videos auch. Das habe ich vor deinen Augen getan. Wir haben all seine Spuren in diesem Haus beseitigt.« Cole räusperte sich. »Vielleicht sollten wir es wirklich mit einem Weihnachtsbaum und mit ein bisschen Weihnachtsschmuck versuchen. Wir sollten uns das Haus von Grund auf zurückerobern. Er kann uns nichts mehr vorschreiben. Wenn du ihn hier noch immer spürst, dann deshalb, weil wir das Haus noch nicht zu unserem eigenen gemacht haben.« Er zuckte zusammen, als ihm klar wurde, dass er Maias Gedanken wiederholte. »Es liegt an dir, ob du dieses Jahr versuchen willst, Weihnachten zu feiern. Ich bin dabei, wenn du Lust dazu hast.«

Jase zuckte die Schultern. So beiläufig wie möglich erwiderte er: »Vielleicht sollten wir es für die Frau Doktor tun. Ich fände es nicht schön, wenn sie etwas vermissen würde, was sie liebt, nur weil sie sich hier draußen um Wally kümmert.«

Cole achtete darauf, eine möglichst nichtssagende Miene beizubehalten. Er wollte dem Jungen nicht den Mut nehmen. Jase sollte nicht merken, dass ihn schon allein der Gedanke daran, den Festtag zu feiern, in Angst und Schrecken versetzte. Er wusste genau, was auf ihn zukam. Brett Steele war an Weihnachten immer besonders grausam gewesen, und Coles Albträume wurden immer schlimmer, je näher die Festtage rückten. »Da ich noch nie Weihnachten gefeiert habe, brauchen wir vielleicht ein wenig Hilfe, um herauszufinden, wie man das macht.«

»Weißt du, wie erbärmlich uns das aussehen lässt, Cole?«, fragte Jase. »Nein, ich kann nicht mit einer Horde anderer

Kids in die Schule gehen und so tun, als wäre mein Leben in bester Ordnung. Ich weiß, dass du findest, ich sollte das tun. Aber ich werde nie so sein wie die anderen. Ich habe keine Lust mehr, irgendetwas vorzutäuschen.«

Jase ließ keine Gelegenheit verstreichen, um Cole daran zu erinnern, wie stark seine Abneigung gegen ein Klassenzimmer war. Cole seufzte. »Ich möchte, dass du Freunde hast, Jase. Du willst doch nicht als Einzelgänger enden. Wenn du dich nicht nach draußen wagst und mit Gleichaltrigen triffst, wirst du niemals Freunde finden.«

»Ist das dir so ergangen?«, fragte Jase streitlustig.

»Wenn du's genau wissen willst – jawohl. Ich bin genauso aufgewachsen wie du, das weißt du ja. Wir haben dieselben Erfahrungen gemacht. Auch ich durfte keine Freunde haben. Auch ich bin überwiegend von Privatlehrern hier auf der Ranch unterrichtet worden. Wenn ich einen der Arbeiter zu sehr ins Herz schloss, wurde er gefeuert. Ich habe keine Freunde, und ich schließe auch keine Freundschaften. Aber glaub mir, so ein Leben ist nicht gerade erstrebenswert.«

»Ich will trotzdem nicht in die Schule gehen«, beharrte Jase stur.

Cole war froh, dass der Junge ihm endlich gestand, was in ihm vorging. Offenbar fühlte sich Jase in seiner Anwesenheit mittlerweile so sicher, dass er das wagte. In den ersten Wochen ihrer Bekanntschaft hatte der Junge so gut wie nie eine eigene Meinung geäußert. »Lass uns einen Anfang machen, Jase. Beginnen wir mit der Weihnachtsfeier für die Frau Doktor. Wenn wir es schaffen, diese Zeit zu überstehen, ohne durchzudrehen, dann sehen wir weiter.«

Jase nickte. »Der Frau Doktor zuliebe versuche ich es gern. Aber was die Schule angeht, verspreche ich jetzt erst mal gar nichts.« Er wickelte noch ein paar Eier in eine Tortilla ein. »Sie ist eine ziemlich gute Köchin.«

»Das finde ich auch.«

»Du magst sie, stimmt's?«

Cole erstarrte. Trotzdem zuckte er bemüht gleichgültig die Schultern. »Warum sollte ich sie nicht mögen?«

Jase spielte mit seiner Gabel. »Bist du nach dem Tod des Alten mal in seinem Büro gewesen?«

Der Tonfall des Jungen ließ Cole aufhorchen. »Ein paar Mal, aber nicht in letzter Zeit.«

»Er hatte ein paar Karten von der Ranch, die ich gern haben würde. Ich wollte sie in mein Zimmer bringen, aber sie sind verschwunden. Sie lagen in seiner Schreibtischschublade.«

»Was soll das heißen – verschwunden? Hier ist doch niemand außer uns beiden. Ich habe die Karten nicht angerührt. Ich wusste ja nicht einmal, dass sie da waren.«

In Cole schrillten die Alarmglocken, auch wenn es albern war. Ein paar fehlende Karten hatten rein gar nichts zu bedeuten. Wozu also der Alarm? Aber Cole hatte schon vor vielen Jahren gelernt, auf der Hut zu sein, wenn ein kleines Detail nicht mehr an seinem Platz lag. »Jase, bist du dir sicher, dass die Karten nach Bretts Tod noch da waren? Vielleicht hat sie sich jemand ausgeliehen.«

Jase nickte. »Ich habe sie mir ungefähr eine Woche nach seinem Tod angeschaut.«

Cole trommelte mit den Fingern auf den Tisch. »Also bevor ich Justine und Ben Briggs rausgeworfen habe. Ich habe nie daran gedacht, dass sie etwas klauen könnten. Und selbst wenn sie es getan hätten, wäre es mir nicht aufgefallen. Sie haben jahrelang hier gearbeitet. Deshalb wussten sie bestimmt besser als wir, was in diesem Haus herumliegt. Sie hätten uns völlig ausplündern können, ohne dass wir etwas davon gemerkt hätten.« Aber warum sollten sie Karten klauen statt der Ming-Vase oder anderen Kunstobjekten, die jeweils Tausende von Dollar wert waren? »Bist du dir sicher, was den zeitlichen Rahmen angeht?«

»Cole, ich hatte schreckliche Angst davor, sein Büro zu betreten. Nach seinem Tod habe ich eine Woche lang gewartet. Als ich die Karten aus der Schublade holte, schaffte ich es einfach nicht, sie in mein Zimmer zu bringen. Ich habe sie wieder sorgfältig gefaltet und in die Schublade zurückgelegt.«

Cole merkte, wie verängstigt der Junge noch immer war. »Jase!«, sagte er sanft. »Brett Steele ist tot, und sein Geist kann uns nichts anhaben. Rein gar nichts. Er hat mit Sicherheit keine Karten aus seinem Büro entfernt. Du musst aufhören, diese albernen Bücher zu lesen.«

»Ich habe nicht daran gedacht, dass Justine oder Ben etwas genommen haben könnten«, gab Jase zu und seufzte erleichtert auf. »Aber das ist weitaus wahrscheinlicher.«

»Warum wolltest du die Karten denn haben?«

Jase schob das letzte Stückchen Burrito auf seinem Teller hin und her. »Die Ranch ist riesengroß. Ich fand es grässlich, dass die Arbeiter jeden Canyon und jeden Gipfel kannten, und ich keine Ahnung hatte, wovon sie sprachen. Sie unterhielten sich über irgendwelche Kühe in irgendeinem Canyon, und wenn ich sie fragte, wo das denn sei, lachten sie mich aus. Das habe ich gehasst. Ich hasste das Gefühl, ständig so klein und dumm zu sein. Ich war der Sohn vom Boss, und diese Leute wussten mehr als ich.«

Cole fluchte halblaut mit dem Rücken zu dem Jungen. Jede kleine Kränkung hatte in Jase das Gefühl der Unzulänglichkeit wachsen lassen. Der Alte hatte ihn vor den Arbeitern absichtlich klein aussehen lassen, ihn verhöhnt und gedemütigt, ja sogar öffentlich und bestraft, wann immer er die Chance dazu hatte. Das wusste Cole, ohne dass Jase es ihm gesagt hatte; denn ihm war dasselbe widerfahren.

»Ich treibe Karten von der Ranch für dich auf, Jase«, versprach er grimmig. »Und wenn ich sie eigenhändig zeichne.«

»Danke, Cole.« Jase stand auf und stellte seinen Teller ins Waschbecken. »Ist die Frau Doktor denn schon lange auf?«

Cole atmete den Duft von frisch aufgebrühtem Kaffee ein. »Ja, seit geraumer Zeit. Sie ist draußen in der Scheune bei deinem Pferd. Geh schon, ich räume hier auf.« Cole winkte den Jungen nach draußen. Er selbst war noch nicht bereit, Maia unter die Augen zu treten. Sie hatte ihn entwaffnet, ohne es zu wollen, als sie das Haus mit dem Duft von Frühstück erfüllt und ein Gefühl von Wärme und Heimeligkeit geschaffen hatte, das ihm völlig unbekannt war. Er saß eine Weile am Tisch und dachte darüber nach. Er hatte sich bislang noch nirgendwo heimisch gefühlt.

Beim Aufwachen war ihm sofort klar gewesen, dass Maia Armstrong sich in seinem Haus aufhielt. Nicht irgendeine Frau, sondern Maia Armstrong. Er hatte noch nie eine Frau bei sich übernachten lassen. Am liebsten war ihm, sie trafen sich bei ihr, und nach dem Sex machte er sich stets schleunigst aus dem Staub. Bei Maia war alles anders, aber er konnte nicht genau sagen, warum das so war. Jedenfalls lag es nicht an der riesigen Erektion, mit der er aufgewacht war, und dem erotischen Traum, den er von ihr gehabt hatte, anstatt aus dem üblichen Albtraum hochzuschrecken, in die Laken verwickelt und mit einer Pistole in der Hand. Es kam wohl vor allem daher, dass sie dieses Monstrum von Haus, in dem er wohnte, mit einem Hauch von Geborgenheit erfüllte.

Und beim Aufwachen hatte er sich auf den Tag gefreut, der vor ihm lag. Auch das war ein Gefühl, das er kaum kannte. Er war in seinem Bett gelegen und hatte an die Decke gestarrt. Sein Herz hatte gehämmert, und sein Mund war trocken gewesen vor Entsetzen darüber, dass Maia Armstrong bei ihm solche Gefühle auslöste. Dass sie ihn allein durch ihre Anwesenheit in seinem Haus glücklich machte. Dass sie es allein durch ihre Anwesenheit schaffte, aus einem kalten Gebäude ein Heim zu machen. Dass sie seine endlosen Albträume vertrieb und sie durch Träume von sich ersetzte. Und nicht zu vergessen ihr Lächeln. Ihr umwerfendes Lächeln. Wenn sie lächelte, strahlten ihre Augen. Sie wirkten nahezu hypnotisierend. Und erst ihr Lachen … Es brachte seinen ganzen Körper zum Vibrieren und schien sich um ihn zu legen, ihn fest einzuhüllen. Fast so fest, dass er kaum noch Luft bekam.

Er fluchte laut und sprang so unwirsch hoch, dass sein Stuhl umkippte. Dann begann er, in der Küche auf und ab zu laufen. Diese Frau ging ihm unter die Haut. Er hätte in der vergangenen Nacht eine Möglichkeit finden müssen, sie zu verführen. Dann würden ihm jetzt bestimmt nicht all diese seltsamen Gedanken im Kopf herumschwirren. Stattdessen hatte er ihr private Details gestanden, die er ihr nie hätte verraten dürfen. Nun hatte sie etwas gegen ihn in der Hand, und er hatte es ihr sogar noch selbst gereicht. »Oh, Lady, Sie verstehen sich auf Ihr Geschäft«, knurrte er. »Doch worauf haben Sie es abgesehen?« Er hob den Stuhl hoch und schmetterte ihn gegen den Tisch.

Sofort schämte er sich wegen seiner absurden Gedanken. Worauf sollte sie es schon abgesehen haben? Auf ihn? Sie hatte ihm klipp und klar zu verstehen gegeben, dass sie nicht die Absicht hatte, mit ihm zu schlafen. Auf sein Geld? Dazu müsste sie eine Beziehung zu ihm eingehen. Er warf einen Teller in die Seifenlauge im Spülbecken. Wasser und Schaum spritzten über den Rand. Er brauchte eine verdammte Haushälterin, keine Freundin.

Plötzlich stürmte Jase in die Küche und schlug heftig die Tür hinter sich zu. »Cole! Komm schnell! Die Frau Doktor ist hingefallen. Sie hat sich am Kopf verletzt.«

Cole drängte sich an ihm vorbei. Das Herz schlug ihm bis zum Hals. »Wie zum Teufel ist das passiert?«

»Ich weiß es nicht. Ich habe sie auf dem Weg zur Scheune gefunden. Dort lag sie, umgeben von Eis.«

»Eis?« Cole hastete durch den überdachten Gang. Auf beiden Seiten lagen hohe Schneewälle, und es schneite unablässig weiter. Dank des Daches, das die Feuchtigkeit fernhielt, bildete sich normalerweise kein Eis auf dem Boden. Seitlich befanden sich Holzgitter, an denen sich der Schnee aufhäufte. Die Haufen boten Schutz vor dem Wind. Der Weg zu den verschiedenen Gebäuden war wie ein warmer Tunnel.

Maia lag auf dem Boden und hielt sich den Kopf. Unter ihr hatte sich eine Blutlache gebildet. Cole kniete sich neben sie und zog behutsam ihre Hand von der Wunde weg. »Lass mich mal sehen.«

Sie hatte die Augen weit aufgerissen, und ihr Blick wirkte leicht glasig. »Ich bin ausgerutscht. Als ich heute früh zur Scheune ging, war hier kein Eis, und auf dem Rückweg habe ich nicht auf den Boden geachtet.«

Cole tastete die Beule ab, die durch ihre dichten dunklen Haare deutlich zu spüren war. Er musterte den Weg und das Dach. Es schien nicht leck zu sein, doch der Boden war spiegelglatt, fast, als hätte jemand Wasser darauf gegossen. Er überprüfte das Gitter. Am Holz hingen ein paar Eistropfen, etwa in der Höhe seiner Taille. »Beweg dich nicht, Doc. Bleib einfach ruhig liegen, während ich dich untersuche.« Außer ihnen war nur noch Jase da, schoss es Cole durch den Kopf. Er wehrte sich gegen den Gedanken, dass der Junge vielleicht doch seinem Vater nachschlug. Aber aufgrund seiner Vergangenheit und seiner Arbeit war er ständig argwöhnisch. Konnte er Jase als Verdächtigen ausschließen? Auch ein paar Arbeiter und Al lebten in der Nähe der Ranch. Selbst in einem Blizzard hätte einer von ihnen diesen »Unfall« verursachen können.

Verstohlen musterte er Jase. Der Junge wirkte höchst besorgt. Nein, wenn jemand Wasser auf den Weg gespritzt hatte, um ihn eisig zu machen, dann bestimmt nicht Jase.

»Warst du bewusstlos, Doc? Jase, war sie eine Weile nicht ansprechbar?«

»Ich war nur etwas benommen, als ich hingefallen bin.«

»Sie hat ziemlich viel geflucht«, berichtete Jase.

»Ach ja? Ich habe gar nicht gewusst, dass du so etwas kannst«, meinte Cole und sah Maia in die Augen. Das war ein großer Fehler. Ein Mann konnte sich in diesen Augen verlieren. Cole konnte den Blick nicht mehr abwenden. Er beugte sich zu ihr und streifte ihre Lippen mit den seinen.

Sie blinzelte, schaffte es aber trotzdem, ihn zornig anzustarren. »Ich arbeite mit Tieren. Glaub mir, ich kenne eine Menge Flüche. Sollte das eben eine weitere Entschuldigung sein?«

»Es war die schiere Verzweiflung.«

»Du siehst tatsächlich ein bisschen verzweifelt aus«, räumte Maia ein und richtete sich langsam auf. »Ich habe nicht das Bewusstsein verloren. Ich glaube, mir ist nur kurz die Luft weggeblieben, und mein Kopf tut ziemlich weh. Aber wenn du mir beim Aufstehen hilfst, schaffe ich es schon bis zum Haus.«

»Ich werde dich tragen, Doc. Leg die Arme um meinen Nacken. Jase, pass auf, es ist glatt hier. Wir brauchen nicht noch einen Unfall.«

»Ich habe noch nie erlebt, dass es hier eisig ist«, sagte Jase. »Aber vielleicht hat der Wind doch etwas Schneeregen oder Matsch hereingeweht?«

»Möglicherweise«, pflichtete Cole ihm bei. Aber für Schneeregen war es viel zu kalt, wie sie beide sehr wohl wussten. »Entferne dich bitte nicht zu weit vom Haus, bis ich mich umgesehen habe, Jase.« Er hob Maia hoch. Ihre Haut fühlte sich kalt an, und sie war schwerer, als er erwartet hatte. Sobald er sie an sich drückte, verspannte sie sich. Sie duftete schwach nach Pfirsichen und Regen, ein Duft, der ihm schon in der vergangenen Nacht aufgefallen war.

»Ich kann selbst laufen«, protestierte sie und versuchte, ihm nicht zu nahe zu kommen. »Ich ruiniere dein Hemd.« Es kam ihr albern vor, sich von Cole Steele tragen zu lassen. Wenn ihr Kopf nicht so geschmerzt hätte, dass ihr sogar die Zähne wehtaten, hätte sie darauf bestanden zu laufen.

»Entspann dich, Doc. Ich habe einen Haufen Hemden, aber dich gibt es nur einmal. Das Hemd ist mir völlig egal.«

»Das ist gut, denn es ist schon ziemlich verdreckt.« Sie versuchte, den Kopf so zu halten, dass kein Blut auf das Hemd tropfte.

Cole schnaubte ungeduldig. Schließlich fügte sie sich und versuchte, sich trotz ihrer Verlegenheit in seinen Armen zu entspannen. Jase lief vorsichtig um die eisige Stelle herum, dann eilte er zum Haus, um die Tür aufzuhalten. »Ich hole ein paar Decken«, rief er über die Schulter.

Cole trug sie zu der riesigen Couch und legte sie behutsam darauf ab. »Bist du dir sicher, dass heute früh, als du zur Scheune gegangen bist, kein Eis auf dem Weg lag?«

Er klang besorgt und sprach leise. Offenbar wollte er nicht, dass Jase etwas davon mitbekam. »Er war völlig trocken. Ich dachte noch, jeder sollte einen solchen überdachten Weg haben. Auf den meisten Ranches in den Randbezirken gibt es als Orientierungshilfe bei heftigem Schneegestöber nur ein Seil oder ein Kabel.«

»An manchen Stellen benutzen auch wir nur Kabel«, erwiderte Cole. Jase kam mit einem Eisbeutel und einem Waschlappen zurück. »Danke, Jase. Die Frau Doktor wird gleich wieder auf den Beinen sein. Sie schaut nur ein bisschen blass aus. Das tun Frauen gern, um bei Männern einen Herzinfarkt auszulösen.«

Maia lachte. Cole hätte wissen sollen, dass sie das trotz ihres Unfalls tun würde. Aber er war überhaupt nicht vorbereitet auf das Geräusch, das nun den Raum um sie herum erfüllte. Seinen Raum, der immer vorhanden war zwischen ihm und den anderen. Aber sie schien diesen Raum nicht zu bemerken und legte einfach Dinge dort ab, wie jetzt ihr Lachen. Sie ging ihm definitiv unter die Haut. Das machte ihn noch nervöser als sonst.

»Das solltest du nicht tun, Doc«, schimpfte Jase scherzhaft und drückte die Hand auf sein Herz. »Ich hatte wirklich Angst um dich.«

»Es tut mir leid, Jase. Ich habe das Eis nicht gesehen. Wahrscheinlich habe ich einfach nicht aufgepasst. Und nur zu deiner Information … Autsch!« Maia zog den Kopf weg und funkelte Cole, der gerade die Beule auf ihrem Kopf mit Alkohol betupfte, böse an. »Das tut weh!«

»Sei nicht so wehleidig!« Extrem behutsam wischte Cole das Blut weg. In seiner Kehle bildete sich ein ihm nicht bekannter Kloß. Ständig überlegte er hin und her, wie es zu diesem Unfall hatte kommen können. Hatte jemand Wasser auf den Weg gespritzt, um Maia zu schaden? Aber wer hätte so etwas tun können? Er musste sich eingehender mit Al und dessen Frau befassen. Er musste herausfinden, ob sie Besuch gehabt hatten. Vielleicht hatte Fred bei ihnen übernachtet?

»Tut es sehr weh, Doc?«, fragte Jase stirnrunzelnd.

»Nein, keine Sorge«, versicherte ihm Maia. »Dein Bruder ist wirklich sehr vorsichtig. Ich bin nur ein bisschen durcheinander, weil ich auf dem Kopf gelandet bin.« Die Prellungen auf ihrem Rücken unterschlug sie. Cole war ihr sehr nah. Sie sah seine langen Wimpern, den bläulichen Schatten auf seinem Kinn, die winzigen Falten in seinem wettergegerbten Gesicht. Ihre Blicke trafen sich, und sogleich beschleunigte sich ihr Herzschlag. »Du bist tödlich.« Sie hatte nicht vorgehabt, das laut zu sagen. Sie schob die Schuld auf ihre Beule. Offenbar war sie wirklich ziemlich durcheinander.

»Jawohl«, warnte Cole. »Vergiss das bloß nicht!«

Maia blickte auf Jase und fing noch einmal an zu lachen. »Wenigstens bin ich nicht die Einzige, die törichtes Zeug faselt. Deinem Pferd geht es übrigens großartig, Jase. Er hat kein Fieber, und die Drainagen funktionieren bestens. Ich habe ihm sein Antibiotikum verabreicht, das sollte einstweilen genug sein. Aber ich habe ihn noch nicht gefüttert. Das kannst du ja noch machen. Außerdem hätte ich ihn gern in einem etwas größeren Verschlag, damit er sich bewegen kann, ohne sich wehzutun. Der Trick besteht darin, ihn dazu zu bringen, dass er ein bisschen herumläuft; denn Bewegung beugt Schwellungen vor. Aber er sollte sich nicht zu viel bewegen können, denn sonst zupft er vielleicht an den Nähten oder schadet sich sonst wie.«

»Ich muss auch noch die anderen Pferde füttern«, erwiderte Jase. »Ich habe Al gesagt, dass ich das übernehme, damit er nicht im Schneegestöber herumkurven muss. Wir wussten ja, dass ein übler Sturm bevorstand. Ich werde mich also um die Ställe kümmern und Wally in den kleinen Pferch in der Scheune führen. Dort kann er bleiben, und ich kann ihn auch füttern. Oder wäre es besser, wenn er nur ein paar Mal am Tag etwas Bewegung bekommt?«

»Ich füttere die Pferde, Jase«, meinte Cole. »Gib mir noch ein paar Minuten mit der Frau Doktor. Danach drehe ich die Runden.«

»Ich tue es gern, Cole«, widersprach Jase. »Ich kann das schon.«

Cole wollte seinen Vorschlag in einen Befehl umwandeln, doch Maia hielt ihn davon ab. Sie berührte sein Handgelenk mit den Fingerspitzen. Als er sich ihr zuwandte, schüttelte sie kaum merkbar den Kopf und lächelte Jase an. »Ich hatte gehofft, dass du ein bisschen bei mir bleibst, damit wir uns einen Plan für Wallys Genesung zurechtlegen können.« Ihr Lächeln wurde breiter, bis es auch ihre Augen strahlen ließ. »Ich finde, der Name passt gut zu ihm. Er mag ihn.«

»Hat er dir das gesagt?«, fragte Cole sarkastisch.

»Wenn du's genau wissen willst – jawohl. Was meinst du, Jase? Lassen wir doch den alten Nörgler heute Morgen die Pferde füttern und planen, wie wir bei Wally vorgehen sollen.«

»Dann könnt ihr auch gleich mit den Weihnachtsplanungen anfangen«, schlug Cole vor, um Jase daran zu hindern, laut zu verkünden, dass das Pferd ihm nichts bedeutete. Sogleich fing sein Herz an, protestierend in seiner Brust zu hämmern. Am liebsten hätte er seinen Vorschlag zurückgenommen. Doch die Hoffnung, die sich auf der Miene des Jungen zeigte, hielt ihn davon ab.

Maias Finger umschlossen Coles Handgelenk. Hoffentlich wusste sie nicht, was diese Wendung des Gesprächs ihn kostete. Er wich ihrem Blick aus und tupfte die Umgebung der Wunde mit dem Waschlappen ab, um das verfilzte Haar vom Blut zu säubern und die Verletzung besser in Augenschein nehmen zu können.

»Bist du dir sicher, dass du nicht versucht hast, Schlittschuh zu laufen?«, fragte er ruppig und musterte die Platzwunde.

Ein schwaches Lächeln umspielte ihre Lippen. »Das habe

ich immer lernen wollen, aber heute früh hatte ich es nicht vor.«

»Ich kann mit ihr zum Schlittschuhlaufen, wenn sie will«, meldete sich Jase eifrig zu Wort. »Es gibt einen Teich, der jeden Winter zufriert. Auf dem kann man prima Schlittschuh laufen.«

Cole warf einen kurzen Blick auf den Jungen. Jase schmachtete Maia an wie eine Göttin. Seufzend beugte sich Cole zu ihr herab und flüsterte ihr ins Ohr: »Geh es ein bisschen langsamer an, sonst wird er dir noch einen Heiratsantrag machen.« Der schwache Pfirsichduft ihrer Haare löste einen Schwall Hitze in ihm aus, der sich in seinem ganzen Körper ausbreitete und ihm bis in die Lenden schoss.

Sie drehte den Kopf. Ihr Mund streifte seine Wange. »Wirklich? Ich wusste gar nicht, dass ich eine solche Wirkung auf ihn habe«, flüsterte sie zurück.

Ihre Stimme vibrierte in seiner Wirbelsäule. Er hätte schwören können, dass Maia sein Handgelenk streichelte. Doch als er hinabblickte, lag ihre Hand reglos da. Ihre weichen, vollen Lippen hatten sich federleicht angefühlt. Cole war, als würde die Stelle, an der sie ihn berührt hatten, brennen. Er wich ein wenig vor Maia zurück. Diese Frau machte einen vernarrten Teenager aus ihm. Jase mochte ihrem Bann erliegen, doch ihm sollte das nicht passieren. Normalerweise lief so etwas doch immer umgekehrt. Aber er schien sie nicht besonders zu interessieren. Es sah wahrhaftig nicht so aus, als könne sie es kaum erwarten, in seinem Bett zu landen.

Als Maia ihn mit ihren großen, wundervollen Augen ansah stockte ihm der Atem. Er trat den Rückzug an. »Ich glaube, diese Platzwunde ist nicht weiter schlimm. Jase, besorg der Frau Doktor eine Schmerztablette und bleib bei ihr. Ich erledige die anstehenden Aufgaben.«

»Und du hast wirklich nichts dagegen, wenn wir das Haus schmücken und vielleicht sogar einen Christbaum aufstellen?«, fragte Jase mit einer Spur von Angst in der Stimme.

Die Angst hallte in Coles Bauch nach. »Nur zu. Klingt wie ein guter Plan«, sagte er trotzdem. Er wandte sich von ihnen ab – von der Frau, die weich und sanft wirkte, jedoch einen Kern aus Stahl hatte, und dem Jungen, dem seine Vergangenheit nachhing und der sich nach Sicherheit und einem Zuhause sehnte. Auf dem Weg zur Haustür schüttelte Cole den Kopf. Wie war er nur in einen solchen Schlamassel geraten? Er brauchte vertrauten Boden unter den Füßen. Er hatte nie Angst. Er hatte nichts zu verlieren, und wer nichts zu verlieren hat, verspürt keine Angst. Doch nun versetzte ihn eine kleine Frau in Angst und Schrecken.

Draußen untersuchte er den eisbedeckten Weg. Jemand hatte tatsächlich Wasser darauf gegossen. Der Schlauch war im Schneewall am Rand des Wegs versteckt, aber man sah, dass er in das seitliche Gitter gesteckt worden war. An der fraglichen Stelle hatte sich aus den Wassertröpfchen Eis gebildet.

Hatte Jase das getan? Cole konnte es sich einfach nicht vorstellen. Jase war ein netter Junge, der eine Familie brauchte. Konnte er dennoch so krank und gestört sein wie der Alte? Sie befanden sich inmitten eines besonders heftigen Blizzards. Im Haus oder in der näheren Umgebung hielt sich Coles Wissen nach kein Fremder auf. Im Schnee waren die Abdrücke von großen Stiefeln zu sehen. Sie führten zu einer Tür in der Scheune. Jemand hatte diese Tür geöffnet und Maia beobachtet, während sie sich mit dem Pferd beschäftigte. Jase war jedoch nicht nass oder schneebedeckt gewesen, als er ins Haus gestürmt war.

Wenn der Weg zu dem Zeitpunkt, als Maia in die Scheune ging, noch in Ordnung gewesen war, dann konnte nur Jase ihr nachgegangen sein, oder? Möglicherweise hatte Jase auch den Alten erschossen. Cole hatte den Verdacht noch nicht gänzlich ausgeschlossen. Er wollte nicht, dass Jase Schuld auf sich geladen hatte, aber die Beweislage sprach eindeutig gegen den Jungen.

Brett Steele war in seinem Büro gefunden worden, getötet

durch einen Schuss mitten in die Stirn. Cole schüttelte den Kopf. Jase hatte das verletzte Pferd gefunden. Er hätte das Pferd in den Zaun treiben und dann vor Al ein Riesentheater abziehen und die Schuld auf Cole schieben können. Jase behauptete ja, dass er Coles Handschuh neben dem Zaun gefunden hatte.

Cole richtete sich auf und sah sich gründlich um. Seine inneren Alarmglocken schrillten wieder laut. Etwas war hier oberfaul. Er spürte überdeutlich, dass er in Gefahr schwebte, vielleicht auch Maia Armstrong und Jase.

Kopfschüttelnd nahm er sich vor, alles daranzusetzen, um herauszufinden, wer hier auf der Ranch herumschlich und aus welchem Grund.

In der Scheune tätschelte er ein paar weit ausgestreckte Pferdehälse und warf ein paar Gabeln Heu in die Futterraufen.

Dann streichelte er noch ein paar Pferden den Rücken. Dabei bemerkte er bei einem Tier Gurtspuren am Bauch. Er beugte sich vor und musterte die Spuren. Sie konnten nur bedeuten, dass dieses Pferd vor Kurzem geritten worden war, jedenfalls innerhalb der letzten paar Tage. Cole untersuchte den Fuß des Tieres. Im Hufeisen klebte Erde. Langsam ließ er den Fuß sinken. Al hatte nicht erwähnt, dass er die Pferde ins Freie lassen wollte.

Cole schloss die Stalltür und ging in die Sattelkammer. Ein großer, etwas ramponierter Sattel lag etwas abseits. Aber das hatte nichts zu bedeuten. Interessanter war, dass die Gewehrtasche, die an dem Sattel hing, mit Schlamm bespritzt war.

Gedämpfte Schritte ließen ihn aufhorchen. Er drückte sich in den Schatten der Sattelkammer und zog den Revolver aus dem Halfter an seiner Wade. Aus dem Stall drangen die Geräusche, die die Pferde beim Kauen und mit ihren ständigen Bewegungen verursachten. Cole machte nicht den Fehler, sich zu bewegen. Wenn nötig kannte seine Geduld keine Grenzen. Schließlich entdeckte er den Schatten eines Mannes auf der gegenüberliegenden Wand. Der Mann hielt eine Heugabel in der Hand. Cole trat mit gezogenem Revolver ans Licht.

Jase erbleichte. Er ließ die Heugabel fallen und wich zurück. »Erschieß mich nicht!«

Cole fluchte lauthals. »Was zum Teufel hast du dir dabei gedacht? Ich hätte dich töten können. Was hast du hier zu suchen?« Er schob den Revolver ins Halfter zurück.

»Ich wollte dir helfen«, verteidigte sich Jase. Angst und wachsende Wut verspannten seine Züge. »Warum hast du einen Revolver dabei?«

»Das geht dich nichts an«, fauchte Cole. Jase drehte sich um und rannte aus dem Stall.

Cole kämpfte gegen den Drang an, etwas zu werfen. Er hätte den Eindringling identifizieren müssen, bevor er mit gezückter Waffe aus seinem Versteck trat. Normalerweise ließ er sich nicht von seinen Instinkten übermannen. Verflucht – jetzt würde er die Sache mit dem Revolver erklären müssen. Wie sagte man einem Teenager, dass die ganze Welt, in der man sich bewegt, aus Verschwörungen besteht? Und wie machte man ihm begreiflich, dass man eine nach der anderen aus dem Weg räumen muss, um zur Wahrheit zu gelangen?

7

Jase lief aufgebracht im Wohnzimmer auf und ab, als Cole hereinkam. Der Junge empfing seinen Bruder mit einem wütenden Blick. Maia sah Cole an und hob fragend die Hände. Jase blieb abrupt stehen und stemmte die Hände in die Hüften.

»Du hättest mich töten können!«, schnaubte er. »Vielleicht wolltest du das ja auch, wie alle behaupten. Vielleicht hast du auch versucht, die Frau Doktor zu töten, damit sie nichts mehr über dich sagen kann.«

»Jase!«, mahnte Maia. »Es reicht. Du hast Angst und bist wütend. Aber bitte sage nichts, was du nicht mehr zurücknehmen kannst.«

»Dir hat er nicht mit einer Waffe vor der Nase herumgefuchtelt. Er war im Gefängnis. Alle wissen, dass er im Knast war«, keuchte Jase, das junge Gesicht vor Wut verzerrt.

»Komm her und setz dich.« Maia klopfte auf den Platz neben ihr. »Was auch immer Cole getan oder nicht getan hat, er würde dir nie etwas zuleide tun. Jemand versucht, einen Keil zwischen euch zu treiben.« Sie sah Cole nur kurz an, dann wandte sie den Blick ab. Sie konnte die Kränkung in seinen Augen nicht ertragen. Er stand reglos da, ein einsamer Mann, bis ins Mark verletzt und nicht bereit, eine weitere Kränkung einzustecken.

Jase warf sich auf die Couch neben Maia. In seinen Augen glitzerten Tränen. »Ich hasse es. Ich hasse mein Leben.« Auch Maia verschonte er nicht. »Ich hasse es, dass du für ihn eintrittst. Du kennst ihn doch kaum. Du weißt nicht, ob er unseren Vater getötet hat, oder ob er Wally verletzt hat und versucht hat, mich zu verletzen. Du weißt nicht einmal, ob er dafür gesorgt hat, dass der Weg eisig war, um dich zu verletzen. Alle behaupten, er ist hinter meinem Teil des Geldes her. Vielleicht stimmt das ja.« Ein Schluchzer entkam ihm, und seine Brust bebte.

»Jetzt reicht's.« Coles Stimme war leise, aber sie klang wie ein Peitschenknall.

»Warum sollte er das denn getan haben, Jase?«, fragte Maia leise. »Ich wusste von der Waffe. Cole hat den Revolver gezogen, weil er erschrak, als jemand in den Stall kam. Jemand hat dein Pferd verletzt. Es ist doch kein Wunder, dass sich Cole um uns alle Sorgen macht.«

Jase rieb sich die Augen mit den Knöcheln. Er sah aus wie vier, nicht wie vierzehn. Cole atmete langsam aus, während Jase sich allmählich wieder beruhigte.

»Cole, du musst mit Jase reden. Ich kann euch allein lassen, wenn du das willst. Aber du musst ihm einen Zugang zu deinem Leben gewähren. Sonst hilfst du nur den Leuten, die behaupten, dass du Jase töten willst. Wenn du weiter über deine Vergangenheit schweigst, unterstützt du genau diejenigen, die das Vertrauen zwischen euch verhindern wollen. Ihr müsst einander aber vertrauen, wenn eure Beziehung funktionieren soll. Und das wiederum geht nur, wenn ihr euch besser kennenlernt.« Maia hielt den Atem an. Sie rechnete damit, dass Cole ihr sagte, sie solle sich zum Teufel scheren.

Es kehrte eine lange Stille ein. Maia wagte einen kurzen Blick auf Coles Gesicht. Seine schroffen Züge waren ausdruckslos. Er starrte über ihre Köpfe hinweg auf die Wand hinter ihnen. In seinem Kiefer zuckte ein Muskel – das war der einzige Hinweis, dass er ihre Worte vernommen hatte. Sie spürte, dass Jase zitterte und sich wieder zunehmend verspannte. Leise seufzend verschränkte sie die Hände. Was sollte sie noch sagen, um die beiden zu überzeugen?

»Ich sah den Schatten eines Mannes, der eine Heugabel in der Hand hatte. Ich dachte, jemand verfolgt mich. Ich wusste nicht, dass du es warst, Jase. Ich habe dich angeschrien, weil ich Angst hatte, dich versehentlich verletzt zu haben. Ich habe dem Pferd nichts getan, und ich habe es mit Sicherheit nicht auf dein Geld abgesehen.«

Jase wirkte etwas verlegen. »Ich – ich habe meine Vorwürfe nicht so gemeint«, stammelte er. Die Sache hat mich nur an … an gewisse Dinge erinnert.«

»Ich weiß, was du meinst«, erwiderte Cole. »Er hat mir auch mehrmals mit einem Revolver vor der Nase herumgefuchtelt. Es tut mir leid, dass ich dir Angst gemacht habe.«

»Schon gut.« Die Spannung im Körper des Jungen ließ etwas nach.

»Ich war im Gefängnis, Jase.« Cole atmete tief durch. Unfreiwillig ballte er die Faust. »Ich arbeite für die Drogenbehörde. Ich bin als verdeckter Ermittler ins Gefängnis gegangen, um einen großen Drogenring aufzudecken, an dem Wächter, Gefängnisinsassen und Lebensmittellieferanten beteiligt waren. Ich habe einen Großteil meines Lebens als verdeckter Ermittler gearbeitet. So ein Job führt dazu, dass man viel allein ist und dass man allem und jedem in seinem Umfeld erst einmal misstrauisch begegnet.«

Das Geständnis sprudelte in einem Schwall aus ihm heraus. Er wollte es hinter sich bringen, auch wenn es ihn entsetzte, dass er diesen beiden Menschen einen derart tiefen Einblick in sein Leben gewährte. »Normalerweise rede ich nicht über meine Arbeit. Diese Gewohnheit hat mir schon mehrmals das Leben gerettet.«

Maia presste die Lippen zusammen. Sie wunderte sich weniger über seine Worte als über die Tatsache, dass er sie geäußert hatte. Cole Steele war niemand, der munter aus seinem Leben plauderte. Sie wollte ihn trösten, umarmen und festhalten. Aber weder Jase noch Cole konnten Mitgefühl ertragen. Jase zitterte. Er wusste nicht, wie er auf die Enthüllung seines Bruders reagieren sollte. Cole wirkte angespannt. Sein Gesicht war eine ausdruckslose Maske. Nur seine Augen waren lebendig. Sein Blick wirkte aufgewühlt, schmerzerfüllt.

»Du bist also eine Art Cop?«, fragte Jase. Seine Stimme klang brüchig. Er wirkte jünger und sehr verunsichert.

Cole nickte. »Ich habe eine kleine Wohnung in San Francisco, die ich aber nur selten nutze. Die meiste Zeit bin ich unterwegs. Als verdeckter Ermittler werde ich in alle möglichen Länder geschickt. Manchmal arbeite ich auch hier in den USA. Wir haben in der Drogenwelt sorgfältig an meinem Ruf und meinem Netzwerk gearbeitet, und als der Alte Nachforschungen nach mir anstellte, hisste mein Boss die rote Flagge. Wir haben seinen Privatdetektiven nur die Details aus meinem Leben präsentiert, die wir auch allen anderen zustecken, die mir nachschnüffeln. Normalerweise benutze ich einen anderen Namen, und die Detektive dachten, ich hätte meine Spuren verwischt, um den Alten loszuwerden. Sie haben mir die Persönlichkeit, die ich als verdeckter Ermittler annehme, abgenommen und sie für bare Münze gehalten. Cole Steele hat jetzt also denselben Hintergrund wie der erfundene Mann, als der ich während meiner Arbeit auftrete.«

»Und du wolltest nicht, dass ich das erfahre?«

Cole zuckte zusammen, als er hörte, wie gequält Jase klang. »Ich wollte warten, bis wir uns besser kennen, Jase. Du hast viel durchgemacht. Ich bin es nicht gewöhnt, längere Zeit mit jemandem zusammen zu sein. Ich wollte sicher sein, dass ich jemand bin, auf den du dich verlassen kannst.«

»Aber du hast es zugelassen, dass all diese Leute behaupten, du wärst hier, um mich zu töten.«

Cole nickte. »Und ich werde es auch weiterhin zulassen. Es ist mir egal, was die Leute über mich denken oder sagen. Wichtig ist mir nur, was du sagst oder denkst.«

»Ich habe versucht, nicht daran zu denken, dass sie möglicherweise recht haben. Aber ich habe deinen Handschuh am Zaun gefunden. Und manchmal, wenn du böse bist, dann siehst du ein bisschen aus wie …« Jase' Stimme blieb in der Luft hängen.

Der Knoten in seinem Bauch schnürte sich immer fester

zusammen. Cole weigerte sich, Maia anzuschauen. »Ich bin mir der Ähnlichkeit bewusst. Und ich habe immer eine Waffe bei mir, Jase.«

»Wahrscheinlich soll ich das niemandem sagen.«

»Es wäre mir sehr recht, wenn du es für dich behalten würdest.«

»Wirst du wieder weggehen?«

Maia spürte, wie verspannt der Junge neben ihr war. Sie spürte, wie Wellen der Angst durch seinen Körper liefen. Sie suchte Coles Blick. War ihm klar, wie wichtig die Antwort auf diese eine Frage war? Sie konnte ausschlaggebend sein für die weitere Beziehung zwischen den beiden.

Cole spürte die Wirkung von Maias Blick. Er schluckte seine erste ausweichende Antwort hinunter. Er hatte sich fest vorgenommen, das Leben seines Bruders zu verändern. Das war aus der Ferne schlecht möglich. Vielleicht würde seine Arbeit weit länger ruhen müssen, als er gedacht hatte. »Ich bleibe, so lange du mich brauchst, Jase. So lange du mich in deiner Nähe haben willst, werde ich da sein. Es liegt bei dir.«

Jase sprang auf. »Gut. Von mir wird keiner etwas erfahren.« Er klang unwirsch. Wahrscheinlich wollte er seine wahren Gefühle nicht zeigen. »Es tut mir leid, dass ich diesen Gerüchten fast geglaubt hätte.«

»Ich denke, es war klug von dir, vorsichtig zu sein, Jase. Nach allem, was hinter uns liegt, brauchen wir ein festes Fundament für unsere Beziehung.«

Jase nickte, dann rannte er aus dem Zimmer.

Maia fühlte, dass der Junge kurz davor stand, in Tränen auszubrechen. »Es tut mir leid«, sagte sie. »Ich wollte mich in einen solch persönlichen Augenblick nicht einmischen. Aber ich wusste nicht, wie ich mich möglichst unauffällig hätte verdrücken können. Natürlich werde auch ich kein Wort über dein Leben und deine Arbeit verlieren.«

»Davon bin ich ausgegangen.« Und das stimmte auch, so seltsam es ihm schien. Er hatte nie gedacht, dass sie jemandem die Wahrheit über seine Arbeit enthüllen würde. Bedeutete das, dass er ihr vertraute? Cole wandte sich von ihr ab und starrte aus dem Fenster auf den stetig fallenden Schnee. »Wir haben ein Problem. Mehr als eines. Ich werde deine Hilfe brauchen.«

»Du glaubst nicht, dass es für das Eis eine natürliche Erklärung gibt, oder?«, fragte Maia.

»Nein. Und ich glaube auch nicht, dass ein Geist auf der Ranch herumspukt, Schläuche aufdreht und Unfälle mit den Pferden verursacht.«

Sie musterte ihn. Seine Miene war ausdruckslos wie meist, aber in seinem Blick lag etwas Furchterregendes. »Es geht um Jase, oder? Du befürchtest, dass er …«

Cole warf einen Blick auf die Tür. »Ja«, erwiderte er schroff.

Maia seufzte. »Es war definitiv ein großer Mann, der Wally so zugesetzt hat, dass er durch den Zaun gestürmt ist.«

Er wirbelte herum und musterte sie gründlich. »Warum bist du dir so sicher?«

Sie nahm den Eisbeutel vom Kopf. »Wenn ich dir das erzähle, würdest du mich in eine Gummizelle einsperren lassen. Gib dich damit zufrieden, wenn ich dir sage, dass ich es einfach weiß.«

Er ging direkt vor ihr in die Hocke. Sein Gesicht war nur eine Handbreit von dem ihren entfernt. »Das reicht mir nicht. Sag es mir.«

Maia schubste ihn weg. »Hör auf, dich in meinen Raum zu drängen. Ich kenne dich nicht gut genug, um dir das zu sagen. Ich kenne niemanden gut genug.« Sie konnte keinen klaren Gedanken fassen, wenn er ihr so nah war. Er war der attraktivste Mann, den sie je getroffen hatte. Seine Augen waren so lebhaft, und seine kantigen Züge so bedürftig.

»Ich habe dir von der Drogenbehörde erzählt.«

»Du hast Jase davon erzählt, nicht mir. Ich war nur zufällig im selben Raum.«

»Ich habe es auch dir erzählt, das weißt du ganz genau.«

Leicht irritiert wich er vor ihr zurück. »Ich weiß nicht einmal, warum ich wollte, dass du es weißt. Aber wenn ich mich vor dir mehr oder weniger entblöße, könntest du dich zumindest ein klein wenig öffnen.«

»Du bittest mich um eine ganze Menge. Du hast Erkundigungen über mich eingezogen, bevor du dich an mich herangemacht hast, nicht wahr?«

»Na klar. Ich würde sogar Erkundigungen über den Papst einziehen, wenn er irgendetwas mit Jase zu tun hätte.« Er erhob sich und trat ein paar Schritte zurück. In seinen Augen funkelte die unterdrückte Wut, die stets an die Oberfläche drängte, wenn er sich seinen Dämonen stellte.

Sie starrte ihn lange an. »Du hast auch Erkundigungen über Jase eingeholt, oder?«

»Auch dafür werde ich mich nicht entschuldigen, Doc. Du hast keine Ahnung von dem Leben, das wir hier früher führen mussten.« Plötzlich erstarrte er und musterte sie scharf. »Oder etwa doch? Woher weißt du solche Dinge?«

Maia zögerte. Wenn sie ihm das erzählte, verspielte sie ihre Chancen, sich je irgendwo dauerhaft als Tierärztin niederzulassen.

»Es ist wichtig«, drängte er. »Weißt du Bescheid über bestimmte Dinge? Weißt du, ob Jase das Pferd in den Zaun getrieben hat? Oder ob ich es getan habe?« Doch woher sollte sie das wissen?

Maia spürte die Angst in seiner Stimme. Plötzlich ging ihr auf, was er befürchtete – dass Jase womöglich dem Vater nachschlug. Ja, so ein Verdacht war nicht völlig aus der Luft gegriffen. »Es war nicht Jase. Der Mann war viel zu groß.« Sie wollte nicht weiterreden, aber sie konnte nicht zulassen, dass er solch grauenhafte Gedanken hegte.

»Woher willst du das wissen?«

»Die Tiere.«

Es wurde mucksmäuschenstill im Raum. Maia zog den Kopf ein und drückte ihn in die Kissen. Sie wollte den Blick nicht sehen, der nun bestimmt in seine Augen treten würde. Sie massierte ihre Augen, um das unablässige Pochen in ihrem Kopf zu lindern.

Cole sah sie lange an. »Soll das heißen, dass sie mit dir reden?« Er bemühte sich, nicht allzu skeptisch zu klingen. Es schien ihr damit ernst zu sein, und sie befürchtete offenbar, von ihm mit Hohn und Spott übergossen zu werden. Auch Maia Armstrong hatte Geheimnisse. Das zeigte sich schon allein darin, wie sie seinen Blick vermied. Doch Cole hatte vor, ihr diese Geheimnisse zu entlocken.

»Na ja, nicht so richtig«, wich sie ihm aus. »Müssen wir wirklich darüber reden? Ist das unbedingt nötig?«

»Du weißt Dinge von mir, die sonst keiner weiß. Zum Teufel, du weißt mehr über die Familie Steele als sonst jemand. Wovor hast du Angst?«

»Ich bin Tierärztin, Steele. Glaubst du, die Leute wollen ihre Tiere von einer Verrückten behandeln lassen? Und so werden sie mich nennen.« Sie musste ihm nichts sagen. Sie hätte ihn mit Blicken zum Schweigen bringen können, ihm sagen können, dass er zur Hölle fahren solle. Sie hätte auch einfach nur schweigen können. Maia konnte all diese Dinge tun. Warum kauerte sie da wie ein Opferlamm, das auf das Beil wartete?

»Hier ist niemand außer uns beiden.« Cole kniete sich wieder vor sie und legte die Hand auf ihren Oberschenkel. Seine durchdringenden blauen Augen versenkten sich in ihre, wie um ihr Mut einzuflößen. »Wie reden die Tiere mit dir?« War so etwas wirklich möglich? Unwillkürlich dachte er an die Fahrt durch den Blizzard, als mehrmals Tiere vor sein Auto gelaufen waren. Jedes Mal hatte sie gewusst, dass sie da waren – und zwar, bevor sie zu sehen waren.

Maia schüttelte den Kopf. Aber sie konnte den Blick nicht von ihm wenden. Sie konnte Cole Steele und seinem Bruder nicht entkommen, und auch nicht dem Schmerz, der ihnen aus allen Poren zu dringen schien.

»Dir die Wahrheit über meine Arbeit zu sagen, war gar nicht

so schlimm, sobald ich es getan hatte. Es war sogar eine Erleichterung. Ich rede normalerweise nicht über den Alten und meine Kindheit, aber jetzt weißt du auch darüber Bescheid. Und ich muss mir keine Sorgen mehr machen, dass mir einmal versehentlich etwas über die Lippen kommt.«

»Das ist nicht dasselbe, Cole.«

»Sag es einfach, Maia. Du weißt doch, dass ich nicht lockerlasse, bis du es tust.«

Es war die Art, wie er ihren Namen aussprach. Wie eine Liebkosung – ein seidener Ton, der über ihre Haut fuhr und in sie hineinglitt, sie völlig entwaffnete. Bislang hatte er sie meist nur Doc genannt. Durch ihren Vornamen schuf er Nähe, Vertrauen. »Ich sehe ihre Erinnerungen. Ich weiß nicht, warum, aber ich konnte schon immer die Dinge sehen, die sie gesehen haben. Die Erinnerungen fliegen mir in Bildern zu. In sehr lebhaften und meistens sehr beunruhigenden Bildern.«

Er umfasste ihr Kinn und zwang sie, ihn anzusehen. »Warum hattest du Angst, mir das zu sagen?«

Maia entzog sich ihm und versank wieder in den dicken Polstern. »Die meisten Leute würden mich für verrückt halten.« Sie schüttelte den Kopf und wich seinem Blick aus. »Ich weiß, dass es verrückt klingt.« Warum hatte sie es zugegeben? Wie konnte sie nur? Sie wusste es doch besser. Und ausgerechnet gegenüber Cole Steele. Was hatte sie sich nur dabei gedacht?

»Sag mir, was Wally gesehen hat.«

Maia hob den Blick, sah ihn fest an. »Einen Jungen, der aus dem Stall gezerrt, getreten und geschlagen wurde. Etwas Langes, Dünnes, das immer wieder auf das Kind herabfiel. Der Junge schrie. Der Mann war etwa so groß wie du, aber schmaler. Einmal hat er den Jungen an den Haaren herausgezerrt. Er hat ihn häufig geohrfeigt.« Sie schluckte und wischte sich mit der Hand übers Gesicht, als wolle sie die Erinnerungen beiseite fegen. »Der Junge war Jase, und er ist nicht nur einmal misshandelt worden.« Sie presste wieder die Fingerspitzen auf die Lider, als wolle sie die Bilder aussperren. »Ich hasse es, solche

Dinge zu erfahren, weil ich nie die Möglichkeit habe, dagegen einzuschreiten.«

Cole massierte sanft ihren Nacken. »Ich habe nie daran gedacht, dass Tiere Zeugen von Verbrechen werden können.«

»Nur weil sie nicht reden können, heißt das noch lange nicht, dass sie solche Sachen nicht sehen.«

Cole dachte über Maias Enthüllung nach. War so etwas wirklich möglich? Unter seiner Hand spürte er Maias Anspannung. Sie rechnete damit, dass er sich über sie lustig machen würde. Die Vorstellung, dass sie die Erinnerungen von Tieren tatsächlich sehen konnte, war in der Tat bizarr. Vielleicht hatte sie einfach nur erraten, was mit Jase passiert war?

»Und was war mit dem Angriff auf das Pferd? Wer hat es in den Zaun getrieben?«

»Ein großer Mann mit breiten Schultern. Es war auf keinen Fall Jase. Er ist eher klein und schmächtig, und Wally mag ihn.«

»Etwa so groß wie ich, oder?«, fragte Cole kühl.

»Ja. Aber Wally mag auch dich.« Es klang so töricht. So lächerlich. Maia lief feuerrot an und schüttelte den Kopf. »Ich weiß, das klingt verrückt. Nur zu, sag mir ruhig, dass ich ins Irrenhaus gehöre.«

Er streichelte gedankenverloren ihren Puls. Jede seiner Bewegungen schickte kleine züngelnde Flammen über ihre Haut. Strom schien von ihm auf sie überzuspringen. Sie holte tief Luft und wartete auf seine Reaktion, auf seine Verurteilung.

»Wer hat dir gesagt, dass du verrückt bist?«, fragte er leise.

Sie zuckte zusammen, auch wenn sie sich bemühte, gelassen zu bleiben. »Spielt das eine Rolle? Es klingt verrückt.«

»Ich würde es trotzdem gern wissen.«

Sie hob das Kinn und sah ihn fest an. »Ein Mann, mit dem ich gegangen bin. Er war ebenfalls Tierarzt. Ich dachte, wir stünden uns nahe. Als er mich fragte, wie ich es immer wieder schaffte, bei Wildtieren herauszufinden, was ihnen fehlte, war ich so töricht, es ihm zu sagen.«

»Dieser Mann hat dir gesagt, du seist verrückt?«

»Ich nahm es ihm nicht übel. Leider hat er es allen Leuten in der Klinik, auch den Tierbesitzern, erzählt, und ich wurde entlassen. Und das nahm ich ihm sehr wohl übel.«

Cole senkte den Kopf und streifte ihre Lippen mit den seinen. Ihr Herz schlug einen Purzelbaum. »Er war der Idiot, Maia.« Er zog sich ein wenig zurück und blinzelte, sodass sich ihre Aufmerksamkeit weg von seinem Mund auf seine Wimpern richtete. Er war so männlich, bis auf diese unglaublichen Wimpern. Sie wollte sein Gesicht berühren, seine Haut spüren. Cole Steele war wie ein Magnet. Sie konnte verstehen, warum so viele Frauen so leicht in seinen Bann gerieten.

»Du spielst einfach nicht in meiner Liga, Steele. Setz dich dort drüben hin und hör auf, mich zu berühren.« Sie deutete auf einen Stuhl auf der gegenüberliegenden Raumseite.

»Reize ich dich etwa?« Das Gespenst eines Lächelns huschte über sein Gesicht, so kurz, dass es kaum wahrnehmbar war.

Ihr Herz geriet ins Schlingern. Sie hatte ihn noch nie lächeln sehen. Auch jetzt konnte das leichte Kräuseln seiner Lippen kaum als Lächeln bezeichnet werden, und es hatte auch nicht bis in seine blauen Augen gereicht. Aber ihr war dabei klar geworden, dass sie sämtliche Schranken fallen lassen würde, wenn er einmal richtig lächelte.

Cole bewegte sich nicht. Sein Blick wurde immer erregender, als er über ihr Gesicht wanderte und sich schließlich auf ihren Mund konzentrierte. »Das wird aber auch langsam Zeit.«

»Hör auf damit!« Sein Mund rückte ihr immer näher, und sie spürte seinen warmen Atem. Er beugte sich über sie, seine Brust drängte sich an ihre Knie. Seine Hand lag noch immer auf ihrem Nacken, und sein Daumen fuhr über ihren Kiefer. »Du bist gefährlich!«, flüsterte sie, vor Verlangen erbebend.

»Das habe ich eigentlich auch gedacht, aber dann habe ich meine Meinung geändert.« Seine Lippen streiften ihren Mund ein zweites Mal. Neckten sie. Eine Liebkosung, die keine richtige Liebkosung war. »Ich bin zu dem Schluss gekommen, dass du die Gefährliche bist. Ich nehme mir immer wieder fest vor, mich von dir fernzuhalten. Aber ich schaffe es einfach nicht.« Wieder führten seine Lippen sie in Versuchung, beschwörend, schmeichelnd. Seine Zunge fuhr die Konturen ihres Mundes nach. Er knabberte an ihrer Unterlippe.

Maia keuchte auf und gewährte ihm Zutritt. Ließ ihn seinen Anspruch geltend machen. Nun drängten sich seine Lippen fest an die ihren, heiß und feucht und allzu erfahren. Er zwängte sich zwischen ihre Beine, zog sie näher, schlang seine starken Arme um sie. Ihr Körper wurde schlaff. Hitze loderte zwischen ihnen auf, sprang hin und her wie ein Buschfeuer.

Er packte sie an den Haaren, und sie schrie auf. Sofort ließ er sie los, und sie entfernten sich ein wenig voneinander und starrten sich an. Maia rang um Atem. Er streichelte ihr zärtlich über den Kopf. »Entschuldige. Ich habe die Beherrschung verloren.«

»Das würde ich auch sagen!« Jase klang sehr streng.

Cole drehte sich um. Der Junge lehnte stirnrunzelnd am Türrahmen, die Arme verschränkt.

»Würde mir vielleicht einer von euch sagen, was hier abgeht?«, fragte Jase mit unbewegter Miene und degradierte seinen großen Bruder damit zu einem Teenager, der beim Petting erwischt worden ist.

»Ich passe«, sagte Maia und versuchte, ernst zu bleiben.

»Ich habe nicht die geringste Ahnung, was hier abgeht«, gab Cole zu. »Aber egal, was – es ist ihre Schuld.« Er konnte nicht aufhören, sie anzuschauen. Er war wie verhext von dem warmen Lächeln in ihrem Blick, dem Schwung ihrer Lippen. Auch in ihrem Leben hatte es Schwierigkeiten gegeben. Er hatte gespürt, wie bekümmert und wachsam sie war, als sie ihm von ihrer seltsamen Gabe erzählte, Bilder von Tieren empfangen zu können. Dennoch hatte sie Freude am Leben und lachte gerne. Am liebsten hätte er sich von ihr anstecken lassen. Aber er war sich nicht sicher, ob er überhaupt lachen konnte, so gern er es auch getan hätte.

»Hey, diesen Schuh zieh ich mir nicht an«, protestierte Maia. »Ganz ehrlich, Jase – er hat damit angefangen.« Sie rieb sich den Mund. »Zumindest glaube ich, dass es so war. Er ist wirklich ein elender Herzensbrecher.«

»Er hat behauptet, dass er es nicht nötig hat, Frauen anzulächeln«, berichtete Jase. Er versuchte verzweifelt, die Vorwürfe wiedergutzumachen, die er seinem Bruder vor wenigen Minuten an den Kopf geworfen hatte. In seiner Unsicherheit folgte er Maias Beispiel und zog Cole ein wenig auf.

Maia runzelte scherzhaft die Stirn. Cole sank auf die Knie und stöhnte laut auf. »Jase! Das war ein brüderliches Geständnis, das du für dich behalten solltest.« Er sah Maia an. »Wir versuchen noch immer, herauszufinden, was es heißt, Geschwister zu sein. Wir wissen beide nicht sehr viel darüber. Aber ich bin mir sicher, dass es streng vertraulich war.«

»Ein brüderlicher Rat?«, fragte Maia.

»Etwas in dieser Richtung«, gab Cole zu.

Maia schüttelte den Kopf. »Hör nicht auf ihn, Jase. Frauen mögen es, wenn Männer sie ab und zu anlächeln. Brummige Schönlinge können sie nur eine gewisse Zeit ertragen, dann wird es langweilig.«

»Ich hatte nicht den Eindruck, dass du gelangweilt warst«, meinte Jase, abrupt die Seiten wechselnd.

Maia lachte wieder. Der Klang umflutete Coles Herz und wärmte es.

»Außerdem«, fügte Jase hinzu, »höre ich es nicht gern, wenn jemand meinen Bruder als Schönling bezeichnet.«

»Sie hat gesagt, ich wäre einer, stimmt's?«, sagte Cole sichtlich zufrieden.

»Keiner hat gesagt, dass du nicht attraktiv bist.« Maias blaugrüne Augen wurden dunkler, als ihr Blick absichtlich prüfend über ihn glitt. »Aber selbst wenn mir aufgefallen ist, dass du ziemlich gut aussiehst, heißt das noch lange nicht, dass es mir gefällt, wenn du mich küsst.«

Jase schnaubte abfällig. »Es hat ihr gefallen.«

Cole nickte. »Ja, ich weiß.«

»Und dir hat's auch gefallen.« Jase grinste schelmisch.

»Viel zu gut. Die Frau Doktor gehört zu den gefährlichen Frauen, vor denen dich dein großer Bruder immer warnen wird.«

Maia stupste Cole mit dem Fuß an. »Großartig, wie du den Spieß umdrehst. Ich bin hier die Verletzte. Du solltest mich beruhigen, und nicht in Wallungen versetzen.«

Coles Augen wurden dunkel. »Ich glaube, darauf möchte ich jetzt nicht weiter eingehen.« Er kniete sich wieder vor sie und untersuchte noch einmal ihren Hinterkopf. »Der Eisbeutel scheint ganze Arbeit geleistet zu haben. Die Wunde hat zu bluten aufgehört, und die Schwellung klingt auch schon ab.«

»Das freut mich. Aber du hast wahrhaftig nicht gerade viel dafür getan«, schalt Maia scherzhaft.

»Ich hatte Besseres zu tun.« Vorsichtig versuchte er, die zusammengeklebten Haare von der Wunde zu streichen. »Ich glaube nicht, dass es genäht werden muss.«

Maia zog den Kopf weg. »Da ich die Einzige bin, die eine Wunde nähen kann, bin ich sehr froh über deine Einschätzung.«

»Ich kann Wunden nähen, wenn es sein muss. Einmal habe ich meinen Arm zusammengeflickt«, sagte Cole.

Jase und Maia tauschten einen langen besorgten Blick aus. Maia zog die Nase kraus. »Bitte verschone uns mit den Details, sonst bekomme ich noch Albträume.«

»Es war unten in Kolumbien. Ich bin auf einen Wächter gestoßen, der ein großes Messer bei sich hatte. Ich hatte nicht mit ihm gerechnet und war deshalb ein bisschen unvorsichtig.«

Maia schob den Ärmel von Coles Hemd hoch. Eine gezackte, etwa zehn Zentimeter lange Narbe kam zum Vorschein. »Du hast uns kein Märchen erzählt.«

»Ich erzähle nie Märchen.« Cole stand mit einem bedauernden Seufzer auf. Es war Zeit, dass sie alle in die Wirklichkeit zurückkehrten. »Jase, bist du gestern mit Al ausgeritten? Bevor Wally sich seine Verletzungen zuzog?«

Jase schüttelte den Kopf. »Nein. Die Arbeiter haben sich um das Vieh gekümmert. Al und ich haben in der Nähe der Ranch gearbeitet. Wir sahen, dass der Zaun drüben bei den Koppeln etwas schief war, und haben ihn repariert. Bei der Gelegenheit wäre ich fast abgestürzt, aber Al hat mich noch rechtzeitig erwischt. Ein Pfosten war morsch und gab nach. Wally habe ich ein paar Stunden später entdeckt, als ich das Werkzeug aufräumen wollte. Ich habe Al gerufen, und der ist gleich gekommen.«

Cole atmete tief durch. Jemand musste ausgeritten sein. Entweder Jase schwindelte, oder hier war etwas im Gang, was er nicht verstand. »Es hat mir nicht gefallen, wie der Weg zur Scheune heute früh ausgesehen hat, Jase. Es ist einfach ein zu großer Zufall, dass sich das Pferd verletzt, der Weg auf einmal eisig ist und der Zaunpfosten nachgibt, wenn du dich daran lehnst. All das gefällt mir nicht.«

»Was soll das heißen?«, fragte Jase.

Maia sah, wie die Angst in die Augen des Jungen zurückkehrte. Das machte sie traurig. Ein paar Minuten lang war er ein ganz normaler Teenager gewesen, der seinen großen Bruder aufzog.

»Das heißt einzig und allein, dass wir hier festsitzen, bis die Schlechtwetterfront vorübergezogen ist, und ich möchte, dass du vorsichtig bist«, sagte Cole. »Wir sollten nach Möglichkeit nur gemeinsam das Haus verlassen.«

»Cole, wer hält sich denn noch auf der Ranch auf? Du hast mir gesagt, dass hier niemand ist außer uns dreien«, sagte Maia. »Bist du vielleicht …« Sie stockte, als sein Blick über ihr Gesicht schweifte. Das dunkle Verlangen war verschwunden. Seine Augen waren wieder eiskalt und durchdringend blau.

»Paranoid? Kann sein. Aber nur deshalb bleibe ich am Leben. Ich weiß nicht, was hier los ist, und solange ich das nicht weiß, möchte ich lieber auf Nummer sicher gehen.« Er trat neben Jase und legte ihm kurz die Hand auf die Schulter. »Das heißt nicht, dass wir keinen Spaß haben oder diese Weihnachtssache nicht durchziehen können. Es heißt nur, dass wir uns nicht aus den Augen verlieren sollten, wenn wir nach draußen gehen. Wir können die Arbeit teilen und die Frau Doktor im Auge behalten, wenn sie sich um das Pferd kümmert.«

»Ich bin eigentlich nur hergekommen, um der Frau Doktor zu sagen, dass die Sachen meiner Mutter auf dem Dachboden sind«, erklärte Jase. »Dort oben steht eine Truhe von ihr, in der auch etwas Weihnachtsschmuck liegt.«

Cole warf einen Blick auf Maia in der Hoffnung, dass sie ihm etwas zukommen lassen würde. Was er sich von ihr erhoffte, wusste er nicht. Eine Art Rückendeckung? Mut? Bei dem Gedanken, das Haus zu schmücken, drehte sich ihm der Magen um.

»Ich würde liebend gern ein paar Dinge sehen, die deiner Mutter gehört haben, Jase«, sagte Maia mit ihrer üblichen Herzlichkeit. Ihr Blick war jedoch auf Cole gerichtet. Sie beobachtete ihn scharf, spürte viel zu viel.

Er präsentierte der Außenwelt ein steinernes Relief, einen unbesiegbaren Mann, der keine Furcht kannte. Doch diese Frau schien direkt durch die Wand hindurchzusehen, die er um sich herum errichtet hatte. Die eine Frau, die er beeindrucken wollte. Die einzige Frau, die ihm unter die Haut ging und seine sorgfältig geordnete Welt auf den Kopf zu stellen drohte. Ausgerechnet diese Frau sah, wie verletzlich er war.

Maia seufzte. »Jase, ist dir schon mal aufgefallen, dass Cole furchterregend aussehen kann?«

»Das habe ich ihm auch schon gesagt«, erklärte Jase und grinste Cole triumphierend an. »Erst letzte Woche habe ich ihm das gesagt.«

»Das tut er immer, wenn er eine Schlacht verliert.«

Cole zog eine Braue hoch. »Ich verliere keine Schlachten. Sag dem Jungen doch nicht so etwas.« Ein Teil von ihm stand abseits und beobachtete das kleine Wortgefecht, mit dessen

Hilfe es Maia zu gelingen schien, sie alle zusammenzubringen, ungeachtet der Distanz, die er normalerweise zwischen sich und seinen Mitmenschen aufrecht erhielt. Eine Distanz, die auch Jase normalerweise spürte. Cole hätte zu gern gewusst, wie sie das anstellte.

Noch nie hatte ihn jemand aufgezogen. Selbst seine engsten Mitarbeiter wagten sich nicht in solch persönliche Bereiche vor. Aber Maia schien es zu genießen, ihn zu necken. Bevor er sich daran hindern konnte, strich er ihr eine lose Haarsträhne aus der Stirn. Er wollte sie berühren, ihre Haut spüren. Er sehnte sich nach ihr. Cole mahnte sich, solche Gedanken nicht weiterzuverfolgen. Mittlerweile war ihm klar, dass er mehr von ihr wollte als nur ihren Körper. Überrascht ertappte er sich dabei, dass er nach ihrem Lächeln Ausschau hielt, sich nach ihrem Lachen sehnte und die Regungen verfolgte, die über ihr Gesicht huschten.

Jase riss Cole aus seinen Gedanken, als er abfällig schnaubte. »Dich hat's böse erwischt, Cole. Für dich gibt es keine Hoffnung mehr.«

Cole konnte dem Jungen nichts übel nehmen, als er ihn lachen hörte. Es war ein echtes, ja sogar liebevolles Lachen. Dank Maia konnte der Junge lachen. Cole wandte sich von den beiden ab. In seiner Kehle bildete sich ein Kloß. »Ich streite alles ab«, schaffte er noch, mit rauer Stimme zu äußern. Er wusste, wenn er Maia nun anblickte, würde ein kleines, wissendes Lächeln auf ihrem Gesicht liegen.

»Was machen wir jetzt mit der Frau Doktor?«, fragte Jase.

»Sie kann hier sitzen bleiben und den Eisbeutel auf ihren Kopf drücken, und wir zwei gehen in den Speicher und holen die Truhe, von der du gesprochen hast. Die Pferde habe ich schon gefüttert, bevor ich zu euch kam. Al hat die Kühe in Sicherheit gebracht und sie mit Futter versorgt. Ein paar Stunden lang haben wir jetzt also unsere Ruhe. Wir können uns genauso gut gemeinsam überlegen, was wir für Weihnachten vorbereiten.«

Maias Lachen erklang wieder. »Du hörst dich an wie ein Todgeweihter, Steele. Weihnachten macht Spaß, es ist keine Beerdigung. Jase, dieser Mann klingt so trübsinnig wie der Esel I-Aah aus Winnie the Pooh.«

Cole wirbelte herum. »Du nennst mich einen Esel? Wie kannst du es wagen?«

Jase stimmte in Maias Lachen ein. Das Geräusch wehte durch das ganze Gebäude und vertrieb alle Kälte und Leere. Sie wichen einer Wärme, die es in diesem Haus noch nie gegeben hatte.

8

Cole staubte die Truhe ab, bevor er sie nach unten brachte. Jase hatte es offenbar geschafft, ein paar Dinge, die ihm wichtig waren, beiseite zu schaffen und zu verstecken, bevor sein Vater sie wegwerfen konnte. Das zeigte, wie mutig der Junge war. Er war erst zehn gewesen, als seine Mutter starb. Es musste ihn die größte Überwindung gekostet haben, seinem Vater zu trotzen und diese Sachen einzusammeln. Die Haushälterin hätte ihn bestimmt verpetzt, wenn sie ihn dabei ertappt hätte, und außerdem hatte er die Kameras umgehen müssen. Als Cole die Truhe vor Maia abstellte, ging ihm auf, dass seine Zuneigung zu dem Jungen immer stärker wurde. Das war beängstigend.

Er konnte Maia nicht warnen, wie viel der Inhalt dieser Truhe für Jase bedeutete, weil dieser direkt neben ihm stand und besorgt jede seiner Bewegungen beobachtete. Er konnte nur hoffen, dass sie es bemerkte. Ihm war aufgefallen, dass sie jede kleine Nuance an dem Jungen wahrzunehmen schien.

»Das ist wunderbar, Jase«, sagte Maia, und ihre Herzlichkeit und Begeisterung ergoss sich in den Raum. »Es ist, als würde man eine Schatztruhe finden. Woher hast du gewusst, dass die Truhe dort oben stand?«

Cole atmete langsam aus. »Es ist ihm gelungen, sie auf den Dachboden zu schaffen, als er zehn war. Kurz nachdem er seine Mutter verloren hatte.«

Bei dem barschen Ton in Coles Stimme sah Maia hoch. »Ich passe gut auf, Jase. Mach dir keine Sorgen.« Sie setzte sich im Schneidersitz neben die Truhe. »Weißt du noch, was du in die Truhe gesteckt hast?«

Jase ließ sich neben ihr nieder. »Ja. Ich bin nie mehr auf den

Dachboden gegangen, obwohl ich oft daran gedacht habe. Aber ich hatte Angst, dass der Alte mich erwischen und dann alles wegwerfen würde.« Er warf einen besorgten Blick auf Cole. Hatte er zu viel gesagt?

»Das war schlau«, erwiderte Cole nur. »Wenn er dich erwischt hätte, wäre dich das teuer zu stehen gekommen. Wie wär's, wenn ich uns was zu essen machen würde, während ihr euch die Sachen anschaut? Wie geht es deinem Kopf, Doc?« Er wollte ihre Aufmerksamkeit auf sich lenken. Es war ihm ein Bedürfnis, sich zu vergewissern, dass Jase gut bei ihr aufgehoben war. Aber er musste den Raum verlassen, bevor die Truhe geöffnet wurde.

Sein durchdringender Blick traf den ihren und hielt ihn fest. Maia saß reglos da und ließ sich von der Hitze in seinen Augen wärmen. Doch sie entdeckte auch den Teil von ihm, den er unbedingt vor ihr verbergen wollte. Den böse zugerichteten, beschädigten Teil. Einen Mann, der versuchte, seine Vergangenheit zu überwinden, um einen Jungen zu retten. Sie wollte nichts davon wissen, weil es sie nur noch tiefer in das Leben der beiden Steeles hineinzog. Das wollte sie nicht. Sie hatte ihm schon viel zu viel von sich offenbart. Sie hatte ihn geküsst, als sie ihm Widerstand hätte leisten sollen. Wie leid ihr der Junge tat, der er gewesen war, und der Mann, der aus ihm geworden war. »Es tut nur noch ein klein bisschen weh. Nicht weiter schlimm«, erwiderte sie.

Jase sah Cole nach, der sich aus dem Staub machte. »Er hat gemeint, es wäre in Ordnung, wenn wir Weihnachten feiern. Aber ich glaube nicht, dass er das wirklich gerne tun will.«

»Vielleicht ist es gut für ihn, wenn wir es tun, Jase«, sagte Maia. »Cole ist erwachsen. Er kann wahrhaftig selbst entscheiden, was er tun und was er lassen will. Wenn er dir grünes Licht gegeben hat, dann will er Weihnachten bestimmt auch selber feiern. Außerdem wird es langsam Zeit, oder? Weihnachten ist eine ganz besondere Zeit im Jahr. In diesen Tagen kommen alle zusammen. Es sind Tage, an denen sich Familien wieder näherkommen. Cole hatte bislang keine richtige Familie, aber jetzt hat er dich.« Behutsam strich sie über die Truhe.

»Hast du denn eine Familie, die auf dich wartet?«

»Nicht mehr. Ich war ein Einzelkind, und meine Eltern starben, als ich sechzehn war. Damals bin ich zu meiner Großmutter gezogen, die ich vor ein paar Jahren verloren habe. Ich habe keine Cousinen, keine Tanten, keine Onkel. Ich stehe ziemlich allein da.«

»Das ist bestimmt nicht leicht für dich. Schließlich bist du gern mit Menschen zusammen.«

Maia lächelte nur. »Ich hätte gern eine große Familie. Aber da ich die nicht habe, finde ich andere Wege, um Weihnachten zu feiern.«

»Mein Vater hat Weihnachten gehasst«, sprudelte es aus Jase heraus. »Um Weihnachten herum wurde er ganz besonders boshaft. Er hat uns verboten, einen Baum aufzustellen, Geschenke auszutauschen oder das Haus zu schmücken. Wenn Mom mir ein Geschenk gab, hat er es weggeworfen, und er ...« Jase' Stimme blieb in der Luft hängen. »Mom war dir sehr ähnlich.«

»Hat sie Weihnachten geliebt?« Maia hielt die Luft an, als sie den Deckel hob.

»Ja. Sie hat mir heimlich Geschenke zugesteckt, und wenn wir allein waren, hat sie mir den Weihnachtsschmuck gezeigt, den sie von ihrer Mutter bekommen hatte. Es sind lauter Sachen, die in ihrer Familie seit langer Zeit aufgehoben wurden. Sie hat mir versprochen, dass wir die Sachen eines Tages an einen Baum hängen würden. Aber dazu ist es nie gekommen. Wenn sie es versucht hätte, hätte mein Vater die Sachen zertrümmert ... und sie gleich dazu.«

Maia atmete tief durch. Sie schickte ein Stoßgebet zum Himmel, dass sie die richtigen Worte fand. In Jase' Stimme hatten all der Schmerz, das Entsetzen und die Schuldgefühle eines kleinen Jungen gelegen, der die Schuld auf sich genommen hätte, wenn sein gewalttätiger Vater seine geliebte Mutter zertrümmert hätte. Verzweiflung und Hilflosigkeit, Liebe und

Bedauern lagen in seinem Blick. Maia schwor sich, den Jungen, der ihr immer mehr ans Herz wuchs, von seinen Schmerzen zu heilen.

»Wir können es für sie tun, Jase. Das war auch ihr Haus. Wir können es ihr zurückgeben. Wenn du mir erzählst, was sie gern gehabt hat, können wir das Haus neu dekorieren und es zum Heim deiner Mutter machen, wie sie es gern gehabt hätte. So, wie es hätte sein sollen.« Maia beugte sich zu ihm vor. »Du hast mich gefragt, wie ich Weihnachten feiere. Ich mache immer irgendetwas, was mir Spaß macht, aber ich mache auch immer gern etwas für andere. Jetzt könnten wir es für deine Mutter tun.«

»Aber sie ist tot.«

»Du denkst jeden Tag an sie, stimmt's?«

Jase nickte.

»Dann wird sie nie tot sein. Es ist egal, ob du an ein Leben nach dem Tod glaubst oder nicht, Jase. Du kannst dir sicher sein, dass sie durch dich lebt. Sie wollte Weihnachten gern feiern, und wir können ihr das ermöglichen. Wenn du es willst – solange es dir damit gut geht.« Ohne eine Antwort abzuwarten, warf Maia einen Blick in die Truhe. Alles war sorgfältig eingewickelt. Man sah, dass das Papier alt war und dass Jase' Mutter viele der Sachen in ihrem Originalzustand erhalten hatte. Auf einem gefalteten Quilt lagen mehrere eingewickelte Dinge. Maia nahm das erste heraus, legte es auf ihren Schoß und begann, es vorsichtig auszuwickeln.

Jase hielt den Atem an und verspannte sich, als Maia das Papier zur Seite legte und der Schatz zum Vorschein kam, der dadurch geschützt worden war. Es war ein wunderschöner, schimmernder Stern aus Platin, bedeckt mit Glassternchen. Sie reflektierten das Licht aus jedem Winkel, sodass der Stern schon von ganz allein zu funkeln schien. Sie hob ihn hoch.

»Ich erinnere mich an diesen Stern«, sagte Jase. »Sie nahm ihn aus der Schachtel und hielt ihn hoch so wie du jetzt. Sie sagte, in ihrer Kindheit hatte ihre Mutter den Stern immer ziemlich weit oben im Baum aufgehängt, ganz nah an den Kerzen, sodass er ständig funkelte.«

»Woher bekommen wir einen Baum? Vielleicht müssen wir improvisieren«, meinte Maia.

Cole stand neben der Tür und lauschte. Nun seufzte er, denn ihm war klar, dass Maia ihn immer tiefer in unbekanntes Gebiet hineinzog. Er trat zu den beiden und meinte: »Das mit dem Baum schaffen wir schon, Doc. Der Sturm wird uns demnächst sicher eine kleine Atempause gewähren.«

»Willst du wirklich einen Baum holen, Cole? Und ihn hier aufstellen?«, fragte Jase aufgeregt.

»Na klar. Wir können ihn ans Fenster stellen. Wahrscheinlich gibt es nicht genug Schmuck für einen großen Baum, aber wir können ja noch ein paar Sachen basteln.«

Maia legte den Stern behutsam zur Seite und holte das zweite Päckchen aus der Truhe. »Es macht Spaß, Weihnachtsschmuck zu basteln. Ich habe mich in der Küche umgesehen. Vorräte gibt es dort genug. Wir können alle möglichen Dinge backen, und wahrscheinlich sogar ein traditionelles Weihnachtsessen zubereiten.«

»Das klingt gut«, sagte Jase. »Ich habe ständig Hunger.«

»Er ist wirklich kaum satt zu kriegen«, bestätigte Cole. »Wir müssen mehr Lebensmittel heranschaffen als Futter für die Tiere.«

Jase war selbst für einen Teenager sehr schmal. Maia vermutete, dass er wahrscheinlich gerade erst genügend Vertrauen zu Cole und Zuversicht in ihre Beziehung entwickelte, um richtigen Appetit zu haben. Sie lehnte sich an die Couch und hielt das zweite Schmuckstück in die Höhe. Es war ein kleines Krokodil mit einem roten Strickschal um den Hals. Die Kiefer klappten auf und zu, wenn man die Schwanzspitze drehte.

»Warum hängt jemand ein Krokodil an seinen Baum?«, fragte Cole und nahm es Maia ab, um es genauer zu begutachten. »Ich dachte immer, man hängt Weihnachtsmänner und Ähnliches auf. Das hier ist ziemlich cool.«

»Mom kam aus Louisiana«, warf Jase ein. »Sie hat immer so getan, als wollte das Krokodil mich in den Finger beißen. Sie hat gemeint, es erinnere sie an ihr Zuhause.«

»Was gibt es denn sonst noch alles?«, fragte Cole, der inzwischen neugierig geworden war. Er hatte sich noch nie mit Weihnachtsschmuck beschäftigt und stets einen großen Bogen um die geschmückten Bäume in den Läden gemacht, wenn er um Weihnachten herum zum Einkaufen musste. Im Grunde hatte er es stets albern gefunden, Dinge an einen Baum zu hängen.

Aber das kleine Krokodil, das Erinnerungen an Jase' Mutter weckte, kam ihm wie etwas ganz Besonderes vor.

Maia reichte ihm den nächsten Gegenstand, eine Mondsichel aus Kristall mit einem winzigen Baby an der Innenseite und einem kleinen silbernen Stern an der Spitze. Auf dem Stern stand eine Jahreszahl. Cole drehte den Mond hin und her. Er sah Jase an. »Das ist eine Erinnerung an das Jahr deiner Geburt. Ich wünschte, ich hätte die Gelegenheit gehabt, deine Mutter kennenzulernen, Jase.«

»Zu schade, dass wir nicht in die Stadt fahren können«, meinte Maia, die mit den Tränen kämpfte. Sie hatte ihre Familie verloren. Doch solange es ihren Eltern und später dann ihrer Großmutter möglich war, hatten sie dafür gesorgt, dass sie sich stets geliebt und geborgen gefühlt hatte. »Es wird das erste Weihnachtsfest sein, das ihr als Familie verbringt. Wir hätten ein Ornament besorgen können, um das zu feiern.«

»Das hätte ich gern getan«, sagte Jase und nahm Cole den kleinen Kristallmond aus der Hand.

»Das Schöne daran, dass man keine Traditionen hat, ist es, dass man eigene begründen kann«, erklärte Maia.

»Wir müssen nicht in einen Laden«, brummte Cole. »Ich kann ein Ornament für uns schnitzen. Was soll es denn werden?«

»Cole kann fantastisch schnitzen«, sagte Jase. »Du musst dir mal ein paar der Sachen anschauen, die er gemacht hat. Ich finde, es sollte etwas mit einem Pferd zu tun haben, Cole. Kannst du das machen?«

»Mir wird schon etwas einfallen.«

»Und vergiss nicht, das Datum einzukerben«, riet Maia.

»Das Abendessen ist fertig, wenn ihr zwei etwas essen wollt«, sagte Cole, um nicht zu zeigen, wie unwohl er sich bei der Wendung fühlte, die dieses Gespräch genommen hatte. Wenn ihm jemand mit einer Waffe zu Leibe rückte, bewegte er sich auf vertrautem Boden. Aber bei Jase musste er sich ständig behutsam vorantasten in dem Versuch, seinem Bruder ein Gefühl der Sicherheit und Geborgenheit zu vermitteln. Er konnte kaum glauben, dass er soeben angeboten hatte, ein Weihnachtsornament zu schnitzen.

Aufgewühlt raufte er sich die Haare. Er wusste doch nicht einmal, was ein Zuhause war. Wem wollte er etwas vormachen? Schon bei dem Gedanken an die bevorstehende Nacht brach ihm der Schweiß aus. Sie waren spät aufgestanden, nachdem sie sich in der Nacht davor lange um das Pferd gekümmert hatten, und jetzt ging der Nachmittag schon zu Ende. Er warf einen Blick aus dem Fenster. Es schneite unablässig weiter. Große, dicke Schneeflocken machten sie zu Gefangenen auf der Ranch. Er hasste diesen Ort. Was sollten ein Baum und ein bisschen Weihnachtsschmuck daran ändern?

Maia legte die Sachen in die Truhe zurück. »Nach dem Essen könnten wir ein Feuer machen«, sagte sie und deutete auf den riesigen offenen Kamin in der Mitte einer Längswand – das Prunkstück in diesem Raum.

Jase hielt den Atem an. Er verkrampfte sich und erblasste.

Cole stand auf. »Ich glaube nicht, dass in diesem Kamin je ein Feuer gebrannt hat.« Er beugte sich herab und zog Maia hoch. Dann untersuchte er ihren Hinterkopf. »Du hast eine ziemlich große Beule.«

»Und Kopfschmerzen. Aber das wird sich schon wieder legen.« Sie wusste, dass es besser war, den Blick nicht zu heben, wenn er ihr so nahe war. Aber die Versuchung war zu groß.

Ihre Blicke trafen sich. Seine Augen wirkten wieder sehr dunkel. Sie legte die Hand auf seine Brust, um ihn ein wenig auf Abstand zu halten – nur zu ihrer eigenen Sicherheit. Wenn sie ein paar Beschwörungsformeln zur Selbstverteidigung gekannt hätte, hätte sie sie jetzt gemurmelt. »Wozu hat man einen offenen Kamin, wenn man ihn nie nutzt?«

Cole tauschte einen langen Blick mit Jase aus und drückte Maias Hand fest auf seine Brust. »Gute Frage.«

»Glaubst du, wir sollten versuchen, ein Feuer zu machen?« Jase' Atem ging so rasch, dass er fast keuchte. Er sah sich verängstigt im Raum um, als fürchte er, von jemandem belauscht zu werden.

»Beruhige dich«, mahnte Cole sanft. »Dein Atem fängt zu pfeifen an. Er ist tot, Jase. Sag dir das immer wieder vor. Das ist jetzt unser Haus, und wir können ein verdammtes Feuer im Kamin machen, wenn wir das wollen.« Er ließ Maias Hand los. »Du hast recht. In diesem Haus gibt es ein Gespenst, und ich will, dass es verschwindet.«

Jase folgte Cole in die Küche. Er atmete bewusst langsam, bis das Keuchen sich gelegt hatte. »Na gut, dann machen wir ein Feuer.«

Maia ging den beiden nach. Cole legte den Arm kurz auf Jase' Schulter. Es war wirklich nur sehr kurz, aber offenbar hatte er es getan, ohne lange darüber nachzudenken, und das freute Maia. »Es tut mir leid, wenn ich hier in alle möglichen Fettnäpfchen trete«, sagte sie. »Ich will euch beiden wirklich nichts aufdrängen. Offenbar ist euch die Vorstellung, ein Feuer zu machen, nicht angenehm. Wir brauchen kein Feuer. Bitte verändert mir zuliebe nicht alles. Es ist euer Zuhause. Macht, was euch recht ist.«

»Unser Vater hat Sachen gern gebrandmarkt«, sagte Cole. »Und nicht nur Sachen – auch Leute.«

Maia zuckte zusammen und starrte erst Cole und dann Jase erschrocken an. »Wirklich?« Ihr wurde übel. Speiübel.

Die Brüder nickten nur stumm.

Wie schaffte man es, eine solche Kindheit zu überleben? Wie konnte sie sich anmaßen, den beiden Vorschläge zu machen, wie sie diese schrecklichen Erfahrungen am besten hinter sich lassen konnten? Wie konnte sie es wagen, so forsch zu sein? Sie hielt sich an einer Stuhllehne so fest, dass ihre Knöchel weiß wurden. »Bitte glaubt nicht, dass ihr Weihnachten für mich feiern müsst. Wollt ihr es deshalb tun?«

Jase schüttelte entschlossen den Kopf. »Nein, ich möchte es für meine Mutter feiern. Ich habe über das nachgedacht, was du vorhin gesagt hast. Sie hat dieses Haus geliebt. Er ließ es nicht zu, dass sie hier Sachen aufstellte, die sie gern gehabt hätte. Aber sie hat mir oft gesagt, wie sie die Räume einrichten würde, wenn es nach ihr ginge. Sie wollte cremefarbene Vorhänge in der Bücherei aufhängen. Sie meinte, mit all dem Holz würde das wundervoll aussehen.«

»Cremefarbene Vorhänge? Nun, dann wechseln wir die Vorhänge.« Cole zog die Brauen hoch und fragte Maia: »Kennst du dich mit Vorhängen aus?«

Sie lachte, genau wie er es erwartet hatte. »Keine Panik. Wir sind erwachsen. Wir finden heraus, wie man Vorhänge aufhängt.« Maia war nicht zum Lachen zumute, aber Cole versuchte, die Atmosphäre Jase zuliebe aufzulockern, und sie wollte ihn gern dabei unterstützen.

Cole wusste, dass er sich daran gewöhnen könnte, wie sich das Haus in ihrer Anwesenheit anfühlte. Jase deckte den Tisch, und Cole zog einen Stuhl für Maia heran. »Setz dich. Du siehst ein bisschen blass aus. Ich kümmere mich heute Abend um das Pferd. Vielleicht hätte ich deine Kopfwunde doch nähen sollen.«

»Das glaube ich nicht.« Sie sah ihn gespielt zornig an. »Wenn du mir mit einer Nadel zu Leibe rückst, wirst du herausfinden, wie böse ich werden kann!«

Jase schnaubte. »Du bist feige, Doc!«

»Ach so? Als ob du dir von ihm eine Kopfwunde nähen lassen würdest! Am Ende sehe ich aus wie Frankensteins Mutter.«

Jase grinste Cole an. »Sie würde ein großartiges Monster abgeben, glaubst du nicht auch?«

»Na toll. Ich sähe wahrscheinlich aus wie Sally in *The Nightmare Before Christmas.*«

Jase und Cole wechselten einen fragenden Blick. Beide zuckten beinahe gleichzeitig die Schultern.

Maia stöhnte. »Sagt bloß nicht, dass man euch hier sogar diesen Film vorenthalten hat? Du meine Güte. Gönnt euch mal was. Leiht ihn euch aus. Ich würde sogar die Leihgebühr spendieren!«

»Na klar. Das sagt sie jetzt, wo es schneit, was das Zeug hält. Aber sobald die Straßen geräumt sind, wird sie einen Rückzieher machen«, scherzte Cole. »Iss dein Steak.«

»Ich esse kein Fleisch. Aber der Salat ist fantastisch«, erwiderte Maia höflich.

Jase warf einen Blick auf Cole, dann fing er an zu prusten. »Ich wünschte, ich hätte einen Fotoapparat.«

»Und warum isst du kein Fleisch?«

Maia verzog das Gesicht. »Das habe ich dir doch schon gesagt.«

»Wahrscheinlich verständlich, wenn Tiere ständig mit einem reden«, brummte Cole.

Maia freute sich über sein Verständnis. Sie versuchte, ernst zu bleiben, aber sie wusste, dass ihre Augen sie verrieten. Wenn sie lachen wollte, zeigte sich das stets deutlich.

»Man wird ja wohl kaum seine Kunden aufessen wollen«, fügte Jase hinzu.

»Oh, ihr zwei seid heute aber wirklich witzig«, meinte Maia. »Warum bringt ihr euren kleinen Sketch nicht auf eine Bühne?«

»Au weia, jetzt wird sie sauer. Wahrscheinlich sind ihre Kopfschmerzen daran schuld. Übrigens, Frauen …« Cole beugte sich zu Jase hinüber, um ihm verschwörerisch eine Weisheit zuzuflüstern, allerdings so laut, dass auch Maia sie hören konnte. »Frauen bekommen oft Kopfschmerzen.«

Jase grinste breit.

Maia hob eine Braue. »Ach ja? Eigentlich dachte ich nicht, dass Frauen so auf dich reagieren, Steele. Aber nachdem ich dich jetzt besser kenne, kann ich mir das gut vorstellen.«

Jase fiel fast vom Stuhl vor Lachen. Cole rollte eine Zeitung zusammen und gab ihm einen kleinen Klaps auf den Kopf.

»So lustig ist das nun auch wieder nicht, kleiner Bruder.«

»Wenn ich klein bin, was ist dann Maia? Ich bin größer als sie.«

»Jeder ist größer als Maia.«

Maia setzte eine empörte Miene auf. »Ich bin nicht klein. Ich bin gerade richtig. Meine Güte – nicht jeder muss ein Elch sein.«

»Jetzt hat sie dich einen Elch genannt«, prustete Jase. Er lachte so heftig, dass er zu keuchen begann.

Cole legte ihm beruhigend eine Hand auf die Schulter. »Pass auf, dass du keinen Asthmaanfall bekommst. Sie würde dich mit der Spritze, die sie bei den Pferden benutzt, durchs Haus jagen. Atme tief durch, Jase. Hol dir deinen Inhalator, wenn es sein muss.«

Cole atmete langsam und tief, um seinen Bruder zu unterstützen. Gleichzeitig beobachtete er Maia. Er hatte den Eindruck, dass sie nicht ganz bei der Sache war. Sie versuchte zwar, an dem Gespräch teilzunehmen, aber etwas, was er weder sehen noch hören konnte, beunruhigte sie.

»Was ist los, Doc?«

Sie wurde plötzlich sehr ernst und blickte auf die Küchentür. »Gibt es vor der Küche eine Veranda – irgendwas Überdachtes?«

»Natürlich. Und alles ist durch überdachte Wege mit dem Haus verbunden«, erwiderte Cole. »So kann man sich selbst bei heftigem Schneetreiben nicht verlaufen.«

Maia stand auf, schob ihren Stuhl zurück und erklärte: »Bin gleich wieder da.«

Als sie hinausging, war Jase so überrascht, dass er zu keuchen aufhörte. »Was hat sie denn vor?«

»Weiß der Kuckuck«, sagte Cole und blickte misstrauisch auf die Küchentür. Er hörte nur, wie der Wind durch die Bäume strich und Äste das Haus streiften, sonst nichts.

»Es gefällt mir, wenn sie hier ist«, gestand Jase.

»Mir auch.« Und es gefiel ihm wirklich. Er hatte noch nie so viel Zeit in Gesellschaft eines anderen verbracht. Jase war die erste Verpflichtung gewesen, auf die er sich außerhalb seines Jobs eingelassen hatte. Maia erhellte das Haus, sie brachte Wärme und Gelächter und ein heimeliges Gefühl ins Haus. Sein Herz flatterte nervös, als ihm das klar wurde. »Glaubst du, jede Frau würde es schaffen, dass sich dieses Haus so anfühlt, wie es das jetzt mit ihr tut?« Er versuchte, möglichst neutral zu klingen, doch sein Magen war wie zugeschnürt. Er stellte fest, dass ihm die Meinung des Jungen wichtig war. Diese Erkenntnis war beinahe ebenso schockierend wie die vorherige.

Jase schüttelte den Kopf. »Es ist definitiv die Frau Doktor. Ich mag sie sehr.«

Cole zerknüllte seine Serviette und warf sie auf den Tisch. »Ja, ich auch.«

Jase verzog das Gesicht. »Du klingst, als würde dich das nicht besonders freuen.«

»Freut dich das denn? Himmel noch mal, schau uns doch an, Jase. Wir sind so gestört, wie es zwei Menschen nur sein können. Glaubst du etwa, die Frau Doktor interessiert sich für mich? Ich kann ja noch nicht mal sagen, ob mir das überhaupt recht wäre.« Er schob unwirsch seinen Stuhl zurück.

»Sie hat dich geküsst«, erinnerte Jase ihn. »Glaubst du denn, sie küsst jeden?«

Cole verspannte sich von oben bis unten, und ein Wangenmuskel begann zu zucken. »Das sollte sie lieber nicht tun«, knurrte er.

Jase wurde sofort wachsam. »Bist du böse, Cole?«

»Nein, das nicht. Nur ein bisschen misstrauisch. Ich werde misstrauisch, wenn ich etwas oder jemanden nicht ganz verstehe. Die Frau Doktor verstehe ich eben nicht so ganz. Und die Gefühle, die sie in mir auslöst, verstehe ich ebenso wenig.« Dem Jungen die Wahrheit zu sagen, war nicht so einfach, wie er gedacht hatte, als er diesen Vorsatz gefasst hatte. Zu dem Zeitpunkt hatte er allerdings auch nicht damit gerechnet, Maia Armstrong kennenzulernen und derart intensive Gefühle für sie zu entwickeln.

»Du solltest dich jedenfalls bemühen, freundlich mit ihr zu reden«, riet Jase. »Sonst verscheuchst du sie noch.«

»Wen verscheucht er?«, fragte Maia. Sie trug einen dicken Mantel und Handschuhe und kam mit ihrem kleinen Koffer ins Wohnzimmer. »Falls du mich meinst, Jase – dein Bruder macht mir keine Angst. Hunde, die bellen, beißen nicht.«

»Wo zum Teufel willst du hin?«

Jase schüttelte stöhnend den Kopf und legte die Hände vors Gesicht. »Hörst du mir nie zu? Selbst ich weiß, dass man mit Frauen nicht so reden soll.«

»Danke, Jase«, sagte Maia. »Weißt du, Cole, wenn du von deinem kleinen Bruder ein bisschen was lernen würdest, könntest du vielleicht sogar einen gewissen Charme entwickeln.«

»Gib mir einfach eine Antwort!«

Maia seufzte und lief rot an. »Jemand braucht mich.«

»Was zum Teufel soll das heißen? Wer braucht dich?«

»Das mit dem Teufel hatten wir schon. Nicht wahr, Jase? Jawohl, jemand braucht mich. Ich habe ein Tier gehört, und ich werde nachsehen, was ihm fehlt.«

»Ich habe nichts gehört«, sagte Jase und verzog das Gesicht.

Cole ignorierte seinen Bruder und fesselte Maia mit seinem Blick. »Hast du nicht aufgepasst, als ich sagte, dass wir alle zusammenbleiben sollen, wenn wir nach draußen gehen?«

Maia zuckte bei dieser barschen Frage ein wenig zusammen. »Natürlich habe ich das.« Aber sie hatte alles vergessen, sobald sie den Ruf eines Tieres in Nöten vernommen hatte. »Ich gehe nur auf die Veranda. Wenn du willst, kannst du mitkommen, aber du musst leise sein.«

Seine blauen Augen straften sie bei diesem Befehl. Aber sie hielt seinem missbilligenden Blick stand. Sie ließ sich von keinem Mann einschüchtern.

Jase sprang entschlossen auf. »Ich komme auch mit.«

»Du willst dich nur ums Geschirrspülen drücken«, sagte Cole.

Die beiden holten Jacken und Handschuhe von dem Regal neben der Tür, die zum Vorraum führte, und folgten Maia nach draußen. Cole blieb an der Hauswand stehen und beobachtete Maia, die am Rand der Veranda stand und in den Schnee hinausblickte. Sie gab keinen Laut von sich, und er hörte auch kein Tier. Aber plötzlich drehte sie den Kopf nach Norden und trat in den Schnee hinaus. Er stürzte ihr nach und packte sie am Arm.

»Maia, auch wenn es dein Beruf von dir verlangt – du kannst jetzt nicht in den Schneesturm hinaus. Jase und ich werden dir nicht im Weg stehen, aber du musst in dem überdachten Bereich bleiben.«

Der Sturm hatte zwar nachgelassen, aber er hatte ihnen gut einen halben Meter Neuschnee beschert. Der nächste böse Sturm ließ sicher nicht lange auf sich warten. Cole wollte kein Risiko eingehen.

»Ich weiß nicht, ob es sich zu mir herwagen wird, wenn ihr zwei so nah bei mir seid«, sagte sie.

»Versuche es wenigstens!«

Sie zögerte kurz und blickte auf Jase, dann befolgte sie Coles Vorschlag und pfiff leise, wie um einen Hund herbeizurufen. Das Geräusch des Windes war die einzige Antwort. Schneeflocken rieselten immer noch herab und dämpften die nächtlichen Geräusche.

»Ich muss zu ihm raus«, beharrte sie.

Cole ließ sie nicht los. Er sah, wie sich etwas bewegte, das durch den Vorhang aus Schneeflocken kaum wahrnehmbar war.

»Bleib hier. Ich will dich nicht aus den Augen verlieren«,

flüsterte er und strengte sich an, durch den weißen Schleier hindurch etwas zu sehen.

Plötzlich verspannte sich Maia und trat von ihm weg an den äußersten Rand der Veranda. »Es kommt.«

Cole spürte, wie sich die Haare auf seinen Armen aufstellten. Er trat zu Jase und platzierte sich so, dass er ihn mit seinem Körper vor dem Unbekannten schützte. Am liebsten hätte er Maia gewaltsam in das sichere Haus zurückgezerrt. Der weiße Schnee funkelte, doch die dichten düsteren Wolken am Himmel verkündeten einen weiteren Blizzard. Cole wusste nicht, ob das seinen Beschützerinstinkt weckte oder ob es der reine Selbsterhaltungstrieb war. Aber seine Radarwarnanlage blinkte heftig.

Plötzlich trat ein Berglöwe aus dem Schneegestöber, bedeckt mit Schneeflocken, die Ohren angelegt, der Blick wachsam. Die gelbgrünen Augen waren nicht auf Maia gerichtet, sondern auf die Steele-Brüder.

»Maia!« Cole streckte den Arm aus und erwischte sie am Mantelrücken. Er zupfte daran, um sie zu sich heranzuziehen. »Jase, geh zurück ins Haus. Und du auch, Maia. Das ist zu gefährlich.«

»Nein«, erwiderte Maia leise, fast gurrend. »Sie will zu uns, aber sie fühlt sich bedroht. Wenn ihr euch bewegt, wird sie wegrennen. Bleibt ganz ruhig und rührt euch nicht.« Sie kniete sich hin und klopfte mit der Hand sachte auf den Boden.

Die Großkatze duckte sich so tief, dass ihr Bauch fast auf dem Boden schleifte, und schlich langsam auf Maia zu wie auf eine Beute, ohne den Blick von den Männern zu wenden. Schließlich kauerte sie sich hin und zeigte der Tierärztin ihre linke Flanke. Sie wirkte, als wäre sie bereit, notfalls jederzeit davonzuspringen. Maia legte die Hand auf den Rücken der Katze und fuhr mit den Fingern durch ihr dichtes Fell.

Cole drückte eine Hand auf sein Herz. Die andere ließ er an seinem Bein herabgleiten, hin zu dem Halfter, in dem sein Revolver steckte.

Maia nahm die Bilder der Berglöwin in sich auf. Etwas bewegte sich durch die Luft, fast direkt über ihr. Ein schrilles Geräusch, bei dem die Katze fauchte. Männer und Pferde. Der Geruch eines Mannes, der in ihr Territorium eindrang. Das Brennen in ihrer Flanke, dem ein Schmerz folgte, der ihren ganzen Körper durchdrang und ihre Bewegungen verlangsamte, begleitet vom Knall eines Gewehrs.

»Sie ist angeschossen worden«, sagte Maia leise.

9

Maia atmete tief durch. »Ich kann sie nicht dazu bringen, gegen ihre natürlichen Instinkte zu handeln. Wenn ihr zuschauen wollt, kehrt ihr bitte nicht den Rücken zu, und starrt ihr nicht direkt in die Augen. Ich tue das manchmal, aber ich habe eine seltsame Affinität zu wilden Tieren.« Sie sprach mit einer hohen, gurrenden Stimme, als würde sie mit der Katze reden.

»Die Wunde befindet sich an ihrer Schulter. Das ist gut. Ich werde ihr zwei starke Narkosemittel verabreichen, um sie eine Weile lang ruhig zu stellen. Jase, bei wilden Tieren, vor allem bei Großkatzen, ist die Sache ziemlich schwierig. Normalerweise betäubt man sie mit einem Narkosepfeil. Das Problem ist nur, dass es keine feste Dosis gibt, selbst wenn klar ist, wie schwer und wie alt das Tier ist. Normalerweise sind Alter und Gewicht die Kriterien bei der Betäubung von Tieren wie auch von Menschen. Bei Großkatzen ist es jedoch anders, weil ihr Adrenalinspiegel extrem rasch ansteigt. Nur sehr selten schafft man es, eine Großkatze mit dem ersten Pfeil zu betäuben.« Während dieser Erklärung bereitete sie die Narkose vor.

»Maia!« Cole war ihre Nähe zu der Berglöwin alles andere als recht, auch wenn Maia sehr sicher wirkte.

»Bitte seid still. Das hier fällt der Katze sehr schwer. Sie vertraut mir, aber nicht euch. Man muss bei einer Katze ganz genau die Körpersprache beobachten, um zu wissen, was in ihr vorgeht.« Sie legte die Spritze mit dem Ketamin zur Seite und zog eine zweite Spritze auf. »Das hier ist Yohimbin, Jase. Das muss man immer dabeihaben, wenn man mit Großkatzen arbeitet. Das Problem ist, dass sie sich oft gegen die Narkose wehren, bis sie zusammenbrechen. Aber wenn sie sich dann endlich entspannen, kann es zu einem Herzstillstand kommen. Ich glaube, sie wird sich nicht wehren, aber wir müssen darauf vorbereitet sein. Yohimbin kehrt die Wirkung von Ketamin um. Ich werde ihr die Spritze in den Muskel setzen, und das wird brennen. Sie wird darauf reagieren. Erschrick nicht und beweg dich nicht. Sobald sie schläft, kannst du näher kommen.«

Cole ließ den Revolver in seinem Halfter stecken, nahm die Hand jedoch nicht davon weg. Das Herz pochte ihm bis zum Hals, und sein Mund war trocken. Aber er hatte keine Angst um sich und nicht einmal um Jase. Nur der Anblick von Maia so nah bei dem wilden Tier versetzte ihn in Angst und Schrecken.

Maia nahm den Kopf der Katze in die Hände und beugte sich zu ihr herab. Ihr Gesicht war nur noch eine Handbreit von den Zähnen der Katze entfernt. Sie schien den Atem mit dem Tier auszutauschen. Offenbar kommunizierte sie mit ihm auf irgendeine Art und Weise. Coles Griff um den Revolver festigte sich. Es kostete ihn die größte Mühe, ihn nicht zu ziehen und auf das Tier zu richten. Maia legte die Hand auf das Herz der Katze, als wolle sie ihren Herzschlag dem des Tieres angleichen.

Schließlich zog sie sich ein wenig zurück und holte die Spritze. Die Berglöwin jaulte auf, als sie sie ihr verpasste. »Ich weiß, Baby«, sagte Maia leise. »Das brennt. Aber lass es einfach zu und schlaf ein. Tu mir den Gefallen.« Sie warf einen Blick über die Schulter. »Ich muss rasch arbeiten. Die Betäubung wird nicht lange halten.«

»Können wir dir helfen?«, fragte Cole und nahm die Hand von dem Revolver.

»Weißt du noch, wie ich Betadine mit der Salzlösung gemischt habe? Das kannst du tun, während ich ihr etwas Flüssigkeit verabreiche. Durch die Flüssigkeit wird sich eine Beule bilden, Jase. Aber die verschwindet, sobald ihr Körper die Flüssigkeit absorbiert hat. Ich werde ihr eine Ringer-Lactat-Lösung unter die Haut geben, das beugt einer Austrocknung vor. Normalerweise wird diese Lösung intravenös verabreicht, aber bei Großkatzen ist es schwierig, die Venen zu finden. Sie absorbieren Flüssigkeit auch gut, wenn man sie einfach unter die Haut spritzt. Das werde ich hier in diesem Bereich tun.«

»Soll ich die Betadine-Mischung in eine Spritze aufziehen, wie wir es bei dem Pferd getan haben?«, fragte Jase eifrig. Er kauerte sich neben Maia.

»Ja. Spüle damit die Wundfläche aus. Die Wunde befindet sich am Trapezmuskel. Aber es sieht so aus, als hätte die Kugel den Muskel nicht durchbohrt, sondern nur aufgeschlitzt.« Maia drehte den Kopf, sodass ihre Nase fast die von Jase berührte.

Als Cole die beiden beobachtete, bildete sich ein Kloß in seiner Kehle. Etwas tief in ihm bewegte sich und löste sich auf, als er sah, wie sich sein junger Halbbruder, der völlig ausgehungert war nach Liebe und Zuwendung, an Maia wandte. Und sie schien bereit, dem Jungen alles zu geben, was er brauchte. Es wirkte völlig natürlich bei ihr. Sie teilte ihr Wissen bereitwillig mit Jase, und er sog es begierig auf wie ein Schwamm.

»Du spülst die Wunde aus, und ich reinige sie dann noch einmal ganz gründlich. Der Bereich muss steril sein, wie bei Wally.«

»Sie ist riesig«, bemerkte Jase ehrfürchtig. »Ich habe noch nie einen echten Berglöwen gesehen.« Cole war genauso neugierig wie Jase. Er konnte nicht anders, er musste näher treten, um zu sehen, was die beiden taten.

»Berglöwen sind Einzelgänger, Jase«, erklärte Maia. »Die Weibchen sind kleiner als die Männchen. Unsere Patientin wiegt ungefähr 45 Kilo. Die meisten wiegen zwischen 35 und 55 Kilo. Also liegt sie im Durchschnitt und ist gesund. Ein Weibchen kümmert sich etwa eineinhalb Jahre um ihre Jungen. Die hier ist noch recht jung, ich schätze um die zwei Jahre.«

»Kann ich sie anfassen?« Jase streckte die Hand aus. Sein Gesicht leuchtete vor Aufregung. Cole hatte ihn noch nie so fasziniert erlebt. Der Junge rückte noch etwas näher und beugte sich über Maia, um genau zu sehen, was sie tat. Sie schien nichts dagegen zu haben und erklärte ihm geduldig jeden einzelnen Schritt.

»Na klar, jetzt kann dir nichts passieren. Sie ist betäubt. Ihre Augen sind offen, aber sie schläft.« Maia drückte ein wenig Salbe in die Augen der Katze, um sie feucht zu halten. »In diesem Zustand kann sie natürlich nicht blinzeln. Deshalb tun wir das für sie.«

»Ich habe Berglöwen schon mal schreien hören«, sagte Jase. »Es klang wie in einem Horrorfilm.«

»Berglöwen knurren meistens nur, sie brüllen nicht wie andere Großkatzen. Aber sie können tatsächlich furchterregend schreien«, sagte Maia und führte Jase' Hand über den Rücken des Tieres.

Als Cole sah, wie ihre Hände durch das Fell der Berglöwin glitten, schmeckte er Neid auf der Zunge, und Gier. Gefühle, die ihm völlig fremd waren.

Maia warf einen Blick über die Schulter auf Cole. »Hier auf der Ranch werden Berglöwen nicht gejagt, oder?«

»In Wyoming sind sie nicht geschützt«, sagte er. Seine Stimme musste gegen den Kloß in seiner Kehle ankämpfen. »Aber seit ich hier bin, haben wir sie nicht gejagt. Wir würden es nur tun, wenn sie unsere Pferde oder Kühe reißen. Die meisten bleiben im Hochland.« Er musterte die Katze und versuchte, an dem Riss im Muskel festzustellen, aus welchem Winkel der Schütze den Schuss abgegeben hatte. »Wie alt ist die Verletzung?«

»Sie ist frisch. Vielleicht vierundzwanzig Stunden, vielleicht etwas älter, aber viel älter sicher nicht. Diese verdammten Jäger! Es macht mich wütend, wenn sie ein Tier nur verletzen und es dann seinen Qualen überlassen.«

»Du meinst, sie wurde gestern oder vorgestern auf dieser Ranch angeschossen?« Coles Körper berührte den ihren, als er sich vorbeugte, um die Wunde noch einmal ganz genau zu inspizieren.

Maia warf einen kurzen Blick auf ihn. Sie hatte die Schärfe in seiner Stimme vernommen, sein plötzliches wachsames Interesse. »Sie ist definitiv irgendwo hier in der Gegend angeschossen worden.«

»Hier war keiner außer Al und mir«, sagte Jase. »Ich habe keinen Schuss gehört.«

»Es kann gut sein, dass es Meilen vom Ranchhaus entfernt passiert ist«, sagte Cole.

»Ich werde ihr jetzt ein Antibiotikum verabreichen, und später mischen wir das Antibiotikum in ihr Fressen. Wir sollten sie nach Möglichkeit in den nächsten Tagen hier beherbergen«, sagte Maia. Sie wechselte das Thema, weil sie merkte, dass Jase beunruhigt war. Das versuchte sie auch Cole mit einem warnenden Blick zu verdeutlichen.

Cole schüttelte den Kopf. »Maia, das hier ist eine Ranch mit vielen Tieren. Hast du eine Ahnung, wie gefährlich so etwas ist? Wenn du sie hier fütterst – und das wirst du tun müssen –, dann kommt sie später vielleicht ständig hier an. Und dann müssen wir sie wirklich erschießen.«

»Ich werde ihr klarmachen, dass sie im Hochland bleiben muss.«

Cole trat näher. »Na gut. Wenn ich sie hier beherbergen muss, dann will ich sie wenigstens auch mal streicheln.« Er kam sich zwar albern vor, aber es war eine einmalige Gelegenheit. Das Tier war atemberaubend schön. Es strahlte ein Gefühl der reinen Macht aus. Sobald seine Finger sich in das Fell versenkten, spürte er eine Verbindung zu dieser Macht. Und auf eine merkwürdige Weise verstärkte die Berglöwin seine Verbundenheit mit Jase und Maia. Er legte die andere Hand auf Maias Schulter, weil er das Bedürfnis verspürte, auch sie zu berühren, während er die einzigartige Gelegenheit wahrnahm, einem lebendigen Berglöwen so nahe zu kommen. Jase strahlte. Sie grinsten sich kurz an.

Maia legte die Hand auf Coles Hand, während er das Tier streichelte.

»Erstaunlich. So etwas habe ich noch nie erlebt.« In seiner Stimme schwang seine Verwunderung mit und auch eine jungenhafte Erregung. Aber daneben schwang auch eine dunkle Sinnlichkeit mit, die er nicht unterdrücken konnte. Offenbar löste der Anblick von Maia und der Raubkatze, wie sie Jase immer näher kam und wie sie einfach nur sie selbst war, diese Sinnlichkeit in ihm aus.

Zögernd zog Maia die Hand weg, um nach der Spritze zu greifen. Sie konnte Cole nicht anschauen. Diese Erfahrung mit einem Mann zu teilen war eine Sehnsucht, die sie immer für sich behalten hatte. Ihre Liebe zu Großkatzen mit einem Mann zu teilen, den sie … Nein, diesen Gedanken wollte sie nicht zu Ende denken. »Ich nähe jetzt die Wunde, Jase«, erklärte sie. »Wenn sie älter wäre, würden sich dort drinnen zu viele Bakterien tummeln. Dann müssten wir sie offen lassen. Aber ich werde eine Drainage legen, und ich benutze Fäden, die sich von selbst auflösen. Ich hoffe, dass möglichst viel Luft an die Wunde kommt.«

»Wo hast du all das gelernt?«, fragte Jase eifrig. »So etwas will ich auch tun.«

»Ich habe mich auf Wildtiere und auf Kleintiere spezialisiert. Ich habe in Afrika und in Indochina Praktika gemacht«, erwiderte Maia. »Später will ich mich wieder meinem Spezialgebiet widmen. Aber bis dahin bin ich mit meiner mobilen Klinik ganz zufrieden.«

Jase sah seinen Bruder an. »Ich weiß, dass ich das auch tun könnte, Cole.«

»Das kann ich mir gut vorstellen«, ermunterte ihn Cole. Jase war so aufgeregt, dass er nicht einmal merkte, wie kalt ihm war.

»Mit Großkatzen darf man nicht leichtfertig umgehen, Jase«, sagte Maia, während sie weiter an der Wunde arbeitete. »Man darf nie vergessen, dass es wilde Tiere sind, selbst wenn sie schon eine Weile in einem Zoo oder Ähnlichem leben. Man muss ständig auf ihre Körpersprache achten. Und man muss wissen, in welcher Zone sie sich befinden. Wenn ich mit wilden Tieren arbeite, unterteile ich einen Bereich in fünf Zonen, um das Risiko einzuschätzen. Dinge wie schlechtes Wetter, wie es momentan der Fall ist, oder heftige Winde, Tornados und so weiter erhöhen die Gefahr, die von ihnen ausgeht. Wenn sie aus der Narkose aufwacht, wird sie am gefährlichsten sein, weil sie noch ziemlich benommen sein wird und deshalb große Angst hat. Dann sollten wir uns unbedingt von ihr fernhalten.«

»Wo willst du sie unterbringen?«, fragte Cole. Er versuchte, praktisch zu denken und Maia zu unterstützen.

»Irgendwo, wo sie vor dem Sturm geschützt ist, wo es einigermaßen warm ist und wo ich sie gut füttern und untersuchen kann.«

»Wie wär's mit dem Geräteschuppen?«, schlug Jase vor. »Dort gibt es eine Fußbodenheizung, auch wenn wir sie nie anstellen.«

»Bereitet diesen Schuppen für sie vor, während ich hier noch ein paar Sachen erledige. Ich wünschte, ich hätte ein Schmerzpflaster dabei, aber so etwas habe ich nicht in meinem Notfallkoffer. Ich werde wohl eine Mischung aus Morphium und Valium verwenden müssen. Beeilt euch, sie wird bald aufwachen, und dann wird sie kein glückliches Kätzchen sein.«

Cole runzelte die Stirn. »Es gefällt mir nicht, dass du mit solch gefährlichen Drogen herumläufst.« Er gab dem Drang nach, die Katze ein weiteres Mal zu streicheln.

Jase und Maia tauschten hinter seinem Rücken ein Grinsen aus. Maia verdrehte die Augen bei seiner Warnung, doch sie verlor kein Wort darüber. Sie wusste, dass es keinen Zweck hatte, gegen Coles Beschützerinstinkt anzukämpfen. Als Tierärztin brauchte sie solche Medikamente. »Habt ihr eine gute Idee, wie wir sie transportieren können?«, fragte sie.

»Ich kann sie tragen«, bot Cole an. »Aber nur, wenn sie nicht aufwacht und mir den Kopf abbeißt.«

»Das wird sie nicht. Dann mal los. Ist es weit?«

»Nein. Wir können den Hauptweg nehmen, und dann

müssen wir uns an einem Kabel zum Schuppen hangeln. Aber es ist nicht weit.« Cole zögerte, als er sich zu dem großen Tier hinunterbeugte. »Bist du sicher, dass sie noch bewusstlos ist?«

Maia hörte noch einmal Herz und Lungen ab. »Ja. Gehen wir.«

Cole würde ein Stück des Wegs schwer beladen im Tiefschnee waten müssen. Maia gefiel das nicht, aber es war wohl die einzige Möglichkeit, das Tier zu transportieren.

Auf dem überdachten Weg war es kein Problem, aber im Tiefschnee hatte Cole tatsächlich ein wenig zu kämpfen. Jase eilte voraus, um die Fußbodenheizung einzuschalten. Er schnappte sich noch ein paar Decken aus der Scheune und rannte damit zu ihnen zurück. Cole war gerade an der Tür angelangt.

»Ich glaube, sie fängt an, sich zu bewegen«, verkündete er.

»Leg sie auf den Boden«, wies Maia ihn an, »und zieh dich rasch zurück. Wir lassen sie jetzt erst mal in Ruhe. Gibt es hier einen Behälter, den wir für sie mit Wasser füllen können?«

»Wie wär's damit?«, fragte Jase und hielt einen Eimer hoch.

»Gut, den nehmen wir. Beeilt euch, sie wacht wirklich gleich auf.« Maia trieb sie aus dem Schuppen und schloss die Tür.

Sie streckte sich. »Mir ist plötzlich ziemlich kalt.«

»Jase friert auch schon erbärmlich«, meinte Cole. »Gehen wir ins Haus.«

Jase ging voraus, dann kam Maia, und Cole bildete die Nachhut. Auf der Veranda sammelte Maia ihre Utensilien ein und verstaute sie wieder in ihrem Koffer.

»Ich weiß wirklich nicht, ob es eine gute Idee ist, diese wilden Tiere zu uns einzuladen. Was ist, wenn dieser Puma beschließt, dass Wally eine leicht zu erbeutende Mahlzeit wäre?«, fragte Cole auf dem Weg zum Vorraum, wo sie sich ihrer Jacken, Handschuhe und Schuhe entledigten.

»Das wird sie nicht tun«, versicherte ihm Maia. Sie bemühte sich, nicht mit den Zähnen zu klappern.

»Das ist das Coolste, was ich je erlebt habe«, sagte Jase.

»Mir wäre es sehr recht, wenn du es nicht weitererzählen würdest«, bat Maia.

»Es gibt wirklich eine Menge cooler Dinge, über die ich nicht reden darf«, grummelte Jase.

Maia zitterte so heftig, dass Cole sie an sich zog und ihre Arme rieb. »Was sollen wir ihr zum Fressen geben?«

»Ich werde sie füttern. Dafür brauche ich ungefähr fünfzehn Kilo Rind oder Huhn am Tag. Sie fressen alles, samt Knochen, und sie sind ständig hungrig. Jase, du gehst nicht in ihre Nähe. Sie ist ein wildes Tier, und sie ist verletzt, also völlig unberechenbar. Ich werde das Antibiotikum in ihr Fressen mischen.«

»Was weißt du über Berglöwen, Cole?«, fragte Jase. »Gibt es viele hier in der Gegend?«

»Es gibt ein paar, aber ich weiß nicht sehr viel von ihnen.«

»Es sind die zweitgrößten Raubkatzen in der westlichen Welt«, sagte Maia. »Und die schnellsten. Leider ermüden sie rasch, weil ihr Herz nicht ihrer Größe entspricht. Sie halten nicht lange durch, und in neun von zehn Fällen entwischt ihnen ihre Beute. Das heißt, sie müssen ziemlich viel jagen.«

Cole beugte sich hinab, um ihr die Stiefel auszuziehen. »Ich konnte es kaum fassen, wie mächtig mir dieses Tier vorgekommen ist. Es war ein unglaublich intensives Gefühl, einfach in seiner Nähe zu sein.«

»Großkatzen stehen ganz oben in der Nahrungskette. Sie besitzen eine Art Arroganz und einen Mantel von Macht, den sie wie eine zweite Haut tragen.« Maia grinste Cole schelmisch an. »Den Leuten, die sich zu ihnen hingezogen fühlen, wirft man oft dasselbe vor.«

»Na toll. Willst du mir damit sagen, dass ich ein Raubtier bin? Oder dass du eines bist?«

»Vielleicht zum Teil. Du besitzt definitiv Macht, und das weißt du auch.« Ihr Lächeln wurde breiter. »Und ich besitze sie ebenfalls.«

»Auch mich hat sie sehr angezogen«, warf Jase ein. »Und ich habe überhaupt keine Macht.«

»Natürlich hast du welche. Im Übrigen glauben manche Leute, dass Tiere zu einem kommen, um eine Botschaft zu übermitteln. Wenn dir ein Berglöwe über den Weg läuft, heißt das, dass du Macht hast. Vielleicht ist es Zeit, dass du ein bisschen mehr über dich erfährst und deine Macht erkennst und stärkst. Das könnte die Botschaft für dich sein.« Maia versuchte, dem Jungen zu vermitteln, dass er Cole und auch sich selbst möglicherweise besser verstand, wenn er mit der Berglöwin in Verbindung trat und sie besser kennenlernte.

»Glaubst du das wirklich?«, fragte Cole.

Maia zuckte die Schultern. »Katzen faszinieren die meisten Leute. Gleichzeitig jedoch fühlen sich die Menschen abgestoßen und haben Angst vor ihnen. Vielleicht schreibt man Großkatzen deshalb oft einen gewissen Zauber zu.«

»Glaubst du nicht, dass die Leute Angst haben, weil sie sich in unmittelbarer Nähe eines Raubtiers, eines natürlichen Mörders, befinden?«, fragte Cole.

»Unbewusst ist das sicher so. Aber eben diese Energie zieht die Menschen auch an und verleiht den Katzen etwas Rätselhaftes.«

Cole öffnete die Küchentür und winkte sie durch. »Passieren dir solche Dinge ständig? Tauchen oft wilde Tiere aus dem Nichts vor dir auf?«

»Mehr oder weniger«, gab Maia zu und lächelte geheimnisvoll. Sie war in einem Restaurant um die Ecke gebogen und mit den Steele-Brüdern zusammengestoßen. Für sie waren die beiden der Berglöwin ziemlich ähnlich. Sie rieb sich die Arme, weil ihr immer noch kalt war. »Ich glaube, mein Blut ist gefroren.«

»Nun, dann machen wir ein Feuer im Kamin«, sagte Cole und zog sie ins Wohnzimmer. »Jase, besorgst du der Frau Doktor eine Decke? Sie zittert wie Espenlaub.«

Jase zögerte kurz. Offenbar wollte er nichts verpassen. Dann jedoch eilte er nach oben, wobei er immer zwei Stufen auf einmal nahm.

»Cole.« Maia wartete, bis er sich zu ihr umdrehte. Er kniete vor dem riesigen offenen Kamin und hatte ein Holzscheit in der Hand. Das Haar hing ihm in die Stirn. In ihrem Bauch regten sich Schmetterlinge. »Du musst das nicht machen.«

»Doch, ich muss. Weißt du, du hast recht. Es ist albern, einen Kamin nicht zu nutzen, nur weil der Alte so grausam war. Ich hoffe, dass sich mit dem Feuer in diesem Raum eine ganz andere Stimmung entfaltet. Vor allem aber hoffe ich, dass es Jase gefallen wird.«

»Jemand hätte diesem Mann das Handwerk legen müssen.« Maias Stimme klang gepresst. Wie hatte es Brett Steele nur geschafft, so lange mit seiner Niedertracht durchzukommen? Wie konnten die Arbeiter auf der Ranch und die Haushälterin ständig wegschauen?

»Jemand hat es getan.« Cole wandte sich wieder dem Kamin zu und fuhr fort, Scheite für ein Feuer aufzuschichten.

Maia beobachtete ihn schweigend. Er bewegte sich elegant und effizient. Seine Persönlichkeit hatte viele Ecken und Kanten, aber seine Bewegungen waren geschmeidig. Er erinnerte sie an einen Berglöwen, wie er sich fließend im Bewusstsein seiner Kraft bewegte. Schon allein ihm dabei zuzusehen war ein richtiger Genuss.

Jase kam mit einer Daunendecke zurück, die er offenbar aus ihrem Bett geholt hatte. Er wickelte sie darin ein, wobei er immer wieder einen raschen Blick auf den Kamin warf. Mittlerweile prasselte ein munteres Feuer darin. Die Flammen warfen Schatten auf die Wand und das Fenster. Draußen tanzte der Feuerschein über den Schnee. Die Flammen schienen in einer seltsamen, wunderschönen Illusion über die Schneefläche zu hüpfen und zu funkeln. »Wow! Habt ihr gewusst, dass das Feuer sich so durch die Scheiben bricht?«

Cole starrte aus dem Fenster auf das Phänomen. »Nein. Der Architekt hat das wohl so geplant.« Er rutschte zurück, bis er sich mit dem Rücken an die Couch anlehnen konnte, nahe Maias Beinen. »Das ist echt verblüffend.«

»Atemberaubend«, pflichtete Maia ihm bei. »Wisst ihr, wir könnten auch ein paar Tannenzweige abschneiden und einen Kranz für den Kamin und die Tür flechten. Das würde den Duft von Weihnachten ins Haus bringen. Ich habe in der Tiefkühltruhe einen Truthahn gefunden. Wenn wir ihn jetzt rausholen, kann er im Kühlschrank auftauen, und dann können wir ihn braten.«

»Du wirst ihn braten, oder?«, fragte Jase. »Der Gedanke, dass Cole ihn zubereitet, ist ein bisschen beängstigend.«

»Was treibst du eigentlich so in der Küche, Steele?«, fragte Maia.

»Er hat schon drei Mal den Rauchmelder ausgelöst«, erklärte Jase. »Und das Essen …«

Cole griff unglaublich schnell nach Jase und zog ihn auf den Boden, ihn zu einem spielerischen Ringkampf auffordernd. Jase erstarrte und stieß einen kleinen Schrei des Entsetzens aus, obwohl Cole seinen Sturz abfederte. Nun erstarrte auch Cole. Maia sprang samt Decke von der Couch auf Coles Rücken. »Jase, halt ihn fest! Du musst ihn in den Schwitzkasten nehmen!«

»Zwei gegen einen, das ist nicht fair!«, protestierte Cole, der sich rasch aus seiner Erstarrung gelöst hatte. Er schlang den Arm um Maias Hüfte. »Du hast eine Kopfverletzung, du musst dich schonen.«

»Du hast doch bloß Angst«, zog Maia ihn auf. »Du willst nicht von einer Frau geschlagen werden.«

Cole drehte sie auf der Decke um, wobei er darauf achtete, Jase nicht daran zu hindern, sich an seinem Rücken festzuklammern und zu versuchen, ihn in den Schwitzkasten zu nehmen. Dann rang er mit Maia. Sie wandte sich wie ein Aal und setzte selbst bei diesem Spiel all ihr Geschick ein. Allzu leicht wollte sie es ihm nicht machen. Zuerst hatte sie Jase nur helfen wollen zu lernen, wie man sich spielerisch raufte, doch bald wurde das Ganze zu einer richtigen Herausforderung. Sie rief dem Jungen Anweisungen zu, und er ließ sich voll auf das

Spiel ein und versuchte, Coles Beine festzuklammern, um zu verhindern, dass dieser die Oberhand gewann.

Maia lachte so heftig, dass sie Cole nicht richtig packen konnte. Sie lag auf dem Rücken und starrte in seine blauen Augen. Jase glitt von Coles Rücken und landete lachend neben ihr. Cole legte sich quer über die beiden. »Betrachtet euch offiziell als geschlagen.«

»Du hast geschummelt«, warf Maia ihm vor. Sie drehte den Kopf zu Jase. »Er hat mich gekitzelt. Kitzeln ist beim Ringen nicht erlaubt.«

»Ich musste den Kampf rasch beenden. Du solltest mit einer Beule am Kopf nicht herumtoben.« Cole versuchte, streng zu klingen, aber Jase und Maia lachten nur noch heftiger, und ihre Augen funkelten vor Spaß. Auf einmal spürte er wieder, wie sich tief in ihm etwas löste. Es hatte zu schmelzen begonnen, als er Maia und Jase mit dem Berglöwen beobachtet hatte. Bei diesem Spiel im Wohnzimmer nun schien ein richtiger Damm in ihm zu brechen. Es war ein beängstigendes Gefühl. Er war noch nicht bereit dazu.

»Meinem Kopf geht es gut. Es war doch nichts.«

»Trotzdem solltest du dich ein paar Tage lang schonen«, entgegnete er schroff.

Maia fuhr ihm durch die Haare. Er spürte ihre Energie wie einen Schwall auf sich übergehen. Sein Körper reagierte sofort. Rasch entfernte er sich von den beiden. Was hatte ihn nur dazu gebracht, einen Ringkampf mit Jase anzufangen? Er setzte sich hin und musterte Maia, als wäre sie eine Art Zauberin. Er wusste, dass er erschreckend aussah, aber er konnte nichts dagegen tun. Sie zerstörte all seine Kontrollmechanismen.

»Was ist los, Cole?« Sie richtete sich auf, strich sich die wirren Haare aus der Stirn und musterte ihn besorgt. »Habe ich dir wehgetan?«

»Noch nicht«, sagte er, bevor er sich bremsen konnte.

Jase setzte sich langsam hin und blickte abwechselnd auf Maia und auf Cole. Sein Lächeln wurde immer breiter.

Cole starrte ihn gespielt finster an. »Sag jetzt bloß nichts!«

Jase hielt die Hände hoch. »Ich hatte nicht vor, etwas zu sagen.« Er tauschte ein wissenden Lächeln mit Maia aus, dann widmete er sich wieder den Schätzen seiner Mutter.

Maia duschte und wusch sich die Haare, dann kam sie in Jase' Kleidern zurück. Sie sahen noch einmal gemeinsam nach den Pferden, und Maia war ein bisschen besorgt um Wally. Sie befürchtete, dass sich eine seiner Wunden entzünden könnte. Als sie die Berglöwin fütterte und tränkte, bestand Cole darauf, sie mit einem Revolver in der Hand zu begleiten. Er hatte Jase schon vor geraumer Zeit ins Bett geschickt und wachte nun allein über sie.

Als sie zum Haus zurückkehrten, schüttelte er den Kopf. »Das ist verrückt, Maia. Das weißt du doch auch, oder? Ein Berglöwe in einem Geräteschuppen neben all den Pferden und Rindern. Wir dürfen Jase nicht aus den Augen lassen. Er wird wahrscheinlich probieren, heimlich einen Blick auf das Tier zu erhaschen.«

»Sie versucht, sich zu benehmen. Sie will weg«, gab Maia zu. »Aber sie wird ein paar Tage bleiben müssen. Ich würde sie am liebsten eine gute Woche beobachten, aber so lange wird sie es nicht aushalten.«

»Reden die Tiere wirklich mit dir?« Er öffnete die Tür für sie und wartete, während sie die Jacke aufhängte und die Stiefel auszog. »Nachdem ich dich mit diesem Tier beobachtet habe, bin ich bereit, dir alles zu glauben.«

»Es sind keine Wörter, eher Bilder.«

»Du runzelst die Stirn.«

»Was die Tiere mir zeigen, macht mir ziemliche Sorgen.« Maia zögerte, es zuzugeben, und zwar aus gutem Grund. »Ich komme mir albern vor, wenn ich dir das erzähle. Aber wenn ich es nicht tue, und es passiert etwas Schlimmes, dann mache ich mir Vorwürfe.« Seufzend ging sie in die Küche. Tee zu kochen war ein beruhigendes Ritual, und abgesehen davon wollte sie den Truthahn aus der Gefriertruhe holen. »Du weißt ja bereits, dass Tiere mir Bilder zukommen lassen. Also gibt es keinen Grund, so zu tun, als wäre es nicht so.«

Cole folgte ihr. Ihm war klar, wie schwierig es für sie war, über ihre seltsame Gabe zu sprechen. »Ich würde es gern wissen.«

»Das Problem ist, dass all diese Bilder etwas mit Gewalt zu tun haben. Wally und die Hirsche haben mir die Gewalt offenbart, die Jase angetan wurde. Die übrigen Tiere zeigten mir Dinge, die fern des Ranchhauses passiert sind.«

Er nahm einen Stuhl und setzte sich rittlings darauf, während sie den Wasserkessel füllte und auf den Herd stellte. »Was für Dinge?«

»Etwas fliegt über ihre Köpfe hinweg. Männer und Pferde bewegen sich im Gelände. Gewehrfeuer blitzt auf, mitten in der Nacht. Ich erhasche immer nur einige Fetzen, nichts Greifbares. Aber ich vermute, dass ein paar Männer miteinander gekämpft haben, und einer wurde hier auf der Ranch getötet.« Sie holte den Truthahn aus der Gefriertruhe und legte ihn in den Kühlschrank, ohne Cole anzuschauen. »Vielleicht liege ich völlig daneben. Aber ich glaube, vor einer Weile ist hier etwas Dramatisches passiert, und vor Kurzem ist wieder etwas vorgefallen.«

Stille senkte sich über die zwei.

Sie wollte ihn nicht anschauen und feststellen, dass er sie für verrückt hielt. Warum hatte sie überhaupt den Mund aufgemacht? Lernte sie denn niemals dazu? Sie war auf dem besten Weg, sich in diesen Mann zu verlieben. Aber dazu war es viel zu früh! Die Liebe brauchte Zeit, sie sollte nicht wie eine Lawine anrollen und sie unter sich begraben. Das wusste sie doch ganz genau. Nachdenklich ließ sie ein paar Teeblätter in die Kanne rieseln. Sie freute sich über diese mit allem nur denkbaren Komfort ausgestattete und mit Lebensmitteln reich bestückte Küche, über die sich selbst ein Chefkoch gefreut hätte. Doch indem sie ihre Affinität zu Tieren preisgab, verspielte sie wieder einmal ihre Chancen bei einem Mann, den sie schätzen und lieben lernen könnte.

Plötzlich wirbelte sie herum. »Weißt du was? Es ist mir egal, ob du mir glaubst oder nicht. Ich bin, wie ich bin, und ich werde mich nicht dafür entschuldigen.« Sie fuchtelte erregt mit der Hand herum. »Tiere sind mir sowieso lieber als Menschen.«

Seine Augenbrauen gingen in die Höhe. »Du magst sie nicht mehr als mich.«

»Oh doch! Ich weiß nicht, was ich mir dabei gedacht habe, dir davon zu erzählen.« Sie starrte ihn wütend an. Sie ärgerte sich, dass sie sein Urteil so verletzen konnte.

»Du hast gedacht, dass die Tiere uns vor etwas warnen wollten, und das war wichtig.« Er versuchte sein Glück damit, sie ein bisschen aufzuziehen. »Hat dich schon mal jemand Dr. Doolittle genannt?«

»Nein! Und das sollte lieber keine wagen!«

Seine blauen Augen wanderten amüsiert über ihr Gesicht. »Wow, du kannst ganz schön aufbrausen!« Offenbar war er nicht besonders gut darin, sie zu necken, aber ihre Reaktion gefiel ihm.

»Nein, das tue ich nicht. Na ja …«, räumte sie ein, »vielleicht doch. Aber es ist mir wirklich egal, ob du mir glaubst oder nicht.« Sie wusste nicht, ob er sich über sie lustig machte oder ob er wirklich glaubte, was er gesagt hatte – dass er sich Sorgen machte über die Warnung, die die Tiere ihnen zukommen lassen wollten. Konnte es sein, dass er ihr wirklich glaubte?

»Oh nein, das ist dir nicht egal.«

Seine Stimme war leise, verführerisch. Sie spürte seine Anziehungskraft in ihrem ganzen Körper. »Ich hasse es, dass du so gut flirten kannst, Steele. Du bist so lange ein Playboy gewesen, dass du nicht weißt, wann du aufhören sollst.«

Er erhob sich. Seine Bewegung wirkte aggressiv. Maia wich zurück, bis sie am Waschbecken landete, und streckte den Arm aus, um ihn aufzuhalten.

»Ich habe es satt, dass du mir ständig beleidigende Namen gibst, Maia.«

»Ich wollte dich nicht beleidigen. Ich habe nur eine Tatsache geäußert – du bist viel zu erfahren, und du setzt deine Erfahrungen ein. Dafür würde ich dir am liebsten eine Ohrfeige geben«, verteidigte sie sich.

Er trat direkt vor sie. Seine Brust drückte gegen ihre Handfläche, bis nur noch sie zwischen ihnen lag. Sie spürte seine Muskeln unter dem dünnen Hemd, seinen steten Herzschlag und die Hitze, die von ihm ausging. »Zurück mit dir, Steele.«

»Ich muss mich wohl mal wieder entschuldigen. Das passiert mir in letzter Zeit ziemlich häufig.«

In seiner Stimme lag echte Belustigung, auch wenn sein Mund sich nicht zu einem Lächeln verzog. Doch in seinen Augen und in seiner Stimme war ein Lachen zu erahnen. Sie spürte es sogar in seiner Brust. Dieses Geschenk hatte sie ihm gemacht, das wusste sie ganz genau. Das Wissen barg einen gewissen Reiz. Sie starrte ihn an, fasziniert von der Wärme, der das Eis in seinen Augen gewichen war. Er senkte den Kopf, bis seine Lippen nur noch wenige Zentimeter von den ihren entfernt waren. Bis sie seinen Atem warm auf ihrem Mund spüren konnte.

Dann küsste er sie heftig, raubte ihr den Atem, verschlang sie richtiggehend. Von einem Schmeicheln konnte nicht mehr die Rede sein. Er schlang die Arme um sie, zog sie an sich und presste ihren Körper an den seinen.

Maia schmolz dahin. Sie wurde weich wie Lehm, ihr Mund reagierte heißhungrig auf ihn. Sie schlang die Arme um seinen Nacken, vergrub die Finger in seinen Haaren und gab sich völlig seinem Kuss hin. Seine Hand glitt unter ihr Hemd. Er spreizte die Finger, um so viel nackte Haut wie nur möglich zu ertasten. Hitze breitete sich aus, Hitze und Gier und Verlangen. Sein Kuss wurde immer intensiver. Besitzergreifend umfasste er ihre Brust.

Keuchend wölbte sich Maia ihm entgegen. Seine Lippen lösten sich von den ihren, wanderten über ihr Kinn, über ihren Hals, zu ihrer Brust, fingen an, daran zu saugen, bis sie leise aufstöhnte, auch wenn sie seinen Kopf festhielt. »Hör auf! Wir müssen aufhören.«

»Ehrlich gesagt würde ich das lieber nicht tun.« Seine Lippen wanderten zurück zu ihrem Mund, und er probierte es noch einmal mit langen, beschwörenden Küssen.

Maia erwiderte seine Küsse, drückte ihn jedoch ein wenig weg. »Ich bin noch nicht bereit dazu.«

Stöhnend presste er die Stirn an die ihre. »Ich schon.«

»Tja, nun muss ich mich wohl entschuldigen«, meinte Maia. »Ich muss mir sicher sein, was ich tue und worauf ich mich einlasse. Es tut mir leid, Cole, aber so bin ich nun mal.«

»Es gefällt mir, wie du bist, Maia. Aber verflucht noch mal, ich möchte dich in meinem Bett haben.«

»Ich mag deine Art, dich zu entschuldigen«, sagte Maia und legte die Fingerspitzen auf ihre Lippen, die sich zu einem schwachen Lächeln kräuselten, als er zu schimpfen begann. Ihre Lippen brannten noch von seinen Küssen. Überall dort, wo er ihren Körper berührt hatte, brannte es. Sie sehnte sich nach ihm. Ihr Körper war angespannt vor Verlangen. Sie musste jetzt in ihr Schlafzimmer, und zwar auf der Stelle, sonst würde sie sich hier in der Küche die Kleider vom Leib reißen und ihm mehr geben, als er verlangt hatte.

»Gut. Ich habe das Gefühl, ich werde mich häufig bei dir entschuldigen müssen.«

»Das kann gut sein.« Sie nahm den Teekessel vom Herd. »Ich gehe jetzt ins Bett. Und zwar allein. Das ist das einzig Sichere.«

»Und ich kann dich nicht umstimmen?«

»Nein. Und deshalb gehe ich jetzt, bevor es zu spät ist.« Sie eilte an ihm vorbei zur Treppe, und er blieb bedauernd in der Küche zurück. Wie gut, dass er nicht ihre Gedanken lesen konnte.

10

Nun komm schon, Jase. Doc, zieh dich warm an. Wir wollen einen Baum suchen. Der Sturm schenkt uns ein paar Stunden Pause. Es kann gut sein, dass das die einzige Möglichkeit ist, die wir haben.«

»Was sagt denn der Wetterbericht?«, fragte Maia.

Cole musterte sie prüfend. »Glaub bloß nicht, du kannst uns entwischen. Du hast einen verletzten Berglöwen in meinen Schuppen gesperrt und ein verletztes Pferd in meine Scheune gestellt, und ein Teenager freut sich riesig auf ein üppiges Mahl. Ich habe keine Zeit, die Straße zu räumen und dich ziehen zu lassen, selbst wenn ich dazu geneigt wäre – was ich nicht bin.«

»Du würdest alles tun, um dich vor dem Kochen zu drücken, oder?« Maias Grinsen war ansteckend wie immer. Sie schlüpfte in ihre Jacke und zog Handschuhe an. »Ich komme auf jeden Fall mit. Bei Bäumen bin ich sehr wählerisch.«

Jase und Cole wechselten einen belustigten Blick, dann stöhnten beide auf. »Das kann ich mir gut vorstellen«, meinte Cole. »Wir fahren mit den Schneemobilen auf den nächsten Höhenrücken. Dort oben stehen große Tannen. Wir können die Spitze von einer Tanne abschneiden.«

»Warum bloß die Spitze?«, fragte Jase.

»Der Baum soll weiterleben«, erwiderte Cole. »Ich mag unsere Bäume. Man kann nie genug Bäume haben.«

Jase sah aus dem Fenster auf den dicht bewaldeten Hügel. »Wahrscheinlich hast du recht. Wenn wir einen ganzen Baum nehmen, würde es richtig knapp werden.« Er wechselte ein Grinsen mit Maia.

»Mir ist aufgefallen, dass der Baumbestand um die Ranch

herum recht karg zu sein scheint. Das kommt bestimmt von all den Weihnachtsfesten, die hier gefeiert wurden, nicht wahr?«, spöttelte Maia.

Cole öffnete die Tür zum Vorraum und winkte sie durch. »Wie lustig ihr zwei mal wieder seid! Da lasse ich euch ein bisschen Zeit, damit ihr euch um das Pferd kümmern könnt, und schon entwickelt ihr euch zu einem Comedy-Duo.«

Maia legte den Arm um Jase' Schultern. »Er scheint heute Morgen etwas mürrisch zu sein.«

»Ja. Das kommt daher, weil er nur eine Tasse Kaffee bekommen hat«, erwiderte Jase. »Vor der ersten Tasse Kaffee am Morgen sollte man lieber nicht mit ihm reden. Man läuft sonst Gefahr, dass er einem den Kopf abbeißt. Nach der ersten Tasse Kaffee knurrt er zwar noch jeden an, aber er beißt nicht mehr.«

Cole packte Maia um die Hüfte, sodass sie ihm nicht mehr entwischen konnte, und knabberte ihren Nacken an. »Wer es verdient hat, den beiße ich auch nach der ersten Tasse Kaffee«, warnte er. Seine Zähne bissen etwas heftiger zu, dann ließ er seine Zunge über der Stelle kreisen, die zu brennen begonnen hatte, bevor er einen Kuss darauf drückte.

»Beiß Jase, wenn du jemanden beißen willst«, mahnte Maia und schubste ihn weg.

»Igitt, das ist eklig, Doc«, protestierte Jase. »Richtig eklig. Cole, versuche nie, mich in den Nacken zu beißen!«

Coles Lippen kräuselten sich zu einem langsamen, schelmischen Grinsen, was ihn viel jünger aussehen ließ. Jase wich ihm aus, lachte und streckte einen Arm aus, um seinen großen Bruder von sich fernzuhalten.

»Weg mit dir!« Er sprang hinaus in den Schnee.

Cole verfolgte seinen Bruder mit ein paar Schneebällen. Maia schlug sich auf Jase' Seite, wovon Cole ausgegangen war, und bewarf ihn mit Schneebällen. Sie erzielte mehrere Treffer und warf die Bälle so gezielt und heftig, dass er von seinem ursprünglichen Opfer ablassen musste, um sich zu wehren. Zu seiner Verblüffung sprang Jase ihn von hinten an, stieß ihn in den Schnee und rannte weg. Sein Lachen wurde vom Wind davongetragen.

Das Geräusch weckte ein längst vergessenes Gefühl in Cole. Er musste gegen den Kloß in seiner Kehle anschlucken und die Tränen aus den brennenden Augen wegblinzeln. Langsam stand er auf. Er kehrte den beiden den Rücken zu, weil er unter der Woge intensiver Gefühle zitterte, die Jase und Maia in ihm weckten. Es war tatsächlich tief in ihm ein Damm gebrochen – allein durch das Glück, das aus einer schlichten Schneeballschlacht erwachsen war.

Oder vielleicht war es auch viel mehr. Vielleicht waren es all die Dinge in seinem Leben, die er jetzt hatte und bislang nie gehabt hatte; denen er nie getraut hatte, von denen er nie geglaubt hatte, dass er sie haben wollte.

Er beobachtete Maia, die Jase im Schnee verfolgte. Ihre Wangen waren rot, und ihre Augen blitzten vor Freude und Glück. All diese Dinge hatte er nicht gekannt, bis er auf Maia gestoßen war. Der Junge warf Bälle, so schnell er konnte, aber Maia war ihm eindeutig überlegen. Cole konnte sie nur anstarren. Er wusste genau, dass er sich vor den intensiven Gefühlen gefürchtet hatte, die sie in ihm weckte. Er liebte sie. Es ging viel zu schnell und war völlig verrückt für jemanden wie ihn, so etwas überhaupt in Betracht zu ziehen. Aber er wusste, dass er diese Frau brauchte. Und Jase brauchte sie auch.

Jase drehte sich um und rannte an Cole vorbei. Kurz darauf blieb er stehen, und ein Schneeball landete mit einem dumpfen Aufschlag auf Coles Brust. Da der Schnee ihn blendete und er kaum noch etwas sehen konnte, setzte er sich die Sonnenbrille auf. In dem Moment stürmte Maia auf ihn zu. Er fing sie und fiel nach hinten. Maia landete auf ihm. Er wälzte sich herum, sodass sie unter ihm lag.

Die Zeit schien stillzustehen. Coles Herz machte einen Purzelbaum, und sein Magen verkrampfte sich. Sie war so verdammt schön, und ihre Augen waren so lebendig.

Er beugte sich zu ihr und küsste sie. Hart. Gierig. Heiß.

Maia starrte ihn lange an. Das einzige Geräusch war ihr Atem, der sich mit dem seinen vermischte. Kleine Schmetterlinge flatterten in ihrem Bauch. Sie verliebte sich viel zu schnell in diesen Mann. Sie wusste noch nicht einmal, ob Cole überhaupt in der Lage war, sie zu lieben. Es machte ihr Angst, sich einzugestehen, wie sehr sie ihn mochte, ohne die geringste Ahnung zu haben, was er wirklich für sie empfand. Sie brauchte ein bisschen Raum. Sie sammelte eine Handvoll Schnee und drückte sie ihm an die Schläfen. »Kühl dich ab, Steele. Wir wollten doch einen Baum jagen.«

Cole musterte ihr Gesicht. Ihm war klar, dass sie sich plötzlich von ihm zurückzog. Er musste sie gehen lassen, so schwer es ihm fiel. Am liebsten hätte er sie nie mehr losgelassen. Doch nun wischte er sich die Schneereste aus dem Gesicht und meinte gespielt verdrossen: »Spielverderberin!«

»Ich tue mein Bestes.« Sie stemmte sich gegen seine Brust. »Und wir holen uns diesen Baum, und zwar heute noch. All deine Küsse können mich nicht davon abbringen.«

Cole stand auf und zog Maia mit sich hoch. Jase saß im Schnee und starrte die beiden an, als wären ihnen neue Köpfe gewachsen. »Willst du den ganzen Tag hier herumsitzen?«, fragte Cole.

»Könnte gut sein«, erwiderte Jase, nahm jedoch die Hand, die Cole ihm entgegenstreckte, um ihm beim Aufstehen zu helfen. Er grinste übers ganze Gesicht. Cole musste dem Drang widerstehen, ihn in den Schnee zurückzuschubsen.

Jase sprang wie ein übermütiges Fohlen durch den Schnee zu der Garage, in der die Schneemobile untergebracht waren. Cole blieb vor der Tür stehen und starrte auf die zweite Garage, die direkt daneben stand, jedoch um etliches höher war.

»Was ist denn dort untergestellt?«, fragte Maia.

»So genau weiß ich es nicht.« Plötzlich wünschte sich Cole, er wäre allein und könnte ein paar Nachforschungen anstellen.

»Nun sag schon.«

»Ein Hubschrauber und ein Kleinflugzeug.«

»Wirklich? Hier gibt es einen Hubschrauber? Kannst du ihn fliegen?«

»Ja. Ich habe den Flugschein beim Militär gemacht. Das war die beste Möglichkeit, von der Ranch wegzukommen und einen Lebensunterhalt zu verdienen. Wenn ich in eine Firma eingestiegen wäre, hätte der Alte sie einfach kaufen und zerstören können. Aber die Air Force konnte er nicht verschwinden lassen.«

»Ich erfahre immer wieder ziemlich faszinierende Dinge über dich.« Sie trat auf die größere Garage zu, blieb jedoch stehen, als Cole eine Hand auf ihre Schulter legte. Er sah sich um. Sein harter, eiskalter Blick sagte ihr, dass etwas nicht stimmte.

Cole hatte auf dem Höhenzug direkt hinter dem Haus etwas aufblitzen sehen. Er machte nicht den Fehler, länger dorthin zu starren, aber über seinen Rücken lief ein Schauder. Es konnte ein Zielfernrohr gewesen sein, aber er hatte eher den Eindruck, dass es ein Fernglas war. Nun blickte er betont gelassen auf den Himmel. »Wir sollten den Baum lieber finden, bevor der nächste Sturm über uns hereinbricht.«

Jase schob eifrig die Garagentore auf. Mehrere Schneemobile kamen zum Vorschein. »Los, Doc, such dir eines aus. Wir machen ein Wettrennen.«

Maia ließ sich von Cole zu den Schneemobilen führen. »Was war das?«, fragte sie leise.

Cole war froh, dass sie so aufmerksam war und trotzdem die Ruhe wahrte. Sie schien nie in Panik zu geraten. »Ich bin mir nicht sicher. All diese seltsamen Dinge, die die Tiere dir gezeigt haben und die du mir beschrieben hast – glaubst du denn, sie wollten dir etwas vermitteln?«

»Absolut«, sagte Maia mit fester Stimme.

»Sorge dafür, dass Jase ein paar Minuten beschäftigt ist.«

»Tu nichts Unüberlegtes!«

Er trat in den Schatten des Gebäudes und ermunterte Jase und Maia, ihm zu folgen. Wenn jemand dort oben auf dem Höhenzug mit einem Zielfernrohr oder einem Fernglas auf sie herabspähte, konnte dieser ihn nicht sehen, wenn er die Garage durch die Seitentür verließ, die zu dem überdachten Weg zurück zum Haus führte.

»Ich habe etwas vergessen, Jase. Wir brauchen ein paar Werkzeuge. Überprüfe du doch bitte die Schneemobile. Schau nach, ob sie funktionieren und ob die Tanks voll sind, während ich rasch hole, was wir brauchen.«

»Na klar«, willigte Jase ein.

Maia beobachtete Cole stumm. In ihren Augen stand Besorgnis. Er drückte ihr einen kurzen, tröstlichen Kuss auf den Mund, als er an ihr vorbeiging. »Lass ihn nicht aus der Garage«, flüsterte er ihr noch zu, bevor er auf den Weg trat.

Es war zwar ein Umweg, doch immerhin gelangte er auf diese Weise unbemerkt ins Haus zurück. Er eilte in sein Zimmer und holte ein mit einem Zielfernrohr ausgestattetes Gewehr und ein Fernglas aus dem Schrank. Dann wickelte er sich in ein weißes Laken ein und robbte auf den Balkon. Dort stützte er sich auf die Ellbogen und suchte den Höhenzug mit dem Fernglas nach einer Bewegung ab, wobei er sich selbst möglichst wenig bewegte. Es dauerte eine Weile, bis er entdeckt hatte, wonach er suchte. Allem Anschein nach war es Fred Johanston, Als Schwager, der dort oben auf dem Kamm lag und die Aktivitäten rund um die Ranch beobachtete.

Cole ließ das Fernglas sinken und robbte zurück ins Zimmer, wobei er die Balkontür langsam hinter sich zuzog. Er wollte auf keinen Fall seine Position preisgeben.

Fred Johanston führte etwas im Schilde. Aber was? Er konnte unmöglich darauf hoffen, die Ranch zu erben, wenn Jase und Cole tot waren. Er konnte auch nicht darauf hoffen, zu Jase' Vormund bestimmt zu werden. Worum ging es diesem Mann?

Cole hatte nicht viel Zeit. Doch er wollte Fred auf keinen Fall verraten, dass er auf ihn aufmerksam geworden war. Er verstaute ein paar Waffen in einen kleinen Werkzeugkoffer und kehrte auf demselben Weg zur Garage zurück.

Er hatte Jase und Maia versprochen, mit ihnen einen Weihnachtsbaum zu besorgen. Wenn er jetzt plötzlich seinen Plan änderte, könnte Fred misstrauisch werden. Am besten war es wohl, so zu tun, als sei alles in bester Ordnung. Er würde so vorgehen, wie er es immer tat – methodisch und langsam die Teile des Puzzles zusammenfügen, bis sie ein perfektes Bild ergaben. Immerhin wusste er jetzt, dass sie beobachtet wurden, und konnte die passenden Schritte unternehmen, um für ihre Sicherheit zu sorgen.

Maia sah ihn an, als er durch die Seitentür in die Garage eilte. »Alles in Ordnung?«

»Die Schneemobile sind aufgetankt. Es kann losgehen«, verkündete Jase.

»Na, dann zieh Mütze und Handschuhe an. Die Mütze solltest du tief in die Stirn ziehen. Die Frau Doktor und ich liefern dir ein Wettrennen.«

»Nein, das tun wir nicht«, protestierte Maia.

»Klingt gut«, sagte Jase. »Ich bin unschlagbar auf dem Schneemobil.«

»Hier kommen die Regeln: Wir düsen volle Fahrt durch die Tür Richtung Moose Creek. Auf jedem offenen Feld musst du im Zickzack fahren, sonst wirst du disqualifiziert.«

»Kleinigkeit«, erwiderte Jase. »Ihr holt mich nie ein.«

»Nimm den Mund nicht so voll, Kleiner.« Cole zog den Reißverschluss am Anorak des Jungen bis zum Hals hoch. »Und wenn du einen Sturz baust, bist du ebenfalls aus dem Rennen.«

»Hallo! Hast du nicht gehört? Das kommt nicht in Frage, habe ich gesagt«, rief Maia und zupfte an Coles Ärmel. »Wir liefern uns kein Wettrennen!«

»Fürchtest du dich etwa vor höheren Geschwindigkeiten, Doc? Das kann ich mir bei dir kaum vorstellen«, erklärte Cole und verzog den Mund zu einem schelmischen Beinahe-Grinsen.

Maia starrte ihn misstrauisch an. »Wenn du mir erklären würdest, warum …«

»Warum was?« Er setzte sich in das Schneemobil und klopfte auf den Sitz hinter sich. »Steig ein, und dann holen wir uns den Baum.«

Maia setzte sich und schlang die Arme um seine Taille. »Du wirst mir nicht sagen, was los ist, oder?«

»Das weiß ich noch nicht«, antwortete er wahrheitsgemäß. »Aber wir müssen sehr vorsichtig sein.«

Die Fahrt durch den Schnee war wild und aufregend. Die beiden Schneemobile flogen über die Felder. Ein paar Flocken rieselten auf sie herab und mahnten sie, dass ihnen nicht viel Zeit blieb, aber das beeinträchtigte ihren Spaß kaum. Jase und Cole rasten über die unberührte Schneedecke hin zum Moose Creek. Maias Lachen schallte in Coles Ohren und fand seinen Weg bis in sein Herz. Sie legte den Kopf auf seinen Rücken und feuerte ihn an, wenn Jase sie zu überholen drohte.

Cole bemühte sich, eine Strecke zu wählen, auf der ständig Bäume und Erhebungen zwischen ihnen und dem Höhenzug lagen. Er forderte Jase dazu auf, jede freie Fläche im Zickzack zu überqueren. Auf diese Weise war es nahezu unmöglich, einen akkuraten Schuss abzugeben, falls Fred das vorhatte. Cole hatte kein Gewehr gesehen, aber er hatte den Sattel, die Decke und das Gewehrhalfter gesehen. Inzwischen war er sich sicher, dass Fred das Pferd geritten hatte. Und Fred hatte bestimmt auch die Berglöwin angeschossen und Wally in den Zaun getrieben. Nur warum? Welchen Grund sollte er dafür haben? Er konnte doch unmöglich damit rechnen, dass er auf diese Weise seinen Job zurückbekam. Tat er es aus Rache? Konnte die Erklärung so einfach sein?

Jase brachte sein Schneemobil vor einem besonders hohen Tannenbaum zum Stehen. Die Äste waren dicht, die Nadeln wirkten fest. »Der da ist eine Pracht. Wie findest du ihn, Doc?«

»Natürlich will er deine Meinung wissen und nicht meine«, sagte Cole und half Maia beim Absteigen. Hier standen die Bäume so dicht, dass sie gut geschützt waren. Der Wind wehte wieder heftiger, und auch der Schneefall wurde stärker. Cole blickte auf den Himmel. »Ich glaube, das ist unser Baum, Jase. Uns läuft die Zeit davon. Der Sturm kommt schneller, als ich dachte.«

Unter Lachen und Streiten einigten sich Cole und Jase, wie man dem Baum am besten seine Spitze rauben konnte. Maia hielt sich zurück und lachte mit ihnen, aber sie merkte, dass Cole extrem wachsam war und seine Blicke ständig schweifen ließ. Er hatte eine Aura um sich, die auf Gefahr schließen ließ. Er war auf der Jagd, das war Maia klar. Aber sie hatte keine Ahnung, wonach er jagte.

Schließlich kappten sie die Spitze, und der Baum wurde auf einem Schlitten festgezurrt, der mit Jase' Gefährt verbunden wurde. Maia schloss daraus, dass Cole mobil sein wollte, sonst hätte er nie riskiert, Jase den Baum ziehen zu lassen. Der Rückweg verlief in einem gemäßigteren Tempo. Der Wind peitschte die Schneeflocken in ihre Gesichter, sodass sie trotz ihrer warmen Anoraks zu frieren begannen. Es schneite wieder stetig – offenbar stand ein weiterer langer Sturm bevor.

Maia war froh, als sie endlich wieder im Haus angekommen waren. Das Feuer im Kamin und der Quilt von Jase' Mutter, den er auf der Couch ausgebreitet hatte, hießen sie willkommen. Maia hatte gewürzten Apfelmost aufgesetzt, dessen Duft nun durch sämtliche Räume zog. »Na, das sieht doch schon ganz gut aus«, sagte sie und lächelte den Jungen an.

Jase war damit beschäftigt, zusammen mit Cole den Baum ins Haus zu zerren. Cole gab Anweisungen, und beide taumelten und stolperten, bis Maia vor Lachen fast umkippte. »Ich wünschte, ich hätte eine Kamera. Ihr zwei stellt euch wirklich unmöglich an.«

»Ich sehe nicht, dass du uns hilfst, und dabei war es deine Idee«, knurrte Cole.

»Ich muss noch meine Kopfwunde auskurieren«, erklärte Maia.

»Gestern konntest du ringen.« Cole bemühte sich, sein Ende des Baums an die passende Stelle zu bringen, wobei er sich vom Fenster fernhielt, weil ihm der Mann auf dem Hügelkamm nicht aus dem Kopf gehen wollte. Er warf einen Blick nach draußen. Der Schnee fiel wieder unablässig, man konnte richtig zuschauen, wie die Schneedecke wuchs. Cole bezweifelte, dass sich jemand in diesem Gestöber im Freien herumtrieb. Sofort fiel die Spannung von ihm ab.

»Na gut«, sagte Maia. Sie nahm Cole den Werkzeugkasten ab, den dieser trug, obwohl er den Baum schleppte, und setzte sich auf die Couch. Den Werkzeugkasten stellte sie vor sich ab. Dann sah sie sich gründlich in dem Raum um.

»Ach, was soll's«, meinte Cole erschöpft. Er zog an seinem Ende, bis Jase losließ, und stellte den Baum genau vors Fenster. »Hier soll er stehen. Das verdammte Ding wird genau hier stehen bleiben! Wir rühren es nicht mehr an.«

Schließlich wurde der Baum doch noch vier Mal umgestellt. Maia wanderte quer durch den Raum und untersuchte die Position aus allen Winkeln. Jase warf sich zwei Mal auf den Boden, weil er so heftig lachen musste über den Gesichtsausdruck seines großen Bruders, bis Cole ihm drohte, ihn in den Schneesturm hinauszuwerfen.

»Jetzt steht er perfekt. Wir brauchen nur noch Draht und eine Baumschere. Dann können wir einen Kranz flechten«, meinte Maia.

»Ich dachte, wir würden jetzt etwas essen, Frau«, entgegnete Cole empört. »Männer muss man gut füttern, wenn man sie bei Laune halten will.«

»Ihr habt doch gerade erst gegessen«, protestierte Maia.

»Vor etlichen Stunden«, sagte Jase. »Tut mir leid, Doc, aber diesmal stehe ich auf Coles Seite. Mein Tank ist leer.«

»Ihr seid wirklich unersättlich. Na gut, ich wollte ohnehin Popcorn machen.«

»Ich liebe Popcorn. Mach es mit viel Butter«, sagte Jase.

»Nicht zum Essen.« Maia stemmte die Hände in die Hüften. »Wir fädeln es auf und basteln eine Girlande, die wir um den Baum schlingen.«

Jase und Cole tauschten einen langen Blick aus. »Ich glaube, der Sturz gestern hat in ihrem Kopf doch mehr Schaden angerichtet, als wir vermutet haben«, meinte Cole. »Wir vergeuden das Popcorn nicht, indem wir es auf den Baum hängen, Doc.«

Jase schüttelte den Kopf. »Ist dir der Begriff ›ausgehungert‹ wirklich so fremd?«

»Du meine Güte! Dann machen wir eben ein paar Sandwiches. Aber die Dekoration rührt ihr bitte nicht an«, grummelte Maia.

»Das mit den Sandwiches gefällt mir«, sagte Jase und steuerte die Küche an.

Sobald sie alleine waren, nahm Maia Coles Arm. »Was geht hier vor? Ich weiß, dass etwas nicht stimmt, also tu bitte nicht so, als wüsstest du nicht, wovon ich rede.«

»Ich weiß nicht genau, was hier vorgeht. Aber wir sollten uns nach wie vor nicht zu weit voneinander entfernen«, antwortete Cole. »Sobald ich Genaueres weiß, wirst du die Erste sein, die es erfährt. Versprochen!«

»Kann ich etwas tun?«

Er legte die Hände um ihr Gesicht. »Du tust wahrhaftig schon genug. Was du für Jase tust, kann ich dir nie vergelten.«

Ihr Herz fing an zu taumeln, als er mit dem Daumen über ihre Unterlippe fuhr. Sie hatte jede Menge Ideen, wie er es ihr vergelten konnte. Sie war unglaublich empfänglich für ihn. Jase war ihre Rettung, auch wenn er das wohl nicht wusste. Sie hätte Cole nie widerstehen können, wenn der Junge nicht nahezu ständig in der Nähe gewesen wäre. Sobald sie sich Cole hingab, war es für alle Zeiten um sie geschehen, das wusste sie genau. Es war ihr ausgesprochen peinlich, dass sie sich so heftig in einen Mann verliebt hatte, den sie erst ein paar Tage kannte.

Sie konnte ihm nicht in die Augen schauen. Denn in seinem Blick stand neben Verlangen und Begierde noch etwas, das sie unglaublich anziehend fand: Er tat all die Dinge, von denen er wusste, dass sie seine Albträume verstärkten, nur um seinem kleinen Bruder die Chance auf ein normales Leben zu geben.

»Es macht mir Spaß, Cole. Wir haben doch viel Spaß zusammen.« Sie schämte sich ihrer rauchigen Stimme. Wenn sein Daumen noch einmal ihre Lippe berührte, würde sie hineinbeißen.

»Maia.« Er senkte den Kopf.

Sie stöhnte, denn sie wusste, dass sie verloren war, wenn sie sich der Hitze seines Körpers auslieferte. Dennoch legten sich ihre Arme wie von selbst um seinen Nacken, und sie verschmolz sofort mit ihm. Haut an Haut, Atem an Atem. Seine Haare fühlten sich zwischen ihren Fingerspitzen wie Seide an. Von seinen Lippen ging ebenso starke Hitze und Begierde aus wie von ihren. Sie presste sich an ihn, und sein Kuss trug sie davon, ganz wie sie es erwartet hatte. Sie forderte ihn ebenso heftig ein wie er sie, hungrig, begierig.

Seine Arme umfingen sie immer fester, und sein Kuss wurde immer besitzergreifender. Ein ausgehungerter Mann erhob seinen Anspruch auf sie, und sie tat dasselbe mit ihm. Sie drängten sich so eng aneinander, dass die Kleider sie kaum noch trennten.

»Besorgt euch bitte ein Hotelzimmer«, rief Jase. »Du meine Güte, der Film, der hier abläuft, ist wahrhaftig nicht mehr jugendfrei.« Er lehnte an der Wand, ein kaltes Stück Pizza in der Hand, und kaute darauf herum, während er sie gespielt entrüstet musterte. In seinen Augen jedoch leuchtete Glück, und auf seiner Miene spiegelte sich Hoffnung.

Maia schaffte es nur mit Mühe, von Coles Lippen abzulassen. Sie drückte die Stirn an seine Brust und rang um Atem. »Es wird immer schwerer, diesem Mann zu entkommen, Jase. Ich glaube, wir müssen ihn mit einem Warnschild versehen.«

»Du bist einfach nur müde, Doc«, meinte Cole. Er umfasste ihr Kinn und zwang sie, ihn anzuschauen.

In diesen blauen Augen konnte eine Frau wahrhaftig ertrinken. Maia seufzte. »Das mag sein. Aber du könntest mich trotzdem noch einmal küssen.«

Das ließ er sich nicht zweimal sagen. Seine Hand legte sich auf ihren Nacken.

»Ich könnte dich ewig küssen«, murmelte sie.

Jase verdrehte die Augen. »Tu es bitte nicht. Schaltet lieber mal auf Nahrungsaufnahme um.«

Maia errötete verlegen. Hatte sie dieses Geständnis wirklich laut geäußert? »Er hat mich hypnotisiert, Jase. Ich bin unschuldig.«

»Den Eindruck hatte ich aber nicht«, meinte Jase. »Du hast bei dieser Knutscherei ziemlich beteiligt gewirkt.«

Maia wand sich aus Coles Armen. »Ich sehe jetzt nach dem Pferd und dann nach der Katze.«

»Du läufst weg«, stellte Cole fest.

In seinen Augen flackerte die Spur von Belustigung auf, die Maia so faszinierend fand. Sie musste den Blick gewaltsam von ihm abwenden. »Ganz recht. Aber bilde dir bloß nicht ein, dass ich das tue, weil du so ein toller Hecht bist. Ich will mich heute nur vor dem Kochen drücken. Ich mache das Popcorn, aber ihr zwei seid die reinen Vielfraße, und wenn ich das Weihnachtsessen zubereite und backe …«

»Plätzchen«, fiel ihr Jase ins Wort. »Viele Plätzchen. Und Kuchen.« Er stupste seinen Bruder an. »Sie hat dir gerade einen Seitenhieb verpasst, Bruderherz. Dich in deine Schranken verwiesen.«

»Ich dachte, die Katze sollte man erst einmal in Ruhe lassen. Hör auf, mir aus dem Weg zu gehen und komm mit in die Küche. Ich kümmere mich um die Nahrungszubereitung, und du kannst deine seltsamen Popcornspielchen veranstalten.« Cole zog sie an der Hand in die Küche. »Ich habe mich übrigens schon ans Schnitzen gemacht. Ich bin auf ein paar Holzstücke gestoßen, aus denen man vielleicht sogar mehrere Deko-Teile machen kann.«

»Ich habe noch nie jemandem beim Schnitzen zugesehen. Willst du mir zeigen, wie das geht?«

Sein Blick glitt über ihr Gesicht. Dunkel, nachdenklich,

sexy. Maia wich ihm aus. »Lieber doch nicht«, meinte sie. »Mach dich jetzt ans Kochen.«

»Ich mache Fortschritte.«

»Die hast du gemacht, aber mittlerweile bin ich wieder zur Vernunft gekommen.« Sie kehrte ihm den Rücken zu und holte eine Packung Popcorn aus einem der Schränke. »Jase, kannst du mir Nadel und Faden besorgen?«

»Warst du wirklich mal in Afrika und in Indochina, Doc?«, fragte Jase und stopfte sich Kartoffelchips in den Mund.

»Ja. Es war wunderbar. Ich bin sehr gern dort gewesen. Aber es gibt dort eine Menge Insekten.«

»Eines Tages will ich auch dorthin«, sagte Jase. »Du hast bei Wally wahre Wunder bewirkt, aber das Gefühl, diese Berglöwin zu berühren, war echt unglaublich.« Er stützte sich mit den Ellbogen auf den Tisch, legte das Kinn auf die Hände und musterte sie mit seinen klaren Augen. »Ich muss das unbedingt noch mal tun.«

»Wildkatzen sind wirklich wundervolle Tiere. Tiger, Löwen und Leoparden, all die Großkatzen – wenn man ihnen in die Augen schaut, sieht man, dass man einfach einen Weg finden muss, die Welt mit ihnen zu teilen. Diese Tiere sind fantastisch.«

»Willst du wieder zurück in diese exotischen Länder?«, fragte Cole mit gepresster Stimme.

Plötzlich wurde es so still im Raum, dass man eine Stecknadel hätte fallen hören können. Maia wusste, dass die Steele-Brüder sie ganz genau beobachteten. Sie drehte sich um und sah Cole in die Augen. Ihr Magen schnürte sich zusammen. Sein Blick verriet deutlich, dass er einen schweren Schlag erwartete.

Maia zuckte so gelassen wie möglich die Schultern. »Wenn ich wieder mit Großkatzen arbeiten möchte, kann ich das auch in einem Zoo tun. Doch momentan arbeite ich als Vertretungstierärztin, bis ich genug Geld beisammen habe, um eine eigene Praxis zu eröffnen.«

»Warum übernimmst du nicht die Praxis im Ort?«, fragte Jase.

»So etwas kostet eine Stange Geld, Schätzchen. Ich habe zwar schon ein paar Dollar auf der hohen Kante, aber die reichen bei Weitem nicht aus.«

Das Popcorn begann gegen den Deckel zu knallen. Lauter kleine Explosionen, die so rasch aufeinander folgten wie bei einer Schnellfeuerwaffe.

»Riecht gut«, sagte Jase.

»Ich glaube, du würdest alles futtern, was sich nicht mehr bewegt«, bemerkte Maia lachend. »Dieses Popcorn ist nicht zum Verzehr bestimmt. Aber du kannst mir beim Auffädeln helfen, während Cole das Abendessen macht.« Sie warf ihm ein kleines Reisetäschchen mit Nähutensilien zu. »Na komm schon, Gierschlund, mach dich nützlich.«

11

Es war drei Uhr früh, wie der kleine Wecker neben Maias Bett in hellen Leuchtziffern verkündete. Ihr war, als würde sie in diesem Haus immer um drei Uhr aufwachen. Sie war nicht an die seltsamen Geräusche gewöhnt, obwohl die Stimmung im Haus sich definitiv veränderte, wie sie zu ihrer großen Zufriedenheit feststellte.

Unruhig drehte sie sich von einer Seite auf die andere und versuchte, wieder in den Schlaf zu finden. Schließlich gab sie es seufzend auf und schob die Decke weg. Cole hatte geholfen, den Baum zu schmücken, war aber in Gedanken ganz woanders gewesen. Ein Dutzend Male hatte er eine Entschuldigung gemurmelt und war nach draußen gegangen. Er hatte die Fenster und Türen im Haus überprüft, und zum ersten Mal, seit sie hier war, die Alarmanlage eingeschaltet, nachdem er den Code geändert hatte. All dies zeigte deutlich, dass sich Cole über einen Eindringling Sorgen machte, der nicht der Geist seines Vaters war.

Mittlerweile war sie bis über beide Ohren in diesen Mann verliebt. Das hatte sie nicht erwartet, und die Tiefe ihrer Gefühle machte ihr Angst. Sie musste möglichst bald weg von hier, weit weg. Sie konnte nicht aufhören, an Cole zu denken. Sie träumte von ihm. Sehnte sich danach, ihn zu berühren, die Schatten zu vertreiben, die stets in seinen Augen lauerten. Schon bei ihrer ersten Begegnung hatte sie geahnt, dass sie nicht mit heiler Haut davonkommen würde. Aber sie hatte nicht mit der intensiven Anziehung gerechnet, die von ihm ausging. Dabei hatte er noch nie ein Wort über seine wahren Gefühle zu ihr verlauten lassen. Er hatte noch nie von Liebe gesprochen, ja, nicht einmal erwähnt, dass er es bedauern würde, wenn sie ging. Und ebenso wenig hatte er erklärt, dass er sie gern wiedersehen würde.

Plötzlich drang ein Geräusch durch die Wände und hallte durch den Flur. Ein verzweifelter Aufschrei, ein gequälter Protest. Maia blieb reglos stehen, die Hand an den Hals gelegt. Wenn sie nun zu ihm ging, würde sie sich nicht mehr zurückhalten können. Sie würde ihm geben, was er brauchte. Doch wenn sie jetzt mit ihm schlief, würde ihr das Weggehen nur noch schwerer fallen. Ein Schwall von Flüchen drang an ihr Ohr. Maia konnte sich nicht mehr zurückhalten. Sie eilte aus dem Zimmer.

Als sie Coles Tür öffnete, sah sie, dass er aufrecht im Bett saß und sich die Haare raufte. Sein Körper bebte noch unter den Nachwirkungen des Albtraums. Plötzlich zog er einen Revolver unter dem Kopfkissen hervor und zielte direkt auf ihr Herz.

»Verflucht, Maia.« Er legte den Revolver weg und bemühte sich, seinen Atem zu beruhigen. »Ich habe dir doch gestern im Wohnzimmer schon gesagt, dass es gefährlich ist, mir nahe zu kommen, wenn ich in so einer Verfassung bin. Glaubst du, in meinem Schlafzimmer ist es ungefährlicher?« Er richtete sich weiter auf. Die Laken hatten sich mit seinen Beinen verheddert, aber seine Schenkel waren nackt. Er sah aus, als habe er einen Kampf verloren.

»Das ist mir egal.« Sie trat zu ihm und streifte ihm die Haare aus der Stirn. Ihre Fingerspitzen verweilten auf seinem Gesicht, fuhren hinab zu seinem Mund. »Ich möchte nicht, dass du heute Nacht allein bist, Cole.« Sie kniete sich aufs Bett. Das Licht des Schnees, das durch das Fenster fiel, badete sie in einen silbernen Schein.

Cole stockte der Atem, und seine Lungen brannten. Er konnte nur auf ihre Hände starren, die anfingen, das weiche Flanellhemd aufzuknöpfen, das ihren Körper verhüllte. Ein Knopf nach dem anderen ging auf. Langsam, ganz langsam. Er erhaschte kurze Blicke auf ihren nackten Körper, auf ihre wundervolle Haut, nach deren Berührung er sich so sehnte.

Seine Finger verkrampften sich, er ballte die Fäuste. »Nicht so, Maia. Du musst nicht aus Mitleid zu mir kommen, nur weil ich einen verdammten Albtraum hatte.« Was zum Teufel sagte er da? Er wollte sie. Verzehrte sich nach ihr. Sein Körper war so hart, dass er befürchtete, er würde bersten. »Ich will nicht mit dir schlafen, wenn es mir so geht wie jetzt.« Das war eine komplette Lüge. Er wollte mit ihr schlafen, egal, in welcher Verfassung er sich befand, solange er sie nur bekam.

Maia ließ ihr mörderisches Lächeln aufblitzen. Das Lächeln, das ihn rasend machte und dazu brachte, vor Eifersucht auszurasten, wenn er einen anderen Mann in ihrer Nähe entdeckte. Er begann zu keuchen, als das Flanellhemd von ihren Schultern glitt. Das silberne Licht tanzte über ihren Körper. Wie sie da auf seinem Bett kniete, sah sie aus wie eine verführerische Göttin. Ihre Haare umspielten ihr Gesicht, ihre Augen wirkten riesig groß und sahen ihn verlangend an, die weiblichen Formen ihres Körpers forderten ihn dazu auf, sie zu berühren.

»Du bringst mich um den Verstand.«

Sie beugte sich vor und begann, mit der Zunge kleine Kreise auf seiner Brust zu beschreiben. »Das hoffe ich.«

In dieser Stellung zeigten sich deutlich die verlockenden Rundungen ihres Hinterteils. Mit zitternden Händen umfasste er es und streichelte die weiche Haut. Diese Frau schaffte es, ihn vor Begierde erbeben zu lassen. Er verbrannte von innen nach außen. Ein Schwall von Hitze erfasste seinen Körper und verstärkte seine Sinne.

Ihre Zunge umschmeichelte seinen Körper so zart, dass er wirklich kurz davor stand, den Verstand zu verlieren. Sie schob die Laken weg. Er spürte den kalten Luftzug, doch sein Körper verhärtete sich nur noch mehr. Er verging vor Verlangen nach ihr. Maia murmelte etwas auf seiner Brust, und ihre Zunge wanderte hinab zu seinem Bauch. Sein Herz begann, erwartungsvoll zu pochen.

»Maia, was zum Teufel tust du da?« Seine Stimme klang gepresst, er rang um Atem.

»Genau das, was ich tun will«, sagte sie und umfasste sein steil aufragendes Glied.

Ein Stöhnen entrang sich seiner Kehle. Er hatte zu viele erotische Träume von Maia gehabt, von seinen Händen auf ihrer samtenen Haut. »Ich hoffe, du weißt, was du willst«, warnte er. Er sehnte sich mehr nach dieser Frau als nach der aufgehenden Sonne am nächsten Tag.

»Ich weiß immer, was ich will.« Ihr Atem war warm und feucht. Sein Herz setzte einen Moment lang aus, dann begann es mit alarmierender Gewalt in seiner Brust zu hämmern. Ihr Mund senkte sich auf ihn, sie schleckte ihn so zart, dass er ganz wild wurde. Er befürchtete, nicht mehr an sich halten zu können, wenn sie so weitermachte. In dem Moment, als er sich sicher war, es nicht länger ertragen zu können, schlossen sich ihre Lippen um ihn. Fest, heiß und feucht steigerte ihr Mund sein gnadenloses Begehren noch um einiges.

Maia hob den Kopf und lächelte ihn sichtlich zufrieden an. »Denkst du schon an mich? An meinen Körper? Denn ich will, dass du weißt, wer es mit dir treibt.«

»Das weiß ich verdammt gut, Maia.« Er drückte sie nach hinten, bis sie aufs Bett sank und ihre Beine sich für ihn öffneten. »Ich weiß ganz genau, wer du bist. Mir ist, als hätte ich mein Leben lang auf dich gewartet.«

Er presste die Hände auf ihre Hüften, spreizte ihre Beine noch etwas weiter. »Jedes Mal, wenn ich dich anschaue, denke ich daran, was ich gerne mit dir tun würde. Ich verzehre mich nach dem Gefühl, dass du dich für mich auflöst, Maia.«

Bevor sie etwas darauf erwidern konnte, senkte er den Kopf und hob ihre Hüften an. Seine Zunge glitt über ihren heißen Mittelpunkt, neckte ihn, schmeckte ihn und drang schließlich tief in sie ein. Maia erbebte unter seinem gierigen Mund. Sie klammerte sich an den Laken fest. Leise Seufzer der Lust entkamen ihr und steigerten sein unersättliches Bedürfnis, ihr zu zeigen, dass sie ihm gehörte. Dieses Bedürfnis konnte er nicht in Worte fassen, deshalb benutzte er seinen Körper dazu. Seine

Zunge umschmeichelte sie, glitt in sie, bewegte sich rhythmisch, bis die Wogen eines heftigen Höhepunktes sie erfassten. Als er der Zunge ein paar Finger folgen ließ, explodierte sie ein weiteres Mal und schrie laut seinen Namen.

Cole hob den Kopf und küsste sich zur Unterseite ihrer Brüste hinauf. Sein heißer Mund und die darauf folgende kühle Luft waren unglaublich erregend. Neues Verlangen schwoll in ihr an.

»Was machst du da?«, fragte sie.

»Ich sorge dafür, dass du weißt, mit wem du es treibst. Ich möchte, dass dich kein anderer Mann mehr befriedigt.« Seine Zähne kratzten über ihre empfindliche Haut. Winzige Bisse trieben sie in den Wahnsinn. »Ich möchte, dass du mir gehörst, Maia. Ganz und gar. Nicht nur dein Körper.« Sein Mund schloss sich um eine Brust, Zunge und Zähne neckten die Spitze, bis ihre Lust fast ans Schmerzhafte grenzte.

Er presste sich an sie, bis ihr erhitzter, feuchter Körper ihm langsam Zutritt gewährte. Er hielt kurz inne, dann drang er mit einem harten Stoß tief in sie ein. Ihre Liebesschreie waren ebenso köstlich wie ihr Lachen. Mit langen, tiefen Stößen trieb er sie weiter und immer weiter dem Höhepunkt entgegen, bis sie sich an seinen Unterarmen festklammerte und abermals seinen Namen schrie.

Unglaublich starke Empfindungen erschütterten ihren Körper, Hitze raste durch sie hindurch, bis sie kurz davor stand, ihn laut anzuflehen, die schreckliche Begierde zu stillen. Mehr. Sie wollte mehr. Sie wollte alles, was er hatte, alles, was er war. Sie gab sich ihm hin mit allem, was sie hatte. Ihre Hüften bäumten sich seinen heftigen Stößen entgegen. Sie verging vor Lust, wollte, dass er jede leere Stelle in ihr füllte.

»Maia, du bist so verdammt eng«, flüsterte Cole mit rauchiger Stimme. »Heiß und eng. Verdammt noch mal, du gehörst mir. So, Baby, genau so.« Er versenkte sich wieder und immer wieder in ihr und stöhnte lustvoll, während ihre Muskeln ihn eng umschlossen, pulsierten und pochten. Bis ihre Kontrolle erschüttert war und sie in Fragmente zu explodieren schien, bis ihr Körper sich um ihn zusammenpresste und ihm ebenfalls alles abverlangte. Mit rauer Stimme rief er ihren Namen.

Maia starrte auf sein Gesicht. Die harten Furchen waren verschwunden, der Schrecken seines Albtraums einer tiefen Befriedigung gewichen. Er sah aus wie ein Mann, der seine Lust vollkommen gestillt hatte. Sein Körper war entspannt, seine klaren blauen Augen leuchteten zufrieden.

Er stützte sich auf und sah sie an. Es kostete ihn einige Mühe, seinen Atem wieder unter Kontrolle zu bringen. Kleine Wellen der abebbenden Lust durchrieselten ihren Körper, der sich immer wieder um ihn verspannte. »Du bist so schön, dass mir die Luft wegbleibt.«

Ihr Lachen klang leise, wie Musik. Sein Körper wurde sofort wieder hart. »Das ist nicht der Grund, warum dir die Luft weggeblieben ist. Doch du kannst herrlich lügen. Ich sehe nur durchschnittlich gut aus. Aber ich habe nichts dagegen, wenn du dich einer Selbsttäuschung hingeben möchtest.« Ihre Hände glitten über seinen Körper, fuhren über seine harten, wohlgeformten Gesäßmuskeln, streichelten seine Hüften. Sie spürte eine Brandnarbe auf der Rückseite eines Oberschenkels und strich sanft darüber, als wolle sie die Wülste glätten.

»Wahrscheinlich sollte ich in mein Zimmer zurückschleichen«, fügte sie hinzu.

Er verspannte sich. »Das hier ist keine einmalige Sache, Maia. Das habe ich dir doch schon gesagt.«

»Das hast du nicht. Ich habe deine genauen Worte vergessen, aber …«

Er umfasste ihre Hände und streckte ihre Arme über den Kopf. So hielt er sie fest und beugte sich zu ihr herab, um noch einmal ihre Lippen zu erobern. Er versenkte die Zunge in die samtene Dunkelheit ihres Mundes, forderte ihre Zunge zum Tanz auf, erforschte ihre Mundhöhle. Er knabberte an ihrer Unterlippe, ihrem Kinn, wanderte mit dem Mund vom Hals zu den Brüsten und hinterließ einen feurigen Pfad überall dort, wo seine Lippen sie berührten.

Einen Moment lang genoss er es, wie das silberne Licht sich über ihre Brüste ergoss. Ihre Spitzen waren hoch aufgerichtet und hart. Die weichen Hügel hoben und senkten sich bei jedem Atemzug, reckten sich seinem Mund entgegen. Tief in ihr wurde sein Körper wieder lebendig und hart, unglaublich hart. Er beugte sich zu der Gabe hinab, die sie ihm anbot, neckte die Spitzen mit der Zunge, genoss es, wie sie sich ihm entgegenbäumte und ihr Körper sich um ihn zusammenzog. Er saugte an einer Brust, knabberte sanft an ihrer Spitze.

Maia keuchte und stöhnte, ihr Körper verspannte sich, ihre Brüste schwollen an. Nun begann er sich wieder in ihr zu bewegen, sich mit langen, langsamen Stößen in sie zu vergraben. Sie hob die Hüften an und versuchte, den Rhythmus zu kontrollieren. Doch Cole hielt sie fest, presste Küsse zwischen ihre Brüste, knabberte an ihrem Kinn und ihrer Unterlippe und trieb sie mit langsamen, trägen Stößen einem weiteren Höhepunkt entgegen.

»Cole!« Es klang wie eine Bitte.

Er lächelte. Er lächelte tatsächlich. Plötzlich konnte er lächeln. Kam es daher, dass er sie dazu bringen konnte, sich nach ihm zu verzehren? Dass er ihren Körper dazu bringen konnte, sich für ihn aufzulösen? Sie gestand ihm ihr Verlangen schamlos ein. Es erregte ihn so, wie kein Aphrodisiakum es je vermocht hätte.

»Cole was?«, flüsterte er an ihrem Mund. Ihre Muskeln saugten an ihm, sie war so eng und heiß, dass er sich nicht sicher war, ob er das langsame, gemächliche Tempo noch länger beibehalten konnte. »Was möchtest du, Maia?« Die Lust in ihm schwoll immer weiter an, sie begann mit einem Kribbeln in den Zehen und ballte sich zu einer schon fast qualvollen Leidenschaft in seinen Lenden. Ihr enger Schoß war unglaublich heiß, ihre Haut unglaublich weich und einladend, ihre Brüste waren unglaublich erregend, wie sie sich ihm entgegenwölbten, und auch ihre über den Kopf ausgestreckten Arme steigerten seine Erregung. Sie gab sich ihm völlig hin.

»Mach schneller. Jetzt bringst du mich um den Verstand.« Sie hob die Hüften abermals und straffte ihr Becken um ihn.

Stöhnend kam Cole ihrer Bitte nach und vergrub sich tief und hart in der unwiderstehlichen Hitze ihres Körpers, während er sie wieder heftig zu küssen begann und an ihrer Unterlippe saugte. Wie oft hatte er ihre vollen Lippen begehrlich angestarrt? Mit derselben Dringlichkeit, mit der sein Schaft in sie stieß, drang seine Zunge in ihren Mund ein. Seine Sehnsucht nach ihr würde nie nachlassen, das wusste er genau.

Sie lag ausgestreckt unter ihm, hilflos unter der hämmernden Kraft seines Körpers, und dennoch versuchte sie, ihn zu erreichen, sich ihm entgegenzubäumen. Cole spürte, wie sich ihr Körper ausdehnte, um ihm Raum zu geben, denn mit jedem Stoß schien er dicker und härter zu werden. Die Lust, die sie ihm schenkte, brachte ihn fast zum Explodieren. Er hielt sie beide noch eine Weile am Rand eines riesigen Abgrunds der Wonne, bis sie gemeinsam hinabstürzten. Ihre schwitzenden Leiber bebten noch lange unter der Wucht dieses Höhepunkts.

Schließlich stöhnte Cole leise auf und wälzte sich von ihr, aber er ließ eine Hand auf ihrem Oberkörper liegen, direkt unter ihren Brüsten. »Bitte bleib«, bat er leise. »Ich brauche dich.«

Maia brauchte ein bisschen länger, um wieder zu Atem zu kommen und einen klaren Gedanken fassen zu können. »So etwas habe ich noch nie erlebt, Cole.«

Er drehte den Kopf und sah sie an. »Das freut mich, Maia. Ich will nämlich die Nummer eins in deinem Leben sein. Eine Voraussetzung dafür ist es, ein fantastischer Liebhaber zu sein.«

Sie lachte, ganz wie er es erwartet hatte. »Ach ja? Das wusste ich nicht. Nun, diesen Test hast du definitiv bestanden.« Sie warf einen Blick auf die Tür. »Ich hoffe, ich habe nicht zu laut geschrien. Bitte sag mir, dass ich es nicht getan habe.«

»Jase schläft normalerweise tief und fest, wenn er nicht gerade einen Albtraum hat. Außerdem befindet sich sein Schlafzimmer am anderen Ende des Flurs. Als ich hier einzog, wollten wir uns möglichst viel Raum lassen.«

»Er ist ein guter Junge.«

»Stimmt. Dennoch frage ich mich immer wieder, ob Jase den Alten getötet hat. Ich würde es ihm nicht verübeln, aber es würde mir nicht gefallen. Bislang ist es mir nicht gelungen, seine Unschuld zu beweisen. Er macht immer wieder Bemerkungen, die mich ins Grübeln bringen.«

»Das muss für euch beide sehr schwer sein«, meinte Maia mitfühlend. Sie verschränkte die Finger mit den seinen. »Jase ist nicht gewalttätig, Cole. Wenn er seinen Vater getötet hätte, dann nur aus Selbstschutz. Aber ehrlich gesagt glaube ich nicht, dass er dazu fähig gewesen wäre. Er hatte zu viel Angst vor ihm. Es liegt nicht in seinem Wesen, jemanden zu töten.«

»Stimmt.« Cole drehte sich um und legte den Arm um ihre Taille. »Aber in meinem schon, oder?«

Der Kummer in seiner Stimme erschütterte sie. Kummer, Selbsthass, aber auch ein wenig Angst. Maia legte die Hände um sein Gesicht und sah ihm in die Augen. »Du bist deinem Vater nicht ähnlich, Cole. Du bist stark, und wenn die Umstände es erfordern, kannst du gewalttätig sein. Aber du bist überhaupt nicht wie dieser Mann.«

»Das weißt du nicht, Maia.«

»Doch, das weiß ich. Ich habe dein Gesicht gesehen, als du die Berglöwin gestreichelt hast und als ich das Pferd verarztet habe. Ich habe beobachtet, wie du mit Jase umgehst, und wie vorsichtig du dabei bist. Selbst wenn du mit ihm herumbalgst, sorgst du dafür, dass er nicht zu hart fällt. In dir steckt nicht der geringste Hang zur Grausamkeit. Dein Vater hat es genossen, grausam zu sein. Das liegt weder in deinem noch in Jase' Wesen. Du bist gern der Boss, aber du bist nicht darauf versessen, alles und jeden um dich herum zu kontrollieren. Du ermunterst Jase, seine Meinung zu sagen und Entscheidungen zu treffen. Das hat nichts mit Kontrolle zu tun.«

Coles Hände glitten über ihren Brustkorb zu ihren Brüsten. Er senkte den Kopf auf ihr weiches Fleisch. Maia drückte ihn sofort sanft an sich. »Ich kann in den Menschen lesen, Cole, genau wie in den Tieren. Ich hätte mich nie auf dich und Jase eingelassen, wenn ich gedacht hätte, dass einer von euch zu Menschen oder Tieren grausam ist. Das gebietet mir allein schon meine Selbstachtung.« Sie lächelte leise. »Auch in mir steckt ein bisschen Gewalt, aber auch ein starker Selbsterhaltungstrieb.«

Seine Arme schlossen sich fester um sie. »Manchmal sehe ich ihn in mir, Maia.«

»Er hatte einen starken Willen, Cole, und den hast du von ihm geerbt. Offenbar übte er auf Frauen eine starke Anziehungskraft aus, und auch das hast du von ihm. Nicht alles an ihm war schlecht. Manche seiner Eigenschaften waren nützlich, und hoffentlich haben du wie auch Jase sie geerbt.«

Er hob den Kopf und musterte ihr Gesicht, studierte eingehend ihre Züge. »Du bist ein richtiges Wunder, weißt du das?«

»Natürlich. Samt meinem Temperament und überhaupt.« Ihr warmes, glückliches Lachen drang in jeden Winkel des großen Schlafzimmers.

Es drang auch bei Cole in jeden Winkel seines Seins. Sie hatte die Macht, ihn mit diesem schlichten, unbeschwerten Geräusch zu schütteln. Ihr Körper war weich und warm und hieß ihn willkommen, aber sie war weit mehr für ihn. Sie würde immer weit mehr sein. Diese Erkenntnis machte ihm jetzt jedoch keine Angst mehr. Maia schien mittlerweile so fest zu ihm zu gehören wie sein Atem. Sie war die Freude, die seinem Herzen gefehlt hatte. Wenn er im Dunkeln aufwachte, brachte sie ihm Licht. Sie holte Dinge in ihm zum Vorschein, von denen er gar nicht gewusst hatte, dass sie in ihm steckten.

Wie konnte er ihr all das sagen, nachdem sie sich erst so kurz kannten? Sie würde ihm nicht glauben. Wie sollte sie auch? Er hielt sie so fest, dass sie sich protestierend regte.

»Willst du mich entzweibrechen, Cole?«, fragte sie. »Was ist denn los?«

Er ließ von ihr ab und verschränkte die Hände hinter dem Kopf. »Du hast mir von den Bildern erzählt, die die Tiere dir gezeigt haben. Würdest du es mir noch einmal ganz genau schildern? Alles, woran du dich erinnern kannst?«

»Warum?«

»Mit mir darüber zu sprechen, sollte dir nicht mehr peinlich sein«, brummte Cole. Der tiefe Ton seiner Stimme ging ihr unter die Haut. »Ich habe gerade über diese Bilder nachgedacht und versucht, sie zusammenzufügen. Vielleicht bergen sie die Antwort auf die Frage, was auf dieser Ranch vorgeht.«

Maia legte die Hand auf seine Brust, direkt über sein Herz. Sie wusste, dass er ihr nicht den wahren Grund genannt hatte, warum die Schatten wieder in seine Augen zurückgekehrt waren. Aber wenn er nicht dazu bereit war, sich ihr anzuvertrauen, wollte sie ihn nicht dazu zwingen. »Ich nehme dir das ab, weil ich weiß, dass etwas, was auf der Ranch vorgeht, dir Sorgen bereitet. Aber ich weiß auch, dass du gerade andere Sorgen gewälzt hast.«

Sie wartete, doch Cole blieb stumm. »Na gut. Die Bilder der Eule waren sehr unscharf. Eindrücke von Gefahren, etwas, was über ihr flog. Aufblitzen von Lichtern. Pferde, die sich bewegten. Ich konnte das alles nicht genau erkennen, weil die Bilder blass waren, so, als wären sie weit weg.« Sie zuckte die Schultern. »Ich weiß, das klingt albern.«

»Nein, tut es nicht. Und was war mit den Hirschen?«

»Blut auf Wiese und Felsen. Fäuste, die auf jemanden eindroschen. Weitere Eindrücke von Gefahr.«

»Waren die Bilder genauso unscharf?«

»Sie schienen weit weg zu sein. Bei den Wölfen sogar noch weiter weg. Etwas flog über sie hinweg. Auf dem Boden war Blut. Die Verletzung des Wolfes, den ich behandelt habe, war schon etwas älter.«

»Eine Schussverletzung?«

»Nein. Vielleicht wurde er von einem Pferd getreten. Ein Knochen war aus dem Gelenk gesprungen. Aber ich weiß nicht, wie oder wann es dazu kam. Das arme Tier hat wirklich sehr gelitten.«

»Ich bin die ganze Zeit davon ausgegangen, dass der Tod meines Vaters etwas mit seinem Vermögen oder der Ranch oder Jase zu tun hatte. Ich habe nicht kapiert, warum er ermordet wurde oder wem sein Tod nutzte – abgesehen von meinem Onkel, und das auch nur in dem Fall, dass er zu Jase' Vormund ernannt worden wäre. Das ist aber nicht geschehen, und abgesehen davon hätte er sich bestimmt vor der Verantwortung gedrückt.«

»Wenn dein Vater nicht wegen seines Erbes ermordet wurde, warum dann?«

Cole zuckte seufzend die Schultern. »Ich bin mir nicht sicher, aber ich glaube, dass diese Tiere versucht haben, dir etwas mitzuteilen. Jetzt versuche ich gerade, einen zeitlichen Rahmen zu finden. Du kannst es mir ruhig sagen, wenn es dir zu abwegig erscheint, aber ich glaube, die Hirsche, die Eule und die Wölfe haben dir etwas gezeigt, was vor einer Weile passiert ist.«

»Gut möglich. Die Bilder waren unscharf.«

»Genau. Die Erinnerungen waren älter.«

»Du hast recht«, erwiderte sie aufgeregt. »Als Wally mir zeigte, wie Jase verprügelt wurde, waren die Erinnerungen nicht halb so lebhaft wie die Eindrücke, die er mir von dem Vorfall auf der Koppel zeigte. Es fiel mir ziemlich schwer, die Bilder der Eule und der Wölfe zu erkennen. Die Bilder der Berglöwin hingegen waren viel klarer.«

»Bist du dir sicher, dass sie an dem Tag angeschossen wurde, als Wally sich seine Verletzungen zuzog?«

»Wenn die Wunde älter gewesen wäre, hätte sie sich entzündet. Ja, sie war definitiv frisch.«

»Könnte es sein, dass sie von einem Hubschrauber aus angeschossen wurde?«

Maia schüttelte den Kopf. »Nein, sie befand sich über dem Schützen. Zumindest kam mir der Einschusswinkel so vor.«

»Den Eindruck hatte ich auch«, pflichtete er ihr zufrieden bei. »Der Vorfall, als etwas über den Köpfen der Tiere hinwegflog, zum Beispiel ein Hubschrauber, könnte sich also noch zu Lebzeiten meines Vaters ereignet haben.«

»Das kann man natürlich nicht mit Sicherheit sagen, aber es ist eine realistische Möglichkeit«, erwiderte Maia. »Ich kann mir keinen Reim darauf machen, Cole. Du hast offenbar eine Vermutung, was das alles bedeuten könnte, aber ich kann es mir einfach nicht erklären.«

Er küsste sie kurz und fest. Seine Augen leuchteten aufgeregt. »Nur, weil du nicht wie ein Verbrecher denkst.«

»Das soll wahrscheinlich ein Kompliment sein. Trotzdem würde ich gern wissen, was du vermutest.«

Anstatt einer Antwort küsste er sie noch einmal, und zwar sehr gründlich.

Maia packte ihn an den Schultern und schubste ihn aufs Bett. »Raus mit der Sprache. Erkläre mir, was du dir da zusammengereimt hast!«

»Ich glaube, mein Vater hat etwas auf die Ranch gebracht, höchstwahrscheinlich etwas Illegales. Vielleicht waren auch einige der Arbeiter darin verwickelt. Es muss so gewesen sein. Die meisten Leute wussten es nicht, aber der Alte konnte einen Hubschrauber fliegen. Er hatte zwar einen Piloten eingestellt, aber nur, weil er sich gern allen überlegen fühlte und sie herumkommandierte. Fliegen hielt er für eine Hilfsarbeit.«

Maia suchte nach seiner Hand. Cole schien nicht zu merken, wie nervös er wurde, wenn er von seinem Vater sprach. Es war nicht offenkundig, eher wie eine subtile Spannung, die stetig zunahm. Maia befürchtete, dass sie irgendwann einmal mit der Gewalt eines Vulkanausbruchs explodieren könnte. »So ganz kapiere ich es immer noch nicht.«

»Angenommen, er hat etwas auf die Ranch gebracht, was sehr viel Geld wert war, und einige Arbeiter haben ihm dabei geholfen und mit ihrem Anteil gerechnet. Und dann ist der Alte vielleicht mit seinem Piloten losgezogen und hat die Fracht aus ihrem ursprünglichen Versteck geholt und woanders verstaut.«

»Denkst du an eine Ladung Drogen?«

»Ich denke immer an Drogen oder Waffen. Das ist mein Job. Also angenommen, der Alte hatte hier Drogen gelagert und sie dann weiterverkauft. Die Ranch ist riesig und grenzt an einen Nationalpark. Er hätte völlig unbemerkt Drogen oder Diamanten oder sonst etwas einfliegen lassen können. Eine illegale Ladung, die ein Vermögen wert ist.«

»Die Pferde, der Hubschrauber in der Luft – das kann schon sein. Auch wenn es mir ziemlich weit hergeholt vorkommt.«

»Das würde dir nicht so vorkommen, wenn du den Alten gekannt hättest. Es sah ihm ähnlich, dass er einen Heidenspaß daran hatte, etwas Ungesetzliches zu tun. Er hielt sich immer für unglaublich schlau und gerissen. Ich kann es mir gut vorstellen. Und falls einige Arbeiter ihm halfen und wussten, wo die Ladung versteckt war, und dann erklärt er ihnen plötzlich, sie könnten ihren Anteil vergessen, dann wäre das auch ein verdammt guter Grund, ihn umzubringen.«

»Aber warum sollte er das tun?«

»Weil er es konnte. Du hättest ihn kennen müssen. Es gefiel ihm über alle Maßen, die Macht über alles und jeden zu haben. Angenommen, er hat zusammen mit dem Piloten die Ladung in ein anderes Versteck verfrachtet, das die Arbeiter nicht kannten. Und dann hat er den Piloten umgebracht und ihn einfach dort liegen gelassen.«

Maia schüttelte den Kopf. »Das kann ich mir nicht vorstellen.«

»Du hast gesagt, jemand sei getötet worden. Ich habe es überprüft, Maia. Ein paar Wochen, bevor der Alte ermordet wurde, ist der Pilot spurlos verschwunden. Er wurde sogar in den Kreis der Verdächtigen aufgenommen. Niemand weiß, wo er steckt. Es ging das Gerücht um, dass er sich mit dem Alten gestritten und dann gekündigt hat.«

»Also hat dein Vater den Piloten ermordet. Aber warum hat er das getan?«

»Weil er die Drogen in ein anderes Versteck gebracht hat,

und der Pilot ihm dabei geholfen hat. Also musste der Mann sterben. Und dann hat er den Arbeitern gesagt, dass sie ihren Anteil vergessen können. Er wusste, dass sie nicht zur Polizei gehen konnten, und ihren Job wollten sie auch nicht verlieren, also wähnte er sich sicher. Aber einer oder vielleicht auch mehrere haben beschlossen, dass sie sich von ihm nichts mehr sagen lassen wollten. Deshalb haben sie ihn in seinem Büro ermordet und sind losgezogen, um die Drogen zu holen. Doch die waren weg.«

»Weil er sie weggeschafft hat, bevor er sie um ihren Anteil brachte.«

»Ich glaube, so war es. Den Mittätern war es egal, wer der Vormund von Jase war, denn wir wussten ja nichts von den Drogen. Sie dachten, sie könnten in aller Ruhe danach suchen, und wir würden nie etwas davon erfahren.«

»Bis du sie rausgeschmissen hast.«

»Ganz genau. Ich habe sie rausgeschmissen, und ihnen war klar, dass ich Verdacht schöpfen würde, wenn sie anfingen, sich wieder auf der Ranch herumzutreiben. Jase hat mir gesagt, dass ein paar Karten aus dem Büro verschwunden sind. Ich habe nicht weiter darüber nachgedacht, aber jetzt passt auch das ins Bild. Sie suchen nach dem, was der Alte versteckt hat.«

»Und deshalb wollten sie, dass du zumindest so lange, bis sie die Ranch gründlich abgesucht haben, von der Bildfläche verschwindest. Deshalb all die Gerüchte. Sie wollten dich dazu bringen, dir Jase zu schnappen und zu verschwinden.«

»Und deshalb auch all die Unfälle. Sie wussten, dass ein Schneesturm kommen würde. Jase hätte an jenem Tag mit mir in die Stadt fahren sollen, aber er beschloss, lieber bei Al zu bleiben. Deswegen haben sie versucht, ihn zu verletzen in der Hoffnung, dass Al ihn in die Stadt fahren würde. Dann hätten sie sich in aller Ruhe umschauen können. Das hat nicht geklappt. Als Nächstes haben sie Wally in den Zaun getrieben und gedacht, Al würde das Pferd mit dem Anhänger in die Stadt bringen, und Jase würde ihn begleiten. Doch der Sturm ist zu rasch losgebrochen, und ich beschloss, dich auf die Ranch zu bringen.«

»Warum hatten sie es so eilig? Warum haben sie nicht ein Weilchen gewartet?«

»Vielleicht hatten sie einen Käufer, oder aber sie wurden nervös. An dem Tag, an dem Wally verletzt wurde, hat jemand sich eines meiner Pferde ausgeliehen und ist damit losgezogen. Ich glaube, während Al und Jase damit beschäftigt waren, sich um Wally zu kümmern, hat Fred das Pferd genommen und sich auf die Suche gemacht. Dabei hat er wahrscheinlich auch die Berglöwin angeschossen.«

»Das sind jedoch alles nur Vermutungen.«

»Ja«, gab Cole zu. »Aber Fred hat uns gestern, als wir den Baum geholt haben, beobachtet. Und ich habe dieses Bauchgefühl. Das Gefühl hat mich noch nie getrogen.«

»Und wie erklärst du dir das Eis auf dem Weg?«

»Auch das sollte dazu dienen, uns zu vertreiben. Hätte sich einer von uns ernsthaft verletzt, hätten wir in die Stadt ins Krankenhaus fahren müssen, und sie hätten ungestört suchen können.«

»In einem Blizzard?«

»Es waren vier Stürme, die nacheinander erfolgten, Maia. Laut Wetterbericht hätte es nicht so schlimm kommen sollen. Wenn wir dann in der Stadt gewesen wären, hätte man die Straße nicht geräumt, und wir hätten kaum auf die Ranch zurückkehren können.«

»Aber wie willst du das alles beweisen?«

»Ich arbeite daran.« Er langte wieder nach ihren Brüsten und streichelte die Spitzen, bis sie steil aufragten. »Ich kann morgens besser denken. Den Rest der Nacht möchte ich gern damit zubringen, jeden Zoll deines Körpers ganz genau kennenzulernen.«

Sofort regte sich neues Verlangen in ihr. »Klingt wie ein guter Plan.«

12

Morgen ist Weihnachten, Cole, und ich habe keinen Albtraum mehr gehabt, seit wir Maia in dem Restaurant begegnet sind.« Jase häufte eine Riesenportion Rührei auf seinen Teller und nahm sich von dem Speck. »Wenn die Frau Doktor Vegetarierin ist, warum will sie dann unbedingt einen Truthahn für uns zubereiten?«

»Das musst du sie selber fragen.«

»Hast du einen Albtraum gehabt, seit wir Maia getroffen haben?«

Cole nickte. »Ja, aber immer nur ganz kurz.«

Jase hörte auf, Essen in sich hineinzuschaufeln, und sah seinen Bruder an. »Wenn dir das mit dem Baum zu viel ist, Cole, helfe ich dir, ihn wegzuschaffen. Das wird die Frau Doktor schon verstehen.«

»Nein, der Baum bleibt, wo er ist. Ich schaffe es schon, die Nächte zu überstehen, Jase. Der Baum gefällt mir.«

»Mir auch«, erklärte der Junge erleichtert. »Ich mag auch das ganze Drumherum. Dank der Frau Doktor fühlt sich Weihnachten ganz anders an. Ich weiß nicht, wie sie es anstellt, aber mit ihr macht alles einen Riesenspaß.«

»Früher habe ich mich in der Weihnachtszeit immer wie ein Außenseiter gefühlt, der den anderen beim Feiern zusieht«, sagte Cole.

Jase blinzelte und schluckte rasch einen großen Happen. »Das ist es. Genauso habe ich mich auch immer gefühlt. Manchmal bist du ganz schön schlau, Cole.«

»Danke, Jase.« In Coles Augen tauchte eine Spur Belustigung auf.

»Gern geschehen.« Jase legte das Kinn auf die Handfläche

und kaute gedankenverloren auf dem nächsten Bissen herum. »Ich habe lange darüber nachgedacht, Cole. Ich denke, wir sollten sie behalten. Wir müssen die Frau Doktor behalten.«

Coles Mund zuckte, sodass es fast wie ein Lächeln aussah. »Sie behalten? Sollen wir sie irgendwo einsperren? Ich kann mir nicht vorstellen, dass sie das freuen würde, Jase.«

Jase runzelte aufgebracht die Stirn. »Muss ich es dir so deutlich sagen? Du brauchst eine Frau, Cole. Im Ernst. Und ich brauche eine Mom. Die Frau Doktor ist doch perfekt. Mach ihr einen Heiratsantrag.«

»Wie lange hast du darüber nachgedacht? Fünf Minuten? Was hätten wir ihr denn zu bieten, Jase?«

»Geld. Wir haben eine Menge Geld. Ihr gefällt das Haus, und sie küsst dich gern. Vielleicht solltest du das ein bisschen intensivieren. Ich glaube, sie hätte nichts dagegen.«

Cole schüttelte den Kopf. »Denk noch etwas gründlicher nach, Jase. Du weißt, dass wir sie nicht kaufen können. Maia ist nicht käuflich. Und ich habe ihr wirklich nicht sehr viel zu bieten. Aber ich arbeite daran.«

Jase' Miene erhellte sich. »Tust du das? Mir wäre es wirklich sehr recht, wenn sie bleiben würde, Cole. Bei ihr komme ich mir vor wie in einer richtigen Familie.«

»Wir sind eine richtige Familie. Ob ich sie dazu bringen kann zu bleiben oder nicht – wir zwei werden immer eine Familie sein.«

»Guten Morgen!« Maia kam in die Küche und lächelte breit, als sie die Brüder am Frühstückstisch erblickte. »Ihr seid heute vor mir aufgestanden.«

Cole wollte nicht zulassen, dass sie wieder eine gewisse Distanz aufbaute. Er hatte ihr in der vergangenen Nacht überaus deutlich gemacht, dass er nicht nur mit ihr schlafen wollte, sondern dass er sie liebte. Das war kein Gelegenheitssex gewesen. Vielleicht hatte Jase den richtigen Einfall gehabt – er musste die Sache intensivieren.

Er legte den Arm um ihre Taille und zog sie zu sich heran.

Dann drückte er seinen Mund auf den ihren, erhob seinen Anspruch auf sie so direkt, wie er nur konnte. Seine Hand schloss sich um ihren Nacken und hielt ihren Kopf fest, während seine Zähne an ihrer Unterlippe zogen und seine Zunge sie neckte, bis ihre Lippen sich öffneten. Als er sie küsste, wurde ihr Körper weich wie Wachs. Er drückte sie fest an sich und verlor sich in ihrer Hitze und in der anschwellenden Woge stürmischen Verlangens.

Jase räusperte sich. »Siehst du? Ich hab dir doch gesagt, dass sie dich gern küsst. Wollt ihr zwei das jetzt die ganze Zeit machen? Meinetwegen gern, aber bitte nicht in der Küche.«

»Ja«, sagte Cole entschlossen.

»Nein«, versicherte Maia gleichzeitig. Sie tauschten einen langen Blick aus. Maia lachte und rieb Cole übers Kinn. »Du siehst heute morgen sehr ernst und verbissen aus, Steele. Ich hatte vor, Ingwerkuchen zu backen und ein Lebkuchenhaus daraus zu basteln. Das wollte ich mit den Weingummis verzieren, die ich im Schrank gefunden habe. Bei der Weihnachtsbäckerei gehe ich aufs Ganze.«

»Hey! Das sind meine Weingummis! Ich habe Cole dazu gebracht, sie mir zu kaufen, und ich werde sie nicht hergeben.«

»Wir brauchen sie für das Lebkuchenhaus. Das gehört zur Weihnachtsdekoration«, erklärte Maia geduldig. »Wir müssen alles nehmen, was es hier gibt, und Weingummis passen bestens.«

Jase hielt die Hand hoch. »Das Lebkuchenhaus ist nicht zum Verzehr bestimmt?«

»Ganz richtig. Ich werde ein wundervolles Häuschen machen und es mit Zuckerguss und allem verzieren, was ich dafür auftreiben kann.«

Jase schüttelte den Kopf. »Sie ist verrückt, Cole. Du kannst doch nicht einen Kuchen backen und von uns erwarten, dass wir ihn nicht essen. Das geht zu weit, Doc. Auf das entzückende Häuschen kann ich verzichten. Mein Magen fordert Nahrung und Kuchen.«

»Du bist noch nicht in der richtigen Weihnachtsstimmung, Jase«, meinte Maia.

»Ja. Und ich werde auch nicht so weit kommen, wenn du mir Nahrung verweigerst.« Er biss herzhaft von seinem Toast ab. »Und bitte halte dich von meinen Weingummis fern.«

»Mit vollem Mund redet man nicht.«

Cole schenkte Maia eine Tasse Tee ein aus der Kanne, die er unter einem Handtuch warm gehalten hatte. »Bevor du anfängst, Ingwerkuchen für Lebkuchenhäuser zu backen, solltest du vielleicht noch in den Stall gehen und dir die Pferde anschauen. Möglicherweise können dir einige von ihnen noch ein paar Erinnerungen mitteilen.«

Ihr Herz machte einen kleinen Sprung. Er hatte den Tee genauso zubereitet, wie sie ihn gerne trank, inklusive einem kleinen Tropfen Milch. »Was hast du vor?« Sie stellte die Teetasse auf die Theke und runzelte die Stirn.

In ihren türkisfarbenen Augen stand Besorgnis. Cole nahm ihre Hand und drückte sie. »Es macht nichts, wenn du keine weiteren Details herausfindest«, versicherte er ihr. »Ich werde die Sache auf alle Fälle ein bisschen aufmischen, und dann sehen wir schon, was passiert. Am Weihnachtsabend soll das Wetter sich etwas beruhigen. Wir haben also einen gewissen Handlungsspielraum.«

»Das klingt ein bisschen unheimlich«, meinte Maia. »Was für einen Handlungsspielraum? Was willst du aufmischen?« Sie langte nach seiner Hand. »Du wirst doch nichts Verrücktes tun, oder?«

Sie sah so besorgt aus, dass er sich zu ihr hinabbeugte und ihr einen Kuss auf den Scheitel drückte. Es war ein erstaunliches Gefühl, zu merken, dass sich jemand um ihn Sorgen machte. »Ich wollte nur, dass du versuchst, uns ein deutlicheres Bild zu liefern, mehr nicht.«

»Ein deutlicheres Bild wovon?«, fragte Jase neugierig.

Maia rechnete damit, dass Cole ausweichen würde, doch er tat es nicht. Er ließ Maia los und setzte sich dem Jungen gegenüber an den Küchentisch. Sie nahm ihre Teetasse und folgte ihm.

»Ich denke allmählich, dass all diese Vorfälle – mit dem Pferd, mit dir, mit Maia und dem Eis, ja sogar die Ermordung des Alten – etwas miteinander zu tun haben. Wir haben uns versprochen, offen miteinander zu reden. Du bist kein Baby mehr, und ich will dir nichts vorenthalten. Vielleicht liege ich ja völlig falsch, aber wenn nicht, dann haben wir ein Problem.«

Jase erstarrte. »Glaubst du, es war Al?«

Cole trommelte mit den Fingern auf die Tischplatte. »Ich hoffe, dass er nichts damit zu tun hat. Er hat dich aufgefangen, als der Zaun nachgab, und er leistet gute Arbeit mit der neuen Mannschaft.«

»Er hat mir viel geholfen«, sagte Jase mit gepresster Stimme. »Keiner hat sich je die Zeit genommen, sich mit mir zu befassen. Er hat mir viel über die Pferde und das Vieh erklärt und gezeigt, wie man Heu macht und Zäune repariert. Er beantwortet mir immer all meine Fragen. Bei ihm habe ich nie das Gefühl, klein und dumm zu sein.«

»Ich mag ihn auch, Jase«, sagte Cole. »Wenn ich mit meinen Vermutungen richtig liege, dann hat er mit der Sache nichts zu tun. Sein Schwager hingegen scheint darin verwickelt zu sein. Ich glaube, er hat versucht, dich und Al dazu zu bringen, in die Stadt zu fahren.«

»Fred habe ich nie gemocht.« Jase zog den Kopf ein. »Manchmal hatte ich Angst, dass du es warst, Cole.« Dieses Geständnis kam ihm nur leise über die Lippen. »Es tut mir leid. Ich habe versucht, solche Gedanken nicht zuzulassen, aber offenbar kann ich keinem richtig vertrauen.«

Cole lächelte traurig. »Wenn das jemand verstehen kann, dann ich, Jase. Ich hatte das gleiche Problem. Auch ich habe mir Sorgen über dich gemacht. Wir stehen diese Sache gemeinsam durch und auch alles andere, was noch auf uns zukommen mag. Maia hat recht. Wir können unsere eigene Tradition begründen und zu einer Familie zusammenwachsen, hier und jetzt. Wir haben schon viel geschafft, als wir uns das Haus zurückerobert haben.«

Jase nickte. »Das stimmt. Und es schaut toll aus. Die Frau Doktor hat ein paar Kissen auf all die Sitzmöbel im Wohnzimmer geworfen, und schon sieht es völlig anders aus. Mit dem Baum und Moms Quilt habe ich das Gefühl, dass das Haus wirklich uns gehört.«

Maia stellte die Teetasse ab und stand auf. »Ich bin froh, dass es dir gefällt, Jase. Wenn ich einen Blick auf die Pferde werfen soll, ist es wohl besser, ich tue es jetzt gleich. Zuerst schaue ich nach Wally, dann überprüfe ich die Pferde, und danach füttere ich die Berglöwin. Ich möchte nicht nach ihr riechen, wenn ich mich mit den Pferden beschäftige.«

»Daran habe ich noch gar nicht gedacht«, sagte Jase.

»Wenn man mit Großkatzen arbeitet, darf man nie vergessen, mit wem man es zu tun hat. Man darf ihnen nie den Rücken zukehren. Der Mensch sollte sich nicht einbilden, ein solches Tier je besitzen zu können. Man sollte nie versuchen, es in ein Haustier zu verwandeln. Ich habe von einem Tiger gehört, der in einer Stadtwohnung gehalten wurde. Er wurde gerettet. Aber was stellt man dann mit einem solchen Tier an? Die Zoos haben nicht genug Geld, und die Gehege, in denen gerettete Großkatzen leben können, sind überfüllt. Oft bleibt dann nichts anderes übrig, als ein solches Tier einzuschläfern. Das macht mich richtig wütend«, erklärte sie aufgebracht.

Sie tauschte einen Blick mit Cole und zuckte die Schultern. »Ich habe dir ja schon gesagt, dass ich aufbrausen kann. Wenn Tiere schlecht behandelt werden, kommen meine dunkelsten Seiten zum Vorschein. Diese Rettungsgehege zu unterhalten kostet eine Stange Geld, und oft reicht das Geld einfach nicht aus, um alle bedürftigen Großkatzen dort unterzubringen, zu füttern und tierärztlich zu versorgen.«

»Warum ist es so teuer, Doc?«, wollte Jase wissen. »Die Besucher können doch Eintritt zahlen, wenn sie die Tiere sehen wollen. Das sollte für ihren Unterhalt reichen, oder?«

»Es wäre schön, wenn es so einfach wäre. Aber das ist es nicht. Man braucht eine große Fläche und ausgebildete Leute, die wissen, was sie tun. Und außerdem hat jede Großkatzenart andere Bedürfnisse. Man kann solche Tiere leider auch nicht mehr auswildern, wie es viele Leute gern hätten.« Maia geriet immer mehr außer sich. Als sie das bemerkte, lief sie rot an und hielt die Hände hoch. »Ich höre jetzt lieber auf. Das ist das Sicherste.«

Cole beugte sich zu ihr vor und gab ihr einen sanften Kuss. »Es gefällt mir, wenn du dich so aufregst. Ich denke, auf diesem Grundstück wird in absehbarer Zeit nicht mehr gejagt werden.«

Verlegen zog sie sich zurück und warf einen Blick auf Jase, der breit grinste. »Wird das Wetter uns morgen wirklich eine Verschnaufpause gönnen?«

Sofort verblasste das Lächeln auf dem Gesicht des Jungen. »Lange wird die Pause bestimmt nicht dauern, oder, Cole? Jedenfalls nicht lang genug, um in die Stadt zu fahren.«

Coles Miene verschloss sich, und seine Schultern wirkten verspannt. Er trommelte wieder mit den Fingern auf den Tisch und beobachtete Maia. »Wenn du wirklich noch vor Weihnachten wegwillst, wäre es wahrscheinlich machbar. Ich möchte nicht, dass du gehst, und Jase auch nicht, aber vielleicht hast du ja etwas Wichtiges zu erledigen. Dann bemühen wir uns selbstverständlich, dafür zu sorgen, dass du von hier wegkommst.«

Jase schüttelte heftig den Kopf und presste die Lippen zusammen. Maia sah, dass ihm die Tränen in die Augen stiegen, als er sich von ihr abwandte. Plötzlich herrschte eine schreckliche Spannung in der Küche.

»Irgendwie kann ich mir nicht vorstellen, dass ihr zwei euch ohne mich um den Puma kümmern könnt.« Sie versuchte, möglichst scherzhaft zu klingen, um die Situation zu entschärfen. Innerlich jedoch zerbrach es ihr schier das Herz, wenn sie an die beiden dachte – den Mann und den Jungen, die sich bemühten, möglichst normal zu wirken, und dabei gar nicht wussten, was normal war. Sie wollte nicht, dass sie sich ihretwegen verstellten. Sie stupste Jase in die Rippen. »Die Katze würde dich auffressen. Aber vielleicht wäre ja sogar die Katze in Gefahr, wenn Cole dir nicht alle fünf Minuten etwas Essbares vorsetzt.«

»Es kommt darauf an, wie groß mein Hunger ist«, brummte Jase.

»Soll das heißen, dass du sogar Katzen essen würdest?«, witzelte Cole und hob die Brauen. Er spürte, wie die Knoten in seinem Bauch sich langsam lösten. Maia würde sie nicht verlassen. Ihm war ein Aufschub gewährt worden.

»Igitt, du hast wirklich eine kranke Fantasie, Bruderherz. Das würde ich nie im Leben tun.«

Maia stand auf und schob ihren Stuhl zurück. »Ich mache mich jetzt an die Arbeit. Benehmt euch, solange ich weg bin.«

»Wir kommen mit«, erklärte Cole mit fester Stimme.

Maia zuckte die Schultern und holte ihren Koffer. Offen gestanden war es ihr sogar lieber, wenn sie nicht alleine loszog. Falls Cole recht hatte, dann hatte sein Vater etwas auf der Ranch versteckt, das so wertvoll war, dass sich Leute deshalb umbrachten. Einem, der danach suchte, wollte sie lieber nicht über den Weg laufen.

Wally sah viel besser aus, und nichts wies auf eine Entzündung hin. Er hatte kein Fieber und bewegte sich in seiner Box viel geschmeidiger. Maia mischte Antibiotikum unter sein Getreide und das Heu, während Jase ausgiebig mit ihm redete.

»Er hat wirklich ein Händchen für Tiere«, erklärte sie Cole, der seinen Bruder stolz beobachtete. »Wenn er Veterinärmedizin studieren will, wird bestimmt mal ein guter Tierarzt aus ihm.«

»Er ist ein großartiger Junge«, pflichtete Cole ihr bei. Er stützte sich mit der Hand an der Wand nahe ihrem Kopf auf, sodass er ihr mit seinem Körper den Weg versperrte. »Und außerdem ist er wirklich sehr klug. Der Alte war ein Scheusal, aber er war nicht dumm. Jase ist ganz versessen aufs Lernen. Er hat zwar keine normale Schule besucht, aber er hatte immer nur die besten Lehrer. Brett Steele wollte keine dummen Söhne. Er hat dafür gesorgt, dass wir eine gute Schulbildung bekamen.«

»Du brauchst mich gar nicht zu überzeugen, Cole. Mir ist klar, dass Jase ein schlauer Bursche ist.« Sie war sich ziemlich sicher, dass Cole gar nicht wusste, wie viel Stolz auf seinen Bruder in seiner Stimme mitschwang.

»Ich wollte mich bedanken, dass du über Weihnachten bleiben willst. Er braucht dich wirklich dringend.« Cole zögerte kurz. Er hörte sein Herz hämmern. »Und ich auch.« Hatte er das tatsächlich laut gesagt? Wie erbärmlich er klang! Hier stand er nun vor ihr und hatte schreckliche Angst, sie zu verlieren. Dabei konnte er sich ihrer doch überhaupt nicht sicher sein. Wann hatten sich seine Gefühle so verändert? Anfangs hatte er doch nur mit ihr ins Bett gehen wollen, und jetzt war ihm die Vorstellung unerträglich, dass sie ihn demnächst verlassen würde. Wie hatte sie es nur geschafft, sich derart tief in seinem Herzen festzusetzen?

Maia streichelte seine Brust. In seinen Augen lauerten wieder Schatten, und um seinen Mund lag ein Zug, den sie nicht recht deuten konnte. Aber sie war geübt und stets darauf bedacht, selbst die unterschwelligsten Regungen ihres Gegenübers wahrzunehmen. Cole erinnerte sie zunehmend an den Puma. Ständig auf der Hut, gefährlich, bedürftig, aber allzeit bereit, loszuschlagen, wenn er sich in Gefahr wähnte. »Ich möchte gern bleiben«, gab sie leise zu.

In seinen Augen flackerte Verlangen gepaart mit Erleichterung auf. In diesem Moment wurde ihr klar, was mit ihm los war. Cole Steele, der Unbezwingbare, der Mann, der stets über den Dingen stand, sich um nichts und niemanden scherte und vor Selbstbewusstsein strotzte, hatte nur noch sehr wenig davon, wenn es um sie ging. Sie reckte sich und drückte ihm einen Kuss aufs Kinn. »Ich tue es wirklich gern, und nicht nur wegen der Katze.«

»Oder wegen Jase. Ich weiß, wie sehr du Jase magst«, bohrte er weiter. Er wollte ihr unbedingt ein Geständnis entlocken.

Sie lachte, und ihre Augenfarbe verwandelte sich in ein schillerndes Blaugrün. Am liebsten hätte er sie hochgehoben und davongetragen. Nie hätte er sich vorstellen können, dass ein Mensch jemals eine derartige Wirkung auf ihn haben würde. Dass ein Mensch etwas in ihm zum Leben erweckte und es wachsen und gedeihen ließ, bis es zu einem derart intensiven Gefühl wurde.

»Du bist albern. Ich habe Jase tatsächlich sehr gern.«

Er wartete. Als sie nicht weiterredete, trat er noch etwas näher, bis ihre weichen Brüste sich gegen seinen Oberkörper drückten und seine Hüften sich an ihren Körper drängten. »Das ist aber gar nicht nett.«

Seine Stimme klang so sinnlich, dass in ihr sofort Begehren aufloderte. Es war unmöglich, ihm zu widerstehen. Verlockend schwang sie die Hüften und flüsterte: »Ich wollte bleiben, weil ich gern mit dir zusammen bin.«

»War das jetzt so schwer?« Er küsste sie. Die Form ihres Mundes war unglaublich verführerisch, vor allem, wenn sich ihre Lippen zu diesem unglaublichen Lächeln verzogen. Er ertrank in Lust. Aber noch erschreckender war, dass er zudem Liebe in sich aufsteigen fühlte – ein Gefühl, das so überwältigend war, dass er kaum wagte, es näher zu betrachten.

Maia schlang die Arme um seinen Nacken und zauste ihm durch die Haare. »Du weißt, wie schwer es ist«, murmelte sie gegen seine heißen Lippen. Sie liebte es, ihn zu küssen. Sie liebte es, ihn zu berühren. Und sie hatte keine Ahnung, wohin das führen sollte. Ihr Job sorgte dafür, dass sie ständig unterwegs war, und auch Cole Steele neigte nicht zur Sesshaftigkeit. Sie hatte sich verwundbar gemacht, und schlimmer noch, es ganz genau gewusst, bevor sie das Schlafzimmer dieses Mannes betreten hatte. Sie hatte es aus freien Stücken getan in der Hoffnung, dass die Zeit, die sie gemeinsam verbrachten, den Schmerz aufwog, wenn es Zeit war zu gehen.

Einen Moment lang lehnte sie sich an ihn. Am liebsten hätte sie in seiner Stärke Halt gesucht. Seine Küsse machten es ihr unmöglich, einen klaren Gedanken zu fassen. Und im Grunde wollte sie das auch gar nicht. Sie wollte nur in diesem Feuer schwelgen, das durch ihre Adern schoss und über ihre Haut loderte. Und sie wollte, dass die Wärme, nach der sie sich so sehnte, ihr Herz erfüllte.

Jase knallte die Tür zu Wallys Verschlag laut zu, um sie daran zu erinnern, dass sie nicht alleine in der Scheune waren. Maia warf einen Blick auf ihn. Er grinste von einem Ohr zum anderen und schüttelte gespielt tadelnd den Kopf.

»Ich weiß schon. Aber weißt du – er ist einfach unwiderstehlich. Doch das wollen wir ihm natürlich nicht sagen, weil er ohnehin schon viel zu eingebildet ist.«

»Bitte sprich für dich selbst, Doc«, protestierte Jase. »Ich kann ihm durchaus widerstehen.«

»Nun, wie wär's, Bruderherz, wenn du für diese Frechheit die Ställe ausmisten würdest, während ich die Pferde füttere?« fragte Cole grinsend.

Jase legte die Hand an seinen Rücken und begann, laut zu stöhnen, als er ihnen auf dem überdachten Weg zu den Ställen folgte.

Cole und Jase fütterten und tränkten die Pferde, während Maia gemächlich im Stall herumlief und versuchte, ein Gefühl für diesen Ort zu entwickeln. Auch in diesem Gebäude fehlte es an nichts. Die geräumigen, hellen Verschläge hatten alle einen Ausgang zu dem großen Kreis in der Mitte des Gebäudes. Dort konnten die Pferde bei jedem Wetter trainiert und geritten werden. Wie überall auf dieser Ranch hatte der Bauherr auch hier keine Kosten gescheut und alles perfekt eingerichtet.

Maia lehnte sich an das Gatter einer Box und lockte das Pferd mit leisem Flüstern an. Sie liebte Pferde, die Art, wie sie sich bewegten und wie sie ihre samtenen Nüstern in ihre Handfläche pressten. Pferde reagierten immer auf sie. Die meisten Pferde hier hatten Erinnerungen daran, dass auf einem bergigen Pfad eine Fracht zu einem der größeren Außengebäude transportiert wurde. Zwei erinnerten sich an einen Jungen, der verprügelt wurde. Das Pferd, das in einem Verschlag in einer Ecke stand, erinnerte sich lebhaft daran, in einer bergigen Gegend hart geritten worden zu sein. Seine Flanken zitterten, als es sich an einen Berglöwen erinnerte, der ein Stück weit von ihm entfernt auf einem dicken Ast kauerte. Dann knallte ein Gewehr, die Katze sprang auf den Boden und verschwand im dichten Unterholz.

»Und, erfährst du hier etwas?«, fragte Cole neugierig.

Maia nickte. »Aber ich weiß nicht genau, wonach ich suchen soll.«

»Landmarken – irgendetwas, was darauf hinweist, in welchem Gebiet sie sich aufgehalten haben: Felsformationen, welche Bäume gab es dort, war es eine bergige Gegend, ein Tal oder eine Wiese? Wir haben mehrere Tausend Hektar Land, und wenn wir den angrenzenden Nationalpark mit einschließen, suchen wir nach einer Stecknadel im Heuhaufen.«

»Ich probier's noch mal. Aber ich kann die Tiere nicht in eine bestimmte Richtung lenken. Ich bin nur eine Art Empfängerin ihrer Eindrücke.« Sie hatte das Gefühl, zu versagen. Diese Informationen waren Cole offenbar sehr wichtig.

Cole legte die Hand um ihren Nacken und strich ihr mit dem Daumen übers Kinn. »Was immer du mir lieferst, ist mehr, als ich anfangs hatte.«

»Gib mir noch etwas mehr Zeit mit diesem Tier dort.« Sie deutete auf das Pferd in dem Eckverschlag.

Cole sah ihr zu, wie sie das Tier streichelte und leise auf es einredete. Gut eine Viertelstunde lang überhäufte sie es mit Aufmerksamkeit. Danach fütterte sie die Berglöwin und untersuchte sie noch einmal gründlich. Erleichtert stellte sie fest, dass nichts auf eine Infektion hinwies. Die Katze ließ Cole und Jase währenddessen nicht aus den Augen. Die beiden hielten sich auf Maias Drängen hin in gebührender Entfernung. Aber hinter ihrem Rücken hatte Cole seinen Revolver gezückt, bereit, zu schießen, sobald das Tier auch nur eine falsche Bewegung machte.

»Das sag ich ihr«, flüsterte Jase ihm ins Ohr.

Cole zuckte die Schultern. »Damit muss sie leben«, erwiderte er. Seine angespannten Kiefer drückten seine Entschlossenheit aus. »Jemand muss auf sie aufpassen.«

Maia streichelte noch einmal das dichte Fell der Berglöwin, dann ging sie rückwärts aus dem Schuppen. »Ihr beide seht aus, als würdet ihr eine dunkle Verschwörung aushecken.« In Wahrheit glätteten sich die Furchen in Coles Gesicht allmählich, und gelegentlich zeigte sich sogar ein kleines Lächeln. Ab und an wirkte er sogar richtig friedlich. Auch Jase schien deutlich entspannter und fröhlicher.

Ihr Herz machte einen komischen kleinen Satz. Sie fühlte sich den beiden zugehörig, so, als wären sie auf eine seltsame Weise alle miteinander verbunden. So, als ob sie hierher gehörte. Maia musste den Blick abwenden, weil ihr Tränen in die Augen stiegen. Es war lächerlich, sich so rasch so intensiv auf andere Menschen einzulassen. Sie konnte es nur darauf zurückführen, dass die beiden Brüder so schrecklich verletzt waren. Der Gedanke, sie zu verlassen, brach ihr das Herz. Sie wehrte sich dagegen. Weihnachten wollte sie auf alle Fälle noch gemeinsam mit ihnen feiern. Aber das würde reichen müssen.

»Egal, woran du gerade denkst, hör damit auf!«, bat Cole und legte den Arm um ihre Taille. »Du siehst so traurig aus.« Er legte den anderen Arm um Jase' Schulter und zog ihn ebenfalls zu sich heran. »Jase, hilf Maia bitte beim Backen. Und pass auf sie auf!«

Maia sah ihn an. Er schien es eilig zu haben, sie ins Haus zurückzuverfrachten. Angst stieg in ihr auf. »Was hast du vor?«

»Ich will mich nur ein bisschen umsehen. Hast du denn noch weitere Details für mich?« Er öffnete die Tür zum Vorraum.

Maia wartete, bis sie in der Küche waren und sich ihr panisch schlagendes Herz wieder etwas beruhigt hatte. Er wollte sich nicht nur ein bisschen umsehen. Im Klartext hieß es, dass er dem Mörder eine Falle stellen wollte. Wollte er den Köder spielen?

»Du schüttelst den Kopf.« Er klang sehr sanft. »Heißt das, du hast nichts für mich?«

»Nein, ich will nicht, dass du das tust. Geh zur Polizei.«

»Ich bin die Polizei.«

Maia sank auf einen Stuhl. »Ich weiß. Aber du hast niemanden, der dich unterstützt.«

»Maia, ich würde mich nie ohne Rückendeckung in eine solche Situation begeben. Ich bin gut in meinem Job. Ich habe dir bei dem Berglöwen und den Wölfen vertraut. Jetzt musst du mir vertrauen.«

Sie schenkte ihm ein schwaches Lächeln. »Soll ich mit einem Revolver in der Hand im Hof herumstehen?«

»Nein, du kannst hierbleiben und dich darauf verlassen, dass ich knallhart bin, wenn es darauf ankommt.« Er setzte sich ihr gegenüber an den Tisch. »Hast du noch etwas gesehen, was mir helfen könnte?« Er warf einen Blick auf seinen Bruder. Jase lehnte leichenblass an der Theke. »Hör ihr gut zu, dann kannst du mir vielleicht helfen, das Ganze zu entschlüsseln.«

Der Junge atmete tief durch und nickte. Er setzte sich neben Maia. Unter dem Tisch langte Maia nach der Hand des Jungen. »Ich habe nicht viel erfahren. Aber ich glaube, die Gegend kann ich ganz gut beschreiben. Es hat sich definitiv oben in den Bergen abgespielt, dort, wo die Bäume ganz dicht stehen. Es gibt große Felsen und eine Formation, die aussieht wie eine Festung. Vielleicht gibt es dort auch einige Höhlen.«

»Ja, dort war ich schon mal«, erklärte Jase aufgeregt. »Damals, als der Alte auf einer Geschäftsreise war. Ich habe mich davongeschlichen. Schließlich habe ich mich verlaufen. Ich fand einen Pfad neben dem Flussbett hinter dem Wasserfall. Diesem Pfad bin ich gefolgt, weil er etwas breiter war als die Wildwechsel, und mein Pferd fast automatisch dorthin einbog, so, als wäre es nicht zum ersten Mal dort. Ich war mir ziemlich sicher, dass ich wieder nach Hause finden würde, und am Ende ist es mir auch gelungen.«

»Ich erinnere mich an die alten Höhlen. Du bist in keine reingegangen, oder?«

»Nein. Ich war erst neun und hatte ziemlich viel Angst wegen all der Märchen, die die Arbeiter immer über Berglöwen und Bären erzählten.«

»Das sind keine Märchen«, meinte Cole nur und stand auf. »Ich nehme das Schneemobil, solange das Wetter so ruhig ist.« Er sah auf seine Uhr. »In etwa eineinhalb Stunden wird der nächste Sturm losbrechen.«

»Es gefällt mir nicht, dass du dich alleine dort draußen herumtreibst«, verkündete Maia noch einmal kopfschüttelnd. »Warum benachrichtigen wir nicht die Polizei? Sollen die doch der Sache nachgehen.«

»Das finde ich auch, Cole«, meinte Jase und versuchte, möglichst erwachsen und entschlossen zu klingen. »Ich will nicht, dass dir etwas zustößt.«

»Ich werde mich einfach nur umschauen«, erklärte Cole. »Mir wird schon nichts passieren. Vergesst nicht, dem Alten hat die ganze Stadt gehört. Die Polizei, die Schulbehörde, selbst die Therapeuten hatten Angst vor ihm. Sie brauchten sein Geld, und außerdem hatte er einen immensen politischen Einfluss. Man konnte sich nicht gegen ihn stellen. Ich weiß nicht, wem ich bei der Polizei vertrauen kann. Wenn er tatsächlich etwas geschmuggelt hat, vor allem, wenn es Drogen waren, hat er das seit vielen Jahren getan, ohne dass ihn jemand daran hinderte. Das riecht nach Bestechung.«

Maia legte den Arm um Jase. »Gut, eineinhalb Stunden geben wir dir. Wen soll ich anrufen, wenn du nicht zurückkommst?«

Er musterte sie kurz, dann kritzelte er eine Nummer auf einen Notizblock neben dem Telefon. »Gib mir zwei Stunden, Maia. Ich komme zurück, das verspreche ich dir.«

»Wehe, wenn nicht!«, erwiderte sie grimmig.

13

Seit Stunden schneite es wieder heftig. Maia starrte aus ihrem Schlafzimmerfenster in die weiße, stumme Welt hinaus. Noch vor Kurzem war sie ihr wunderschön vorgekommen, eine Welt aus funkelnden Kristallen. Jetzt jedoch wirkte sie feindselig und erstickend. Die Welt vor ihrem Fenster war so weiß, dass sie selbst in der Nacht strahlte. Durch das Schneegestöber konnte man Bäume und Büsche erkennen, die mit einer dünnen Eisschicht überzogen waren. Lange Eiszapfen hingen an den Überdachungen der Wege und an den Traufen der Außengebäude. Die Stangen der Koppeln waren mit Schnee bedeckt. Nichts regte sich. Die Welt war starr und stumm, sie wirkte wie eingesperrt in ein frostiges Zeitfenster.

Cole war von seinem Ausflug mit dem Schneemobil rechtzeitig zurückgekehrt. Aber sein Wesen hatte sich völlig verändert. Er hatte weder mit ihr noch mit Jase etwas besprochen. Nachdem er einen kurzen Blick auf ihr Backprojekt, ein reich verziertes Lebkuchenhaus, geworfen und kurz genickt hatte, war er in einem Büro verschwunden. Dort verbrachte er den Rest des Abends am Telefon. Er wirkte distanziert, fast Furcht einflößend. Seine Züge waren wie aus Stein, sein Blick hart. Er kam Maia so fremd vor, dass sie ihn kaum noch erkannte.

»Maia?«

Sie wirbelte herum. Ihr Herz pochte, ihre Hand fuhr wie zum Schutz an ihren Hals. Cole hatte sich nicht durch das leiseste Geräusch verraten und stand jetzt mit nacktem Oberkörper in ihrem Schlafzimmer. Sein Gesicht lag im Schatten, und er wirkte einschüchternd; ein Mann mit großer Macht, der den Raum mit seinem muskulösen Körper und der Wucht seiner Persönlichkeit erfüllte.

»Du hast doch nicht etwa Angst vor mir?«

Maia atmete tief durch. Sie hatte oft genug mit wilden Tieren zu tun gehabt, um zu wissen, dass Coles Instinkte denen eines in der Falle sitzenden Tieres glichen. Sie konnte die Gefahr, die von ihm ausging, beinahe riechen.

»Du hast deine Drogenfahnder-Persönlichkeit angenommen, diejenige, die du benutzt, um am Leben zu bleiben«, stellte sie fest. »Der arme Jase hatte vorhin Angst, und ich auch. Du wirst zu einem völlig anderen Menschen, einem, den weder Jase noch ich kennen.«

»Verflucht noch mal, Maia.«

Sie schenkte ihm ein mattes Lächeln. »Wenn es nötig ist, damit du am Leben bleibst, Cole, dann finden Jase und ich uns schon damit ab. Was auch immer du brauchst, um deine Arbeit zu erledigen, erledige sie und mach dir keine Gedanken darüber, dass du uns dabei ein bisschen unheimlich bist. Jase hat mir erzählt, dass du anfangs immer so warst. Ich kann verstehen, dass er eingeschüchtert war.«

»Was mache ich denn?«

»Du zeigst keinerlei Regung und schaffst eine Distanz zwischen dir und allen anderen.«

»Ich arbeite als verdeckter Ermittler, Maia. Ich kann meine Gefühle nicht zeigen, und wenn ich etwas mit jemandem bespreche, dann könnte mich jemand belauschen, der mein Feind ist. Das ist die Welt, in der ich lebe.«

»Das ist die Welt, in der du immer gelebt hast. Als Erwachsener bist du einfach losgezogen und hast dir die Umgebung gesucht, die dir am passendsten erschien, eine, die dir vertraut war und in der du die Regeln kanntest.«

Er fuhr sich durch die Haare – der einzige Hinweis, dass ihn ihre Worte getroffen hatten. »Werde ich dich verlieren, weil du herausgefunden hast, wer ich wirklich bin?«

Ihre Lippen verzogen sich zu einem kleinen, belustigten Lächeln, das jedoch ihr ganzes Gesicht aufleuchten ließ. »Ich habe immer gewusst, wer du bist, Cole. Ich habe diese Seite an dir von Anfang an bemerkt. Sie zeigt sich oft dann, wenn man nicht damit rechnet, und sie ist beunruhigend, ja erschreckend. Aber ich komme damit zurecht.« Sie zuckte die Schultern. »Du kennst mich noch nicht so gut. Nur wenige Dinge werfen mich aus der Bahn. Ich habe früh gelernt, selbstständig zu sein, mir eine eigene Meinung zu bilden und meinen Instinkten zu folgen. Es kann sein, dass ich Angst um dich habe, aber nicht vor dir.«

»Komm her.«

»Du musst mit Jase reden. Er ist zu jung, um zu verstehen, warum du dich so von ihm zurückziehst.« Sie trat zu ihm, weil sie der dunklen Sinnlichkeit seiner Stimme nicht widerstehen konnte. Dieser Mann würde sie nie kalt lassen. Heute Nacht verströmte er die dunkle Intensität, die sie extrem anziehend fand.

»Das werde ich«, versprach er und schloss sie in die Arme. »Es hat mir nicht gefallen, dass du nicht in meinem Bett warst.«

»Ich bin nur ein einziges Mal in deinem Bett gewesen, Cole«, bemerkte sie.

»Aber dafür die ganze Nacht. Ich habe noch nie eine Frau die ganze Nacht in meinem Bett haben wollen. Normalerweise schlafe ich schlecht, weil ich ständig auf dem Sprung bin und das Gefühl habe, wach sein zu müssen für den Fall, dass ich gebraucht werde. Bei dir habe ich dieses Gefühl nicht gehabt. Ich habe dich in den Armen gehalten und bin eingeschlafen. Es fühlte sich wunderbar an.«

»Viel geschlafen hast du aber nicht.«

Er legte die Hände um ihr Gesicht und streichelte ihre weiche Haut mit dem Daumen. »Das habe ich heute Nacht auch nicht vor.«

»Ach ja?« Sie schlang die Arme um seinen Nacken und presste sich an ihn. »Klingt gut. Wirst du mir erzählen, was es mit dem Schneemobil und all deinen Telefonaten auf sich hatte?«

»Später. Das erzähle ich dir später.« Er knabberte sanft an ihrem Ohr. »Viel später.« Seine Hände schlüpften unter den Saum ihres weichen Flanellhemds auf der Suche nach bloßer Haut. Sie legten sich um ihr Hinterteil und hoben sie ein wenig hoch. So hielt er sie eine ganze Weile und genoss es, wie ihr Körper sich an seinen schmiegte. Ihre Weichheit besänftigte das Pochen in seinem Kopf und linderte die Qual seiner Albträume, all die schrecklichen Erinnerungen, die er nie ganz vergessen konnte.

Ihre Hände wanderten über seine Brust, ihre Lippen glitten über seinen Hals, sein Kinn. Sie knabberte an seinen Lippen, bis er sie küsste und sich in ihrer Hitze verlor. Er verschlang sie förmlich. Er brauchte ihre Nähe, um die Dämonen in Schach zu halten. »Ich habe zu viele Kleider an«, flüsterte er ihr in den heißen Mund.

»Stimmt«, pflichtete sie ihm bei und begann, an dem Verschluss seiner Jeans zu nesteln.

Ihre Knöchel streiften seinen Bauch, fuhren über seine steife Erregung. Sein Kopf wurde leer, er wollte sich nur noch in ihr vergraben. Hitze und Flammen tanzten über seine Haut, schossen in seine Adern, drangen in seine Muskeln. Die brüllenden Scheusale, die gedroht hatten, ihn mit Wut und Hass zu verschlingen, wurden still unter dem Streicheln ihrer Finger, unter dem Angriff ihres heißen Mundes, der über seine Brust wanderte. Sein Verlangen wuchs ins Unermessliche. In seinem Kopf drängten sich erotische Bilder, Begehren, Sehnsucht. Für Albträume war kein Platz mehr.

Er streichelte ihre runden Hüften, ihre Oberschenkel. Seine Finger tauchten in die feuchte Hitze ihres Körpers ein. Er liebte es, wie sie auf ihn reagierte, wie sie sich ihm so großzügig hingab. Sie machte keinen Hehl daraus, dass sie ihn berühren wollte, dass sie ihn schmecken und spüren wollte, dass ihre Begierde der seinen ebenbürtig war. Er zog ihr das Flanellhemd aus und ließ es auf den Boden fallen, dann hob er sie hoch und trug sie zum Bett.

»Ich werde dich nicht mehr gehen lassen, Maia«, warnte er sie. Er wollte aufrichtig sein, auch wenn er es hasste, so verdammt verletzlich zu sein. »Ich kann dich nicht mehr gehen lassen.«

Sie fuhr ihm zärtlich übers Gesicht, über die Schultern, den Rücken. »Wer hat denn von Gehen gesprochen, Cole? Im Moment wäre eine ganz andere Bewegung angebracht.«

»Du willst Bewegung?« Sein Gesicht verdunkelte sich sinnlich.

Maia presste ihre vor Sinnlichkeit schmerzenden Brüste an seinen Oberkörper, rieb die Spitzen an seiner Haut, knabberte an seinem Kinn. »Ich stehe in Flammen.«

Eine wilde Erregung schoss durch seinen ganzen Körper. Er wollte so tief in sie eindringen, dass sie ihn nie mehr aus sich vertreiben konnte. Er wollte sie brandmarken. Sofort erstarrte er, ließ von ihr ab, setzte sich aufs Bett und wischte sich übers Gesicht.

Maia richtete sich auf und legte die Arme um seine Taille. »Was ist los?«

Er schüttelte den Kopf. »Ich sollte heute Nacht nicht mit dir zusammen sein. Mir schießen schreckliche Gedanken durch den Kopf. In mir tobt zu viel Gewalt. Ich möchte dir nicht wehtun, Maia. Dir nicht.«

»Sehe ich so zerbrechlich aus? Ich will dich genau so, wie du bist, Cole. Ich weiß, was du bist und wer du bist. Ich bin durchaus in der Lage, mit allem umzugehen, was du mir in den Weg wirfst. Kapier das doch endlich. Du glaubst, du springst zu grob mit mir um, aber das tust du nicht. Du bist stark, und dein heftiges Verlangen steigert das meine.«

»Glaubst du denn, ich sehe die blauen Flecken auf deiner Haut nicht? Blaue Flecken, die daher kommen, weil ich dich zu grob angefasst habe? Verdammt, Maia. Ich würde so gern normal mit dir umgehen.«

Sie lachte. »Das ist albern. Ich ziehe mir jeden Tag blaue Flecken bei meiner Arbeit zu. Es ist mir lieber, du bist der Verursacher, wenn du mir so viel Lust schenkst, dass es mich ganz verrückt macht.«

Er hätte wissen müssen, dass sie lachen würde. In ihren Augen entdeckte er hitziges Verlangen gepaart mit einem Gefühl, das er in dem Moment lieber nicht identifizieren wollte. Er konnte ihr nicht widerstehen, nicht, wenn sie so gierig auf ihn war. Langsam legte er sich auf sie und streichelte ihre seidene Haut, während sein Mund sich auf den ihren presste.

Sie spannte ihre Oberschenkel an und rieb ihren Körper verführerisch an dem seinen. Er streichelte ihre Brust, umfasste sie, zwirbelte die Spitze zwischen Daumen und Zeigefinger. Ihr stockte der Atem, sie bäumte sich ihm entgegen, verzehrte sich nach ihm. Bei dieser Einladung küsste er sich einen Weg zu ihrem weichen Hügel und streichelte sie, bis sie vor Lust laut aufstöhnte.

»Ich brauche dich, Maia«, flüsterte er leise.

Sie erbebte vor Erregung und bäumte sich schon fast verzweifelt seinem Mund entgegen. »Ich brauche dich auch.« Ihre Hände fuhren über seinen Rücken, dann packte sie ihn an den Hüften, um ihn in sich aufzunehmen.

Er schob mit dem Knie ihre Beine noch etwas weiter auseinander, dann drang er langsam in sie ein. Schließlich brachte er mit einem tiefen Stoß ihren engen, samtweichen Körper dazu, sich für ihn zu öffnen. Sofort tauchte er in seidene Hitze ein. Er atmete tief aus. Feuer durchschoss ihn von Kopf bis Fuß. Maia tat Dinge mit ihrem Körper, die er noch nicht ganz durchschaut hatte.

Er hielt sie an den Hüften fest, um das Tempo vorgeben zu können. Er musste das tun, damit sich die Gewalt in ihm langsam mit der Leidenschaft und all den Gefühlen vermischen konnte, die er für sie empfand. Schließlich wurden seine Stöße heftiger und gingen immer tiefer. Ihre atemlosen Schreie drängten ihn weiter. Ihre Fingernägel gruben sich in sein Hinterteil. Ihre Leidenschaft trieb ihn unerbittlich an. Er hielt so lange er konnte an sich, bis sie sich ebenso verzweifelt unter ihm wand, wie er sich fühlte. Schließlich erstürmten sie gemeinsam den Gipfel, und die Erlösung war so heftig, dass er dachte, es würde ihn zerreißen.

Lange starrten sie sich in die Augen, dann küsste er sie wieder leidenschaftlich. Seine Gier, sie zu schmecken, ließ nicht nach. Er verzehrte sich nach ihrer Süße, und gleichzeitig wollte er ihr etwas sagen – irgendetwas, um seinen Gefühlen Ausdruck zu verleihen und um sie dazu zu bringen, das zu fühlen, was er fühlte. »Maia?« Sein Herz klopfte panisch, und sein Mund wurde ganz trocken.

Sie drehte den Kopf und lächelte ihn an. »Ich bin da.«

Ihr Lächeln ließ ihn nie kalt. Mittlerweile träumte er sogar davon, und natürlich auch davon, wie ihr Körper sich für ihn öffnete und ihm eine Zuflucht bot, auf die er nie mehr verzichten wollte.

Er versuchte, die Worte zu sagen, die Frauen so gern hörten. Er wollte ihr sagen, dass sie für immer bei ihm bleiben sollte. Aber was hatte er ihr zu bieten? Manchmal verzehrte ihn die Wut. Wenn es so weit war, brauchte er die Erregung, die ihm seine Arbeit als verdeckter Ermittler bescherte. Er musste dann unbedingt Männern das Handwerk legen, die glaubten, sie stünden über dem Gesetz; die sich für unendlich schlau und überlegen hielten. Es gab Teile in ihm, vor denen er selbst Angst hatte. Eine Gewalt, die er manchmal zähmte, indem er stundenlang auf einen Boxsack einschlug oder mit einem Pferd über einen bergigen Pfad galoppierte. Es gab viele Dinge, die er in seinem Kopf in kleinen Nischen zurückhielt, gut versteckt, wo keiner sie sehen konnte.

Bis auf Maia. Sie sah direkt durch die Leere in seinen Augen und hinter die Schatten. Und sie schien ihn zu akzeptieren, so wie er war. Aber vielleicht irrte er sich ja? Dieser Gedanke war schrecklich. Wenn er sie fragte und sie sich von ihm abwandte, wäre er verloren.

Er seufzte. »Ich habe das Drogenversteck des Alten gefunden«, gestand er. Er drehte sich um, stützte sich auf dem Ellbogen auf. Er konnte das Bedauern in seiner Stimme hören, und er wusste, dass sie glaubte, es habe mit seinem Vater zu tun. »Ich wollte nichts mehr von ihm erfahren. Und ich wollte es Jase nicht sagen müssen.«

»Jase hat jetzt dich, Cole«, erwiderte Maia und legte die Hand auf sein Herz, um ihn zu trösten. Wenn jemand Trost brauchte, dann Cole. Das Problem war nur, dass er das nicht einsah.

»Es war nicht besonders schwer, das Versteck zu finden. Als Jugendlicher bin ich oft zu dieser großen Felsformation hinaufgestiegen. Dort gibt es mehrere Höhlen. Eine von ihnen hat nur einen sehr kleinen Eingang. Aber wenn man ein Weilchen durch einen engen Raum kriecht, kommt man zu einer großen Kammer. Erst konnte ich den Eingang nicht finden. Da war mir sofort klar, dass der Alte ihn verdeckt haben musste. Da ich ungefähr wusste, wo er sich befand, dauerte es nicht sehr lange, bis ich ihn entdeckte.«

»Es war eine Ladung Drogen?«

»Eine große Ladung. Die sterblichen Überreste des Piloten lehnten an der hinteren Wand der Höhle wie ein makaberer toter Pirat, der zurückgelassen wurde, um die Schatztruhe zu bewachen. Ich hätte wissen sollen, dass der Alte sich mit Öl- und Gasvorkommen und einem florierenden Viehbetrieb nicht zufrieden geben würde. Er brauchte den Nervenkitzel. Mit seinem scharfen Verstand gegen Recht und Gesetz anzukämpfen, war genau das Richtige für ihn.«

»Vielleicht wusstest du, was er tat, oder hast es als Kind zumindest vermutet, Cole. Schließlich bist du ein Drogenfahnder geworden. Vielleicht hast du unbewusst versucht, einen Weg zu finden, dich von deinem Vater zu lösen und dich neu zu definieren.«

Er küsste sie zärtlich. »Du kommst immer auf sehr spannende Gedanken, Maia. Ich weiß nicht, wie du es schaffst, stets das Richtige zu sagen, damit ich mich besser fühle, wenn es mir schlecht geht.«

Sie knabberte an seinem Kinn und schließlich an seinen Lippen. »Ich sage, was ich denke. Das ist nicht immer gut, Cole.«

»Ich muss los, Liebes. Dem Wetterbericht zufolge habe ich nur wenige Stunden, um die Sache durchzuziehen. Komm mit in die Küche. Ich will dir zeigen, wie man die Alarmanlage einschaltet.« Er streifte ihre Haare zurück und küsste sie, als wolle er nie mehr damit aufhören. Doch schließlich zog er sich entschlossen zurück.

Maia folgte ihm in sein Zimmer und setzte sich dort aufs Bett. Sie sah ihm beim Anziehen zu. Angst stieg in ihr auf. Sie versuchte, sie zu unterdrücken, und presste die Laken an sich, als könnten diese sie vor der Angst schützen. Cole holte Waffen aus allen möglichen Verstecken und schob sie in Halfter, die er um seinen Rücken schnallte, bis Maia ihn entsetzt anstarrte.

Er warf ihr sein Flanellhemd zu. Wie gern wäre er jetzt noch geblieben und hätte sie ein weiteres Mal geliebt. »Komm jetzt, Maia. Ich muss los.« Er schaffte es nicht, sie weiterhin anzublicken und dabei die erstickende Angst zu verspüren, sie zu verlieren. Ein Schusswechsel und möglicherweise der Tod war nichts im Vergleich zu dem Schrecken, einem anderen Menschen gegenüber so verletzlich zu sein.

Maia folgte ihm ins Erdgeschoss. Sie knöpfte das Hemd zu und bemühte sich, trotz ihrer Besorgnis ruhig und gelassen zu wirken. Hatte sich Cole so gefühlt, als sie sich um die Berglöwin gekümmert hatte? Pflichtbewusst hörte sie zu, als er ihr seine Anweisungen gab. Aber als er sich von ihr abwandte, langte sie nach seiner Hand und hielt ihn fest.

»Du kommst doch zurück.«

»Natürlich.« Er küsste sie innig. »Stell die Alarmanlage an, sobald ich weg bin. Alle Türen und Fenster werden sich automatisch schließen. Du weißt, wo die Sicherheitsräume sind – einer oben und einer unten. Zieht euch im Notfall in einen der beiden zurück.«

Sie hielt seine Hand ganz fest. »Handele nicht unüberlegt.«

»Das tue ich nie, Maia. Kümmere dich um Jase. Ich habe in der obersten Schreibtischschublade ein paar Unterlagen deponiert. Mein Chef hat Kopien. Ich habe sie ihm letzte Nacht gefaxt.«

»Sag solche Dinge nicht. Sag mir, dass du heil zu mir zurückkehren wirst.«

Cole küsste sie ein letztes Mal. »Achte auf eure Sicherheit und sorge dafür, dass Jase beschäftigt ist. Ich will nicht, dass es einem von euch einfällt, den Helden zu spielen. Wenn ich dort draußen bin, sind alle Menschen Feinde für mich. Ich kann es mir nicht leisten, Rücksicht auf euch zu nehmen, falls ihr euch einbildet, mir helfen zu können. Am Ende könnte es dazu kommen, dass ich einen von euch erschieße.«

»Ich bin nicht töricht, Cole«, versicherte Maia ihm. »Ich kümmere mich um Jase, aber es wird ihm bestimmt nicht gefallen, dass du dich so früh aus dem Haus schleichst.«

»Er würde mitkommen wollen, und ich habe nicht die Zeit, ihm das auszureden.« Er warf einen Blick auf die Uhr. »Mir bleiben vielleicht drei, maximal vier Stunden, bevor der nächste Sturm losbricht.«

»Du meinst, du hast nicht die Zeit, ihn zu trösten«, korrigierte Maia ihn. Sie ließ ihn gehen, weil ihr nichts anderes übrig blieb. Cole Steele konnte ebenso wenig gegen seine Natur handeln wie sie gegen die ihre. »Dann sehe ich dich also in drei bis vier Stunden.«

Er schlich aus der Küche in den Vorraum, um in die Kleider zu schlüpfen, die er vorbereitet hatte. Dann griff er nach der Waffentasche und dem Gewehr und ging. Er wollte gesehen werden, aber gleichzeitig so wirken, als sei er vorsichtig und wachsam. Er spielte einen Mann, der etwas zu verbergen hatte. Sobald er aus dem Haus trat, wurde er zu diesem Mann. Er warf absichtlich verstohlen immer wieder einen Blick zurück auf das Haus, als befürchte er, jemand könnte ihn dabei ertappen, wie er sich davonschlich. Immer wieder blieb er stehen, dann hastete er weiter. Freie Flächen überquerte er besonders schnell, in den Schatten, hinter Gebäuden und Bäumen verharrte er kurz und sah sich um. Bei der Garage mit den Schneemobilen angekommen, war er sich endgültig sicher, dass jemand ihn beobachtete.

Die Luft war kalt und trocken, und der Wind schlug ihm in Böen ins Gesicht. Als er mit dem Schneemobil aus der Garage schoss, zog er die Strickmütze tief in die Stirn, um Erfrierungen zu vermeiden. Er geriet kurz ins Schleudern, doch dann griffen die Ketten des Fahrzeugs, und er raste über den Schnee dahin. Maia hatte recht, dachte er, als er den Pfad erreichte, der in die höheren Regionen führte. Er hätte mit Jase reden müssen. Wenn ihm etwas zustieß, würde er in einem ziemlich üblen Licht dastehen. Er benahm sich vorsätzlich so, um andere auf den Gedanken zu bringen, dass er sich die Drogen unter den Nagel reißen und sie an den Höchstbietenden verscherbeln wollte.

Er schüttelte den Kopf. Dieser Gedanke war direkt aus Maias Kopf in seinen übergesprungen. Sie brachte ihn sogar dazu, so zu denken wie sie. Er hatte nie vorgehabt, jemandem einen derartigen Zutritt zu seinem Leben zu gewähren. Aber Maia ließ sich nicht aussperren. Sie hatte es geschafft, sich so tief in ihn hineinzubohren, dass er sie gar nicht mehr loswerden wollte. Dank ihr fühlte er sich so lebendig wie noch nie.

Nun erforschte er die Umgebung durch ein Fernglas. Er wollte seinen Beobachtern zeigen, dass er misstrauisch war. Er war jemand, der etwas Illegales im Schilde führte. Plötzlich juckte es zwischen seinen Schulterblättern. Er schickte ein Stoßgebet zum Himmel, dass nicht das Zielfernrohr eines Gewehrs auf ihn gerichtet war. Es gab den begründeten Verdacht, dass Fred und seine Leute Brett Steele ermordet hatten, bevor sie merkten, dass er die Fracht in ein anderes Versteck gebracht hatte. Nun wollten sie sich von ihm zu diesem Versteck führen lassen. Noch nie hatte er so viel zu verlieren gehabt wie jetzt, und der Gedanke an die Gefahr versetzte ihn nicht in denselben Rausch wie früher.

Er warf einen Blick nach oben. Der Himmel war dicht bewölkt, aber noch hielt das günstige Wetter an. Er hätte die Drogen auch in der Nähe der Ranch verstecken können, aber das hätte Maia und Jase gefährden können. Wenn ihm jemand die Ladung klauen wollte, musste er ihm folgen, und wer auch immer ihm folgte, wurde von ihm vom Haus weggeführt. Doch bei der prekären Wetterlage stand es auf Messers Schneide, ob er die Sache durchziehen und die Ranch wieder erreichen konnte, bevor der nächste Sturm losbrach.

Da der Schnee so tief war, konnte er mit dem Schneemobil direkt durch die Felsformation hindurch fahren. Er stellte den Schlitten, den er an das Schneemobil angehängt hatte, vor der Höhle ab, dann rollte er die Steine vor dem Eingang mit Hilfe einer Brechstange weg. Schließlich kroch er hinein. Jetzt kam die gefährlichste Phase der Operation. Während er den Schlitten belud, war er besonders verletzlich. Die Höhle war an manchen Stellen so niedrig, dass er die Bündel kriechend herausschaffen musste. Einen heranpirschenden Gegner würde er weder sehen noch hören.

Er arbeitete ohne Unterlass, bis ihm der Schweiß von der Stirn perlte. Jeden Moment spürte er so intensiv, als wäre es sein letzter. Seine Gegner hätten nicht abwarten müssen, bis er die Drogen auf den Schlitten geladen hatte. Im Grunde hätte es gereicht, dass er sie zu dem Versteck geführt hatte. Er versuchte, ihnen möglichst wenig Angriffsfläche zu bieten, wenn er aus der Höhle trat und den Schlitten belud.

Als sie auftauchten, schlichen sie wie die Wölfe aus dem Wald, die Gewehre im Anschlag. Fred war ihr Anführer. »Wie der Vater, so der Sohn«, bemerkte der Kerl mit einem unverschämten Grinsen. »Aber ich fürchte, der Stoff, den Sie sich gerade unter den Nagel reißen wollen, gehört mir.«

»Ach, wirklich?«, fragte Cole gedehnt und richtete sich langsam auf. Er hatte gerade das letzte Bündel auf dem Schlitten festgezurrt. »Das glaube ich nicht. Ich sehe hier nirgendwo deinen Namen.«

Fred hob sein Gewehr. »Das Zeug gehört trotzdem mir. Nehmen Sie die Hände hoch!«

»Woher hast du davon gewusst?«, fragte Cole gespielt perplex.

»Ich habe Ihrem Alten geholfen, die Ladung zu verstecken. Aber dann ist er zu habgierig geworden und hat sie in ein anderes Versteck geschafft. Wir waren schon eine ganze Weile in diesem Geschäft. Ich habe Verbindungen, Steele, die Sie nicht haben. Sie würden alles nur verlieren. Im Grunde sollten Sie mir dankbar sein.« Lachend zielte er auf Coles Herz. »Sie können sich mit Ihrem Papa in der Hölle treffen.«

»Moment mal, Fred!« Die Stimme kam von einer Stelle über ihnen. Dort oben lag Al im Schnee und zielte mit dem Gewehr auf seinen Schwager. »Ich werde nicht zulassen, dass du ihn tötest, Fred. Ich weiß nicht, worum es hier geht. Aber ich habe gesehen, wie du ihn beobachtet hast und ihm nachgeschlichen bist. Du wirst ihn nicht umbringen.«

»Was willst du dagegen tun, Al?«, fauchte Fred. »Ist dir dein allmächtiger Boss lieber als deine Familie? Hat er dir einen Anteil versprochen, wenn du dich auf seine Seite schlägst?«

Cole blickte besorgt auf Al. Er wusste, dass einige von Freds Kumpane herumstrichen und versuchten, Al vor den Gewehrlauf zu bekommen.

Das Letzte, was er wollte, war, dass sein Vorarbeiter ums Leben kam. »Was hast du vor, Fred? Wir können doch einen Deal machen.«

»Den Deal habe ich auch mit Ihrem Alten gemacht. Er hat uns hintergangen. Da saß er nun inmitten von so viel Geld, dass es für hundert Männer gereicht hätte. Aber er konnte den Kragen einfach nicht voll bekommen. Er hat mich ausgelacht – uns alle ausgelacht. Wir könnten uns ja an die Polizei wenden, hat er höhnisch vorgeschlagen.«

»Also hast du ihm eine Kugel in den Kopf gejagt.«

»Sie hätten ihn sehen sollen, als ich den Hahn spannte. Er hing an seinem Leben. Mit dem Töten hatte er allerdings keine Probleme. Das weiß ich ganz genau, weil ich einige Leute in seinem Auftrag um die Ecke gebracht habe.«

»Aber du hast es zu früh getan, Fred, stimmt's? Du hast nicht gewusst, dass er die Ladung in ein anderes Versteck geschafft hat.«

Fred zuckte die Schultern und warf einen Blick auf Al. Offenbar wartete er darauf, dass seine Männer ihn beseitigten. Seine Miene verfinsterte sich vor Wut, weil sie so lange brauchten, und Al noch immer mit dem Gewehr im Anschlag dastand und ihn im Visier hatte. »Ich dachte, ich hätte genügend Zeit, das Zeug zu finden. Aber dann haben Sie uns rausgeschmissen.«

Cole lächelte boshaft. »Ziemlich schlau von mir, findest du nicht auch? Wie lange hast du Drogen für den Alten geschmuggelt und getötet, Fred? Hast du auch Jase' Mutter umgebracht?«

»Sie hat ständig versucht, mit dem Jungen abzuhauen. Der Boss hätte das nie zugelassen. Das hätte sie wissen müssen.«

»Also hast du den Unfall arrangiert. Wie hast du es nur so lange geschafft, ungeschoren davonzukommen?« Cole machte einen kleinen Schritt auf das Schneemobil zu.

Fred hob wieder seine Waffe. »Seien Sie nicht töricht, Steele.«

»Sei lieber du nicht töricht, Fred«, knurrte Al.

»Das schaffe ich ganz gut, und zwar wirklich schon sehr lange«, prahlte Fred. »Man muss nur die richtigen Leute schmieren. Leg dein Gewehr weg, und zwar sofort, Al, sonst wird meine Schwester zur Witwe.«

»Du bist verhaftet. Ihr seid alle verhaftet, legt eure Waffen weg«, befahl Cole mit einem Mal barsch. »Ihr seid umzingelt von Scharfschützen der Kriminalpolizei, die euch im Visier haben, und zwar euch alle. Lasst eure Waffen sofort fallen.« Cole bedachte Fred mit einem grimmigen Lächeln. »Ich arbeite für die Drogenbehörde.«

»Wovon zum Teufel reden Sie?« Als Fred sich fieberhaft nach seinen Leuten umsah, stellte er fest, dass einige von ihnen auf dem Boden lagen. Weiß gekleidete Männer standen über ihnen und drückten ihnen einen Gewehrlauf in den Rücken. »Sie waren doch im Gefängnis. Treiben Sie etwa ein doppeltes Spiel?«

Cole trat zu Fred und nahm ihm das Gewehr ab. »Du bist einem Märchen aufgesessen, das zu meiner Tarnung verbreitet wurde, Fred.« Er schob den Mann zu einem der Beamten. Soeben begann es wieder zu schneien.

Al ließ das Gewehr sinken. »Das wird meine Frau fertigmachen. Es tut mir leid, Mr Steele. Ich hatte keine Ahnung von Freds Machenschaften.«

»Er wollte, dass du glaubst, ich hätte das Pferd in den Zaun getrieben. Doch in Wahrheit war er es. Er hat es getan, um dich und Jase dazu zu bringen, die Ranch zu verlassen, weil er sie in aller Ruhe durchsuchen wollte.«

»Das habe ich mir fast gedacht. Er hat Sie die ganze Zeit beobachtet. Aber ich wäre nie darauf gekommen, dass es um Drogen geht. Ich dachte, er wäre einfach nur wütend, weil er seinen Job verloren hat.«

»Danke, dass du versucht hast, mich zu beschützen.«

Jase hörte sich stumm Coles Geschichte über die Drogen, den Mord an dem Piloten und den an seiner Mutter an. Er wurde immer blasser und aufgebrachter. Schließlich sprang er auf und stürmte wütend aus der Küche. Cole und Maia hörten, wie er in seine Stiefel fuhr.

Cole erhob sich seufzend. »Ich sollte ihn nicht alleine lassen.«

Er wirkte müde und verspannt. Maia stand ebenfalls auf. »Immerhin ist jetzt klar, wer euren Vater umgebracht hat. Ihr müsst euch darüber nicht mehr den Kopf zerbrechen. Und keiner von euch muss sich weiter insgeheim fragen, ob der andere vielleicht etwas damit zu tun hatte.«

Cole strich ihr über das seidige Haar, blieb jedoch stumm. Er konnte ihr unmöglich erklären, wie tief Wut gehen konnte.

Wie sie einen verzehren und alles Gute auffressen konnte, bis nur noch Albträume und Dämonen übrig blieben. Jase hatte genauso dagegen anzukämpfen wie er.

Maia sah ihm nach, wie er aus dem Haus ging. Dann sank sie auf den Stuhl, den Jase geräumt hatte, legte die Hände vors Gesicht und weinte um die beiden. Nach einer Weile stand sie auf, wusch sich das Gesicht und ging ihnen nach. Instinktiv schlug sie die richtige Richtung ein. Einige Schritte von der Scheune entfernt hörte sie, wie jemand unablässig mit bloßen Händen auf etwas einschlug.

»Jase!« Maia blieb am Tor stehen und starrte den Jungen entsetzt an. »Was tust du dir an?«

Jase drosch mit blutigen Händen auf den schweren Boxsack ein. »Ich hasse ihn. Er hat mir alles genommen. Alles!«

»Jase …«, mahnte Cole.

Maia warf einen Blick auf Cole. Er lehnte an der Wand und beobachtete seinen kleinen Bruder, der gegen etwas wütete, was weder Jase noch er kontrollieren konnte. In seinen Augen standen Kummer und Verzweiflung.

»Hör sofort damit auf!« Maia benutzte ihre strengste Stimme. Die beiden Brüder waren so überrascht, dass Jase tatsächlich die Hände sinken ließ. Er stand schwer atmend da. Von seinen Knöcheln tropfte das Blut auf den Boden. Maia stapfte zu ihm und nahm ihn an den Händen.

»Er hat dir deine Mutter und deine Kindheit geraubt, Jase. Du hast ein Recht, wütend zu sein«, sagte sie und untersuchte seine blutigen, geschwollenen Hände. »Aber dass du dir das antust, ist ausgesprochen töricht.«

»Das mag schon sein. Aber du hast keinen Vater, der gemordet und Drogen geschmuggelt hat und Tiere und alles andere misshandelt hat, was er in die Hände bekam«, fauchte Jase und riss sich von ihr los. »Er hat dich nicht geschlagen und gebrandmarkt und gedemütigt, wo er nur konnte. Und er hat deine Mutter nicht ermordet.«

Cole richtete sich auf, um Maia nötigenfalls zu beschützen.

Sie sah ihn nicht an. »Jase.« Ihre Stimme blieb leise und gelassen. »Du denkst immer noch, dass Brett Steele normal war. Das war er nicht. Er war krank. Ich weiß nicht, ob etwas ihn so gemacht hat, oder ob seine Krankheit einfach immer schlimmer wurde. Macht kann einen Menschen verderben. Er war ein ziemlich kluger Kopf. Das wisst ihr beide, und du hast seine Intelligenz und seine Stärken geerbt. Er war nicht nur schlecht, er hatte auch gute Seiten. Er kann dein Leben nur zerstören, wenn du es zulässt.«

»Und was ist, wenn ich so bin wie er? Ich könnte genauso sein«, sagte Jase düster.

Es überraschte Maia nicht, dass er die gleiche Angst wie Cole hatte. Sie sah ihn an, und er legte sofort beruhigend die Hand auf Jase' Schulter.

»Ich dachte dasselbe, Jase«, gab er zu. »Über mich, über dich. Zum Teufel, wir haben die gleichen Gene. Aber du bist nicht wie er, du ähnelst ihm sogar noch weniger als ich. Das zeigt sich allein schon darin, wie gut du zu Tieren bist. Und du beschäftigst dich mit Büchern, statt zum stadtbekannten Raufbold zu werden. Glaub mir, du hast einen ausgesprochen wachen Verstand und einen sehr guten Charakter.«

Jase schüttelte den Kopf. In seinen Augen glitzerten Tränen. Sie begannen, ihm über die Wangen zu laufen. Seine Brust hob sich, und seine Schultern zuckten. »Ich glaube, davon erhole ich mich nie, Maia.«

Sie nahm ihn in die Arme. Der Junge drückte das Gesicht an ihre Schulter und schluchzte herzzerreißend. Sie sah Cole an und bat ihn still um Unterstützung.

Cole legte die Arme um die beiden. »Wir schaffen das schon, Jase«, sagte er. Er massierte dem Jungen den Nacken und drückte sich an ihn, um ihm seine Stärke und seine Entschlossenheit zu zeigen. »Gemeinsam schaffen wir das schon.«

14

Es ist Mitternacht. Offiziell ist jetzt Weihnachten«, verkündete Maia. Sie strich Jase über den Kopf und stellte ein großes Glas gewürzten Apfelmost auf den Couchtisch vor ihn hin. »Frohe Weihnachten!«

Jase hatte sich mittlerweile wieder etwas beruhigt. Er saß im Wohnzimmer und starrte auf den großen, mit dem Weihnachtsschmuck seiner Mutter verzierten Baum. Sein Blick blieb an dem kleinen Krokodil hängen. Maia drehte den Schwanz, und das Maul schloss sich um einen Strang Popcorn. Sie wurde mit einem schwachen Lächeln von Jase belohnt.

»Wann machen wir die Geschenke auf?«, fragte er. Ein Rest von Tränen ließ seine Stimme rau klingen, aber er hatte seine Gefühle wieder unter Kontrolle.

»Im Allgemeinen macht man das am Weihnachtsmorgen«, erklärte Maia. Sie setzte sich auf die Couch und schmiegte sich an Cole. »Auch wenn man sich in manchen Ländern schon am Vorabend beschenkt.« Sie beugte sich vor und sah nach den Eisbeuteln, die sie auf Jase' Hände gelegt hatte. »Lass die noch eine Weile so liegen. Es ist ein Wunder, dass du dir nicht sämtliche Knochen gebrochen hast.«

»Mit verbundenen Händen kann ich meinen Apfelmost nicht trinken«, murrte Jase. In dem Blick, den er mit Cole austauschte, lag jedoch der Anflug eines Lächelns.

»Dann schaust du dir den Apfelmost eben nur an«, erwiderte Maia. »Aber deine Hände bleiben verbunden. Du hast Glück gehabt, dass ich dich nicht mit einer Spritze verfolgt habe, um dir wenigstens eine Tetanus-Impfung zu verpassen.«

»Das hast du getan«, erinnerte Jase sie. »Cole musste mich retten. Du hast mir gedroht, dass du meine Knöchel betäuben oder sonst etwas ähnlich Grässliches damit anstellen würdest.« Er sah seinen Bruder an. »Ziehst du oft als verdeckter Ermittler durchs Land und lässt dich auf Schießereien ein?«

»Ja.« Cole wollte Jase weder anschwindeln noch seinen Job beschönigen.

»Bist du schon einmal angeschossen worden?«

»Zwei Mal. Und mit dem Messer wurde ich schon öfter angegriffen. Es ist wie bei Maias Arbeit mit den Tieren – sie muss auf sich aufpassen und darf nie vergessen, was sie tut. In meinem Job ist es genauso. Ich muss ständig auf der Hut sein.«

»Wie hast du es geschafft, all diese Beamten herzubekommen?«

»Das war gar nicht so leicht. An die lokale Polizei konnte ich mich nicht wenden, weil ich nicht wusste, wem ich vertrauen konnte. Deshalb habe ich meinen Boss angerufen, und wir haben beschlossen, eine Falle aufzustellen.«

»Du bist ein ziemlich großes Risiko eingegangen«, sagte Maia. Cole war vier Stunden unterwegs gewesen, ganz wie er ihr gesagt hatte. Danach hatten er und Al den Beamten noch geholfen, die Gefangenen und die Drogen wegzuschaffen. Der Sturm hatte sich zum Glück noch etwas Zeit gelassen, sodass schließlich alle heil von der Ranch weggekommen waren. Maia hatte sich stundenlang danach gesehnt, mit Cole allein zu sein. Sie hatte sich danach verzehrt, ihn zu berühren und sich zu vergewissern, dass ihm nichts passiert war. Aber dann war Jase zusammengebrochen, und den Rest der Zeit hatten sie und Cole damit zugebracht, den Jungen zu trösten.

»Der Sturm rückte immer näher, und ich habe befürchtet, dass Fred die Nerven verliert. Ich wollte unbedingt vermeiden, dass du oder Jase in die Sache verwickelt werden. Und außerdem wusste ich nicht, auf welcher Seite Al war. Ich bin froh, dass er auf unserer stand.«

»Wirst du wieder weggehen, Cole?« Jase stellte endlich die Frage, die ihn am meisten beschäftigte.

Zum ersten Mal zögerte Cole. Maia und Jase beobachteten

ihn besorgt. Cole beugte sich über den Tisch zu seinem Bruder. Er vermied es, Maia anzuschauen. »Jase, am liebsten würde ich dir sagen, dass ich immer hier sein werde. Aber das wäre gelogen. Manchmal muss ich arbeiten. Ich werde nicht mehr so viel arbeiten, aber ab und zu muss ich es einfach tun.« Er brauchte den Adrenalinschub. Seine Wut rumorte zu nah an der Oberfläche, und ein Rest davon würde immer in ihm toben. Er hoffte, dass er seine Arbeit nicht mehr so stark brauchen würde, aber er wusste, dass er sich nie völlig von seinen Dämonen befreien konnte. Falls Maia ein Teil seines Lebens werden wollte, mussten sowohl sie als auch Jase einsehen, dass es Zeiten geben würde, in denen er sie verlassen musste.

»Du hast Geld. Und mein Geld kannst du auch haben«, brach es aus Jase heraus.

»Es geht ihm nicht darum«, erklärte Maia sanft. »Er meint, wenn es ihm wieder mal richtig schlecht geht, dann ist seine Arbeit eine Art Ventil.«

Jase starrte sie an. In seinem Blick mischten sich Kränkung und Angst.

»Es ist wie bei dir, wenn du auf den Boxsack einschlägst«, fügte sie hinzu. »Er arbeitet als verdeckter Ermittler, und in dieser Zeit wird er zu einem anderen Menschen. Kannst du das verstehen?«

Cole hätte ihr gern widersprochen, aber sie hatte recht. In jener Welt kannte er sich aus. Es war eine Welt voller Lug und Trug, in der er keinen zu nah an sich heranlassen wollte. In jener Welt voller Gewalt hatte seine explosive Wut oft ein legitimes Ziel. Er würde Maia verlieren. Er spürte es deutlich, und es brachte ihn schier um.

Jase gab auf. Er sackte auf seinem Stuhl zusammen und machte sich ganz klein. Dann fragte er Cole: »Hast du vor, mich in ein Internat zu stecken, damit du wieder als Drogenfahnder arbeiten kannst?«

»Nein! Auf gar keinen Fall. Wie kommst du denn darauf, Jase? Ich möchte, dass du auf eine normale Schule gehst, aber nicht in ein Internat.« Cole fuhr sich mit beiden Händen durch die Haare. »Das ist doch Blödsinn. Meine Arbeit hat nichts damit zu tun, dass du in die Schule gehst. Wenn ich einen Auftrag erledigen muss, dann sorge ich dafür, dass hier jemand ist, dem du vertraust. Jemand, dem auch ich vertraue; jemand, bei dem wir beide ein gutes Gefühl haben. Solange wir diese Person nicht gefunden haben, gehe ich nirgendwo hin.«

Jase schüttelte die Eisbeutel von seinen Händen und nahm sich ein paar Plätzchen. »Na, dann muss ich mir keine Sorgen mehr machen. Schließlich sieht es nicht so aus, als ob wir in absehbarer Zukunft so jemanden finden würden.«

»Ich habe dir doch gesagt, dass wir eine Haushälterin auftreiben müssen. Ich habe nur noch keine gefunden.« In Coles Stimme schwang eine gewisse Warnung mit.

Jase zuckte mit den Schultern. »Die Leute haben Angst vor dir, Cole. Ich muss nicht befürchten, dass jemand hierher kommt und für uns arbeitet; es sei denn, es geht dieser Person hauptsächlich um dein Geld.«

Maia legte hastig die Hand auf den Mund und wandte den Blick ab. Die beiden klangen jeden Tag mehr wie richtige Brüder.

»Ermutige ihn nicht noch, Maia«, sagte Cole.

Sie zuckte bei dem harten Klang seiner Stimme nicht einmal zusammen. Hinter ihrer Hand erschallte ihr unterdrücktes Lachen, bevor sie es aufhalten konnte. »Es tut mir leid. Echt wahr. Aber das hast du wahrhaftig verdient, Cole. Du musst unbedingt vor einem Spiegel lächeln üben. Das wird dir in der Damenwelt einige Pluspunkte einbringen.«

»Er hat es nicht nötig, Frauen anzulächeln«, erinnerte Jase sie mit einem boshaften Grinsen.

»Leg die Eisbeutel wieder auf deine Hände und hör auf, so viele Plätzchen zu futtern«, brummte Cole. Er zog etwas unter dem Tisch hervor. »Hier ist dein Weihnachtsgeschenk.« Seine raue Stimme machte ihn verlegen, aber er fuhr trotzdem entschlossen fort: »Ich weiß nicht genau, wie man das macht, und ich habe es auch nicht eingewickelt, aber es ist für dich, Jase.« Er hielt das Geschenk noch immer so, dass man nicht sehen konnte, was es war. »Du weißt, dass ich dir etwas Nettes in der Stadt besorgen werde, sobald wir von hier wegkommen. Aber ich wollte dir auch an Weihnachten selbst etwas schenken.«

»Lass mal sehen«, sagte Jase neugierig und streckte seine geschwollenen Hände aus.

Cole legte eine Holzschnitzerei in die Hände seines Bruders. Ein knurrender Berglöwe kauerte beschützend über einem kleinen Krokodil. Es war ein richtiges kleines Kunstwerk. Jede Linie war so glatt und tief, dass die Gestalten nahezu lebendig wirkten. Jase drehte es um und blickte auf das Datum, das an der Unterseite eingraviert war.

»Das seid ihr beide, stimmt's?«, fragte Maia. Sie nahm Jase die Schnitzerei ab und streichelte den Rücken der Katze. »Du und Jase. Dafür stehen diese beiden.«

»Das sind wir alle«, verbesserte Jase sie. »Du, ich, meine Mom und Cole.«

Maia gab ihm die Schnitzerei zurück. »Das ist wunderschön, Cole. Du bist wirklich ein unglaublich talentierte Künstler. Ich hatte keine Ahnung.«

»Es sieht so echt aus«, sagte Jase andächtig. »Danke, Cole!«

Cole atmete langsam aus, und in ihm schien ein kleines Lächeln zu stecken, das sich den Weg an die Oberfläche suchte. Jase hatte verstanden, was er mit der Schnitzerei hatte sagen wollen. Das war die Hauptsache.

»Ich habe auch etwas für dich, Jase«, sagte Maia. »Es ist zwar nicht halb so schön wie das, was Cole für dich gemacht hat, aber vielleicht findest du eine gute Verwendung dafür.« Sie zog ein Buch unter den Sofakissen hervor. »Es ist ein Buch über das Verhalten von Tieren. Ich habe viel daraus gelernt, und wie du siehst, ist es oft benutzt worden. Aber ich dachte, wenn du wirklich Tierarzt werden willst, dann würdest du es vielleicht gerne lesen.«

Cole legte den Arm um Maia. Sie hatte noch nie so verletzlich geklungen, und die Worte sprudelten sehr rasch aus ihr heraus. Dieses Buch musste ihr viel bedeutet haben, und sie wollte, dass es Jase genauso ging.

Jase schlug es auf, las die Widmung und lächelte. »Wir haben wirklich eine gemeinsame Reise hinter uns, nicht wahr, Maia? Schau es dir an, Cole. Dieses Buch hat Maia von ihrer Mutter geschenkt bekommen.«

»Ich war damals erst zehn«, gab sie zu. »Aber ich konnte an nichts anderes als an Tiere denken. Meine armen Eltern mussten damit leben, dass ich ständig verletzte Lebewesen anschleppte.«

»Das tust du heute noch«, warf Cole ein. »Aber vielleicht fühlen sie sich auch zu dir hingezogen.«

»Danke, Maia.« Jase stupste seinen Bruder an.

»Jase und ich haben auch ein Geschenk für dich«, sagte Cole. Er zog einen Umschlag aus der Tasche und reichte ihn ihr.

Maia öffnete ihn langsam und zog eine Karte heraus. Sie blinzelte mehrmals, um zu begreifen, was darauf stand. »Wie soll ich das verstehen?« Ihr Herz begann unkontrolliert zu hämmern. Sie musste mehrmals schlucken, bevor sie den Blick auf Cole richten konnte.

»Dir gehört die Tierklinik«, erklärte Jase eifrig. »Du musst jetzt nicht mehr weggehen.«

Cole starrte sie an. Er blinzelte nicht, er wandte den Blick nicht ab, er zwang sie, sich in unbekanntes Gelände vorzuwagen. Maia blinzelte heftig, um den Bann zu brechen. Cole bedeutete ihr mittlerweile so viel, dass sie kaum noch atmen konnte ohne ihn. Das Gefühl war so stark, und es war so schnell gegangen, dass sie ihm einfach nicht trauen konnte.

»Aber ich kann das nicht annehmen. Das geht nicht.« Maia drückte Cole die Karte in die Hand. »Du weißt, dass ich das nicht annehmen kann.«

»Du musst«, sagte Jase. »Wenn du es nicht tust, ruinierst du den Rest.«

»Welchen Rest? Was soll denn jetzt noch kommen? Habt ihr

beide den Verstand verloren? Es geht einfach nicht, dass ihr mir eine Klinik kauft. Ich liebe euch sehr für diese Geste, aber ich werde sie nicht annehmen.«

Cole starrte sie weiter unverwandt an. Seine Züge wirkten verhärtet, seine Kummerfalten wieder sehr tief. »Der Rest besteht darin, dass wir dich bitten zu bleiben, und ich dich bitte, mich zu heiraten.«

Ihr Herzschlag donnerte in ihren Ohren. Einen Moment lang befürchtete sie, ohnmächtig zu werden. Er sah so schrecklich einsam aus. Es war so deutlich, dass er mit einer Abfuhr rechnete. Alles in ihr drängte sie dazu, sich ihm zu schenken. Sie wagte es nicht, Jase anzuschauen, weil sie wusste, dass seine Miene Ähnliches zeigen würde wie die seines Bruders.

»Warum, Cole?« Sie benetzte die trockenen Lippen mit der Zungenspitze. »Damit du jemanden hast, dem du Jase anvertrauen kannst, wenn du wegmusst?« Es spielte keine Rolle, dass sie ihn über alle Maßen liebte. Sie konnte nicht mit ihm leben, solange sie nicht wusste, dass er ihre Gefühle erwiderte. Jase würde sie immer lieben, sie würde ihm immer eine gute Mutter oder Schwester oder Freundin sein können. Aber sie wollte es nicht tun, weil es sich gerade so anbot. Dafür hatte sie zu viel Selbstachtung.

Cole stöhnte innerlich auf. Er hätte wissen müssen, dass es bei ihr so ankommen würde. Vielleicht war das ja wirklich ein Teil des Ganzen? Vielleicht war alles genährt durch Nöte, Hunger und Sehnsucht nach einem Heim und einer Familie? Er nahm ihre Hände, streichelte mit rauen Fingern ihre weiche Haut, ihren Ringfinger. »Ich kann nicht mehr ohne dich leben.«

»Woher willst du das wissen, Cole?« Maia stand kurz davor zu weinen. Sie hasste es, zu weinen. Gewöhnlich teilte sie Hiebe aus gegen die Person, die sie zum Weinen brachte.

Cole spürte, dass sie zitterte. »Das weiß ich, weil ich den Unterschied zwischen einem Leben in der Hölle und einem im Paradies kenne. Ich möchte nicht verlieren, was du mir schenkst. Wenn ich mit dir zusammen bin, habe ich ständig alle möglichen Gefühle. Das ganze Spektrum – Glück, Freude, Frohsinn, Kummer, Erbitterung, Zorn. Alles. Das habe ich noch nie erlebt. Ich möchte, dass du glücklich bist, Maia. Ich beobachte dein Mienenspiel. Ich beobachte dich mit Jase und mit den Tieren. Ich denke Tag und Nacht an dich. Ich möchte mit dir in den Armen aufwachen. So habe ich mich noch nie gefühlt.«

»Du kannst uns nicht verlassen, Maia«, brach es aus Jase heraus.

»Jase braucht dich beinahe so sehr wie ich«, fügte Cole hinzu. Er stand am Rand der Verzweiflung. Maia blinzelte die Tränen zurück. Er befürchtete, dass sie sich gleich von ihm abwenden würde. Dennoch holte er einen Ring aus seiner Tasche, besetzt mit funkelnden Diamanten, und streifte ihn ihr über den Finger. »Jase hat ein perfektes Weihnachtsgeschenk gefunden und es mir gegeben. Jetzt möchte ich es dir schenken.«

»Cole«, meinte sie warnend und schüttelte den Kopf, während sie den Ring betrachtete. Sie hatte noch nie etwas so Schönes gesehen. Er musste ein Vermögen gekostet haben. »Wo um alles in der Welt hast du den her, Jase?«

»Er war in der Truhe bei den Dingen meiner Mutter«, sagte Jase leise.

»Oh mein Gott. Den kannst du mir nicht schenken. Du musst ihn aufheben für die Frau, die du einst heiraten wirst«, sagte Maia und drehte den Kopf, um den Jungen anzusehen.

Das war ein Fehler. In Jase' Augen glitzerten Tränen. Er legte die eine Hand auf ihre und die andere auf Coles Hand. »Ich habe ihn Cole gegeben, weil ich sonst nichts anderes für ihn hatte. Er braucht dich. Er ist anders, wenn du in seiner Nähe bist. Er ist locker und glücklich, und manchmal lächelt er sogar. Ich habe ihn nie lächeln sehen, bevor du zu uns gekommen bist, Maia. Und ich brauche dich auch. Verlass uns nicht.«

Sie atmete tief durch. Es war überwältigend, zwischen den beiden festzustecken, zwischen ihren dunklen Geheimnissen und ihren aufkeimenden Hoffnungen. »Eine Ehe und eine Beziehung basieren nicht nur darauf, dass man gebraucht wird. Wenn ich bliebe und es nicht richtig wäre, würde alles irgendwann einmal zerfallen. Das wisst ihr beide.« Sie wollte Liebe. Sie hatte Liebe verdient. So sehr sie die beiden liebte, darum wollte sie sich nicht bringen lassen.

»Maia.« Cole nahm sie am Kinn und zwang sie, ihn anzusehen. »Ich gebe zu, mir fehlen die hübschen Worte, um es richtig zu machen. Ich habe keine Ahnung, wie ich einer Frau sagen soll, dass sie meine ganze Welt ist. Aber das ist es, was du für mich bist. Ich will dich nicht als Haushälterin für Jase. Aber wenn ich eine Frau wählen könnte, die ihm eine Mutter, eine Schwester und eine Freundin sein kann, dann wärst du das.«

»Was möchtest du denn für dich haben?«

»Ich wünsche mir eine Frau, die mich trotz all meiner Makel liebt. Eine Frau, die es versteht, wenn ich Albträume habe und Dinge tue, die ihr vielleicht Angst machen. Ich möchte dich, Maia. Ich weiß nicht, wann ich mich in dich verliebt habe. Ich weiß nur, dass ich dich liebe.«

Einen Moment lang konnte sie kaum glauben, dass er diese Worte gesagt hatte. Sie hatte sich so danach gesehnt, dass sie jetzt fürchtete, ihre Fantasie habe ihr einen Streich gespielt. Doch dann beruhigte sich ihr wild hämmerndes Herz, und sie spürte, wie Frieden in ihr einkehrte. »Komisch, Steele«, sagte sie. »Mir geht es nämlich umgekehrt genauso.«

Cole saß stumm und starr da. Er hatte Angst, sich zu rühren oder etwas zu sagen. Angst, den Bann zu brechen. Jemand hatte ihm vor langer Zeit erzählt, dass an Weihnachten Wunder passierten. Er hatte Angst davor, das zu glauben.

»Ich liebe dich von ganzem Herzen.«

Jase presste den Atem durch zusammengebissene Zähne. »Ihr zwei bringt mich dazu, dass ich mir am liebsten die Haare ausreißen würde. Cole, du hättest ihr sofort sagen sollen, dass du sie liebst. Maia, sag einfach Ja, damit ich wieder etwas leichter atmen kann. Ich habe einen Asthmaanfall und versuche, nicht zu ersticken, während ihr euch einigt.«

»Ja«, sagte Maia.

Cole zog sie stürmisch an sich und küsste sie. Sie passte in seine Arme, passte zu ihm, verstand ihn. Er hatte keine Ahnung, wie es dazu gekommen war, aber das Wie und das Warum spielten auch keine Rolle. Das Einzige, was zählte, war, dass sie ihn liebte.

Plötzlich erregte ein Geräusch seine Aufmerksamkeit. Als er sich umdrehte, stellte er fest, dass Jase mit den Armen herumfuchtelte und keuchte.

»Das war also dein Ernst«, stellte er fest. »Wo ist dein Inhalator?« Er durchsuchte die Taschen von Jase' Hemd. Jase deutete panisch auf die Küche, und Cole stürmte davon.

»Beruhige dich, Jase«, sagte Maia und nahm seine Hand. »Alles wird gut. Wir schaffen das schon.«

Cole war zurück. Er reichte dem Jungen den Inhalator und sah mit einem leichten Stirnrunzeln zu, wie Jase ihn benutzte. »Das nächste Mal regle meine Probleme bitte erst dann, wenn du nicht selber welche mit dem Atmen hast, Jase. Ich hätte besser auf dich aufpassen sollen.«

Jase holte tief Luft. »Jemand muss sich um dich und Maia kümmern. Du verstehst wirklich nicht allzu viel von den Frauen, Cole. Ich weiß mehr als du über die Liebe. Und sieh zu, dass du sie so oft wie möglich anlächelst.«

Maia lachte. Ihr Lachen erfüllte Cole mit Freude. Er sah sich in dem Haus um. Seinem Heim. Es gehörte jetzt ihnen dreien. Es war ihr Zuhause. Das hell lodernde Feuer verbreitete Wärme und Gemütlichkeit, und der Weihnachtsbaum erfüllte den Raum mit seinem Duft.

»Weißt du was, Jase?«, meinte Cole. »Ich glaube, Weihnachten wird unser liebster Feiertag.«

»Ich glaube, du hast recht«, stimmte ihm Jase aus vollem Herzen zu.

Die Brüder sahen Maia an, und sie legte die Arme um die beiden. »Ich wusste, ihr würdet es bald so sehen wie ich. Das freut mich«, verkündete sie strahlend.

Epilog

Vier Jahre später

Cole saß in seinem Truck und beobachtete die Leute, die mit bunt eingewickelten Päckchen durch die Gegend liefen und einander fröhlich zuwinkten. Die Schaufenster waren weihnachtlich dekoriert, und vor manchen Geschäften standen Weihnachtsbäumchen. Vor der Tierklinik stand eine hohe Tanne. Mit all ihren Lichterketten und Christbaumkugeln und einem hell leuchtenden Stern auf der Spitze war sie ein richtiges Meisterwerk – Maias Werk.

Aus der Klinik klang laute Musik. Gerade lief eine ziemlich wilde Version von »Jingle Bells«. Das sah Maia ähnlich. Die Klinik war geschlossen, aber die Leute gingen ein und aus und trugen Schachteln mit Essen und Geschenken zu ihren Fahrzeugen. Wie jedes Jahr hatte Maia dafür gesorgt, dass auch die weniger Wohlhabenden beschenkt wurden. Dieses Jahr hatte sie ein ziemlich großes Team zusammengestellt, das ihr dabei half.

Er konnte es kaum erwarten, sie zu sehen; sie dabei zu beobachten, wie ihre Augen aufleuchteten, wenn ihr Blick auf ihn fiel; wie ihr Lächeln erblühte und ihr Lachen erscholl. Er sehnte sich danach, sie festzuhalten und sie zu spüren. Beinahe konnte er schon ihre Lippen schmecken. Wenn er auswärts arbeitete, wachte er manchmal mit ihrem Geschmack im Mund auf. Diesmal war er zwei Monate unterwegs gewesen. So lange waren sie noch nie getrennt gewesen, und er hatte jede Sekunde ihrer Trennung schmerzlich gespürt. So lange wollte er nie mehr wegbleiben. Seine Familie war ihm mittlerweile weit wichtiger als das Ventil, das ihm seine Arbeit bot. Er wollte weitermachen, aber er hatte sich fest vorgenommen, keinen Auftrag mehr anzunehmen, der ihn so lange von seinen Lieben trennte. Während seiner Abwesenheit hatte er erfahren, dass sie das Wichtigste waren für sein Wohlbefinden.

Ein Teil von ihm fürchtete sich vor der Begrüßung, hatte Angst, dass das Lächeln und das Licht in Maias Augen diesmal nicht mehr für ihn da sein würde. Er umklammerte das Lenkrad, als er darüber nachdachte, was passieren würde, wenn er sie verlor; wenn er alles verlor, was er hatte, weil er die Dämonen, die ihn plagten, nie gänzlich vertreiben konnte.

Plötzlich drang Lachen an seine Ohren. Er drehte den Kopf und sah, wie zwei kleine Mädchen, die sich an Jase festhielten, mit wehenden Haaren die Straße entlanghüpften und Jase zur Klinik zogen. Die glänzenden dunklen Haare hatten sie von ihm geerbt. Seine Zwillingstöchter waren drei Jahre alt. Von Maia hatten sie die blaugrünen Augen und das Lächeln. Er liebte es, wenn sie lachten. Er konnte noch immer kaum fassen, dass er zwei Töchter hatte. Wunderhübsche kleine Mädchen, die sich auf ihn stürzten und mit Küsschen überhäuften, wann immer sie konnten. Dieses Geschenk hatte Maia ihm gemacht.

Als er Jase und seine Töchter beobachtete, bildete sich ein Kloß in seiner Kehle. Sein Bruder hatte sich genauso entwickelt, wie er gehofft hatte. Er war groß und stark, seine schlanke Gestalt wurde ein bisschen fülliger und in seiner aufrechten Haltung drückte sich sein Selbstbewusstsein aus. Die Schatten, die früher seinen Blick verdüstert hatten, waren einer tiefen Zufriedenheit gewichen. Er hatte viele Freunde und war ein hervorragender Schüler. Auch das war Maia zu verdanken. Sie ließ ihn täglich ein paar Stunden in der Klinik arbeiten, und sie nahm ihn auch zu Hausbesuchen mit. Sie zeigte ihm alles, was sie ihm zeigen konnte, und außerdem unterstützte sie ihn in der Schule. Das Wichtigste jedoch war das Gefühl der Verbundenheit in einer Familie, das sie ihm vermittelte.

Cole stieg aus. Er wusste, dass er sich seinem Schicksal stellen musste. Im Gegensatz zu Jase würde er seine Vergangenheit nie abschütteln können. Gelegentlich wachte er noch immer schweißgebadet auf. Maia beruhigte ihn dann mit leiser Stimme und ihrem weichen, einladenden Körper und vertrieb seine Albträume. Er liebte sie so sehr, dass es fast wehtat. Trotzdem konnte er nicht für immer dableiben. Egal, wie sehr er sich bemühte, es zu verbergen, Maia bemerkte es immer, wenn die Dämonen in ihm wuchsen.

Und es war immer Maia, die ihn umarmte und ihm sagte, er solle gehen. »Es ist okay«, flüsterte sie dann und küsste sanft seinen Nacken. »Tu, was du tun musst, und kehre wohlbehalten zu uns zurück.« Sie weinte nie, und sie schimpfte auch nie mit ihm oder versuchte auf andere Art, Schuldgefühle in ihm zu wecken. Maia bot ihm die Freiheit, und in ihren Augen stand nichts als Liebe. Er kehrte immer zu ihr zurück, weil er nicht ohne sie leben konnte.

Doch als er in die Klinik ging, pochte sein Herz angsterfüllt. Wenn sie ihn zurückwies, wäre sein Leben verwirkt. Das war ihm klar. Er brauchte sie wie sonst nichts auf der Welt. Sie akzeptierte und verstand ihn. Sie brachte es auch ihren Töchtern bei, seine Mängel zu akzeptieren und zu verstehen, und selbst Jase hatte das mittlerweile von ihr gelernt.

Die Musik begrüßte ihn. Jemand stieß mit ihm zusammen, lachte, rief »Frohe Weihnachten«. Er lief weiter, durch den Empfangsbereich und den dekorierten Flur hin zu dem hinteren Raum, in dem die Schachteln bestückt wurden. Seine Angst wuchs. Es war ein dunkles, hässliches Gefühl, das er nicht unterdrücken konnte. Um ihn herum wies alles auf Weihnachten hin, auf überbordendes Glück. Sein Gang wirkte selbstbewusst, doch tief in ihm, dort, wo keiner es sehen konnte, wütete die Angst.

»Daddy!«, kreischte Ashley entzückt und stürmte ihm entgegen. Sie klammerte sich an einem Bein fest, sodass er nicht mehr weiterkonnte.

Mary schrie auf und folgte dem Beispiel ihrer Schwester, sein anderes Bein umklammernd.

Cole beugte sich zu ihnen herab. Sein Herz zersprang fast vor Freude, als er die Mädchen hochzog, auf seine Hüften setzte und mit Küssen bedeckte. Dennoch galt sein Hauptaugenmerk Maia. Er hörte, wie Jase ihn begrüßte, spürte, wie der Junge ihm auf den Rücken klopfte, erwiderte die etwas verlegene Umarmung. Aber er beobachtete Maia. Er wartete auf Maia.

Sie drehte sich langsam um, so, als befürchtete sie, sie könnte sich irren. Ihr Blick fiel auf sein Gesicht. Er hielt den Atem an. Endlich kam es – das langsame Lächeln der Freude, das ihr Gesicht erhellte und in ihren Augen aufleuchtete. Auch Tränen glitzerten darin – Tränen, die nie da waren, wenn er fortging, aber immer auftauchten, wenn er zurückkehrte.

»Du bist wieder zu Hause.«

Er übergab Jase die Zwillinge. »Ich bin zu Hause.« Er zog sie in die Arme und suchte ihren Mund. Sie schmiegte sich an ihn und schlang die Arme um seinen Nacken. Ihr Mund wirkte ebenso fordernd wie der seine. Er schmeckte ihre Süße. Er schmeckte Akzeptanz, Verlangen und vor allem Liebe. Vor Freude und Erleichterung wurde er ganz schwach. Maia war sein Fels in der Brandung, seine Basis, sein Leben.

»Besorgt euch ein Hotelzimmer«, schlug Jase vor, und die Zwillinge plapperten es ihm wie so oft nach.

Maia lachte und lehnte den Kopf an Coles Brust. »Du hast es zu Weihnachten geschafft, nach Hause zu kommen.«

»Weihnachten wollte ich auf keinen Fall versäumen. Habt ihr denn den Baum schon aufgestellt?« Er hielt wieder die Luft an. Es war albern, einen Baum aussuchen zu wollen, wenn schon in drei Tagen Weihnachten war.

»Nein. Diese Tradition ist uns heilig«, antwortete Jase. »Ohne dich wäre es nicht dasselbe.«

Maia schmiegte sich noch enger an ihn und legte die Arme um seine Taille. Cole sah über ihren Kopf hinweg auf seinen Bruder, und sie lächelten sich an. Sie hatten ein Zuhause. Eine Familie. Liebe. Wenn das kein Weihnachtswunder war, was dann?